नवोदय...

नवयुग की नई आरती

राजेंद्र जाट

BlueRose ONE.com
Stories Matter

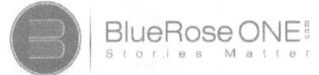

BLUEROSE PUBLISHERS
India | U.K.

Copyright © Rajendra Jat 2023

All rights reserved by author. No part of this publication may be reproduced, stored in a retrieval system or transmitted in any form or by any means, electronic, mechanical, photocopying, recording or otherwise, without the prior permission of the author. Although every precaution has been taken to verify the accuracy of the information contained herein, the publisher assume no responsibility for any errors or omissions. No liability is assumed for damages that may result from the use of information contained within.

BlueRose Publishers takes no responsibility for any damages, losses, or liabilities that may arise from the use or misuse of the information, products, or services provided in this publication.

For permissions requests or inquiries regarding this publication, please contact:

BLUEROSE PUBLISHERS
www.BlueRoseONE.com
info@bluerosepublishers.com
+91 8882 898 898
+4407342408967

ISBN: 978-93-93384-78-2

Cover design: Muskan Sachdeva
Typesetting: Rohit

First Edition: July 2023

लेखक की कलम से

कोरोना काल में मेरी प्रथम पुस्तक **"यादें बचपन की"** प्रकाशित हुई। आप सभी पाठकों द्वारा ग्रामीण परिदृश्य, संयुक्त परिवार के महत्त्व, ग्रामीण बचपन आदि को आधार बनाकर लिखी गई **"यादें बचपन की"** को बहुत प्यार एवं सराहना मिली। मैंने अपने बचपन की यादों और संस्मरणों को एक किताब के रूप में उकेरने का प्रयास किया उसके उपरान्त समाज के अनेक अनछुए पहलुओं पर कविताओं और कहानियों के माध्यम से लिखना शुरू किया। **"नवोदय विद्यालय"**, जहाँ मैंने अपने जीवन के सबसे अनमोल **"सात वर्ष"** बिताये, जहाँ मैंने स्वयं को पहचाना और जहाँ से मुझे आगे बढ़ने की प्रेरणा मिली, मैंने उस हॉस्टल (नवोदय परिवार) के उन्हीं लम्हों को फिर से जीने का प्रयास किया है अपनी नयी पुस्तक **"नवोदय... नवयुग की नई आरती"** में।

मेरे अनुसार हम सब के लिए अपनी यादों को शब्दों में उतारना आसान नहीं है, बहुत मुश्किल होता है उन सुनहरी यादों के लिए शब्द ढूँढना और उससे भी मुश्किल होता है यादों की छंटनी करना। किस किस्से को अपने शब्दों से सजाना है और फिर किताब के माध्यम से दुनिया को परोसना है और किस किस्से को बस अपनी यादों में सहेजकर रखना है? किस किस्से को अपना हिस्सा बनाना है और किसे अपने दोस्त के हिस्से छोड़ना है?

अनेक किस्से हैं नवोदय के.... बस कुछ ही किस्सों को इस किताब में जगह मिल पाई है, इसका यह अर्थ नहीं कि बाकी के किस्से अपना महत्त्व खो चुके हैं, वे जिन्दा हैं मेरे जहन में, वे जिन्दा हैं यारों की यारी के साथ बनकर सुनहरी यादें।

इस पुस्तक के द्वारा मैंने समय के साथ धुंधली हो रही अपनी यादों को पुनः जीने का प्रयास किया है, अपनी यादों को - जो लाखों **"नवोदयन"** की यादें हैं, उनको किस्सों का रूप देकर इस दुनिया के सामने रखा है... शायद यह प्रयास भी पाठकों

को हृदय की गहराइयों तक छू जायेगा और हर वर्ग का पाठक जैसे-जैसे इन किस्सों को पढ़ते हुए आगे बढ़ेगा, स्वयं को मेरे साथ बंधा पायेगा।

"नवोदय... नवयुग की नई आरती" उन सभी पाठकों के लिए है जो अपने अतीत को फिर से जीना चाहते हैं, अपनी यादों के गुल्लक को तोड़ने की हिम्मत रखते हैं और जो आज भी कुछ सीखने और सिखाने के लिए तैयार हैं।

मेरे अनुसार मित्रता की एक नई परिभाषा की शुरुआत है “नवोदय”, सपनों को पंख देने वाला परिवार है “नवोदय”, जाति-धर्म के भेदभाव पर प्रहार करने वाला सबसे बड़ा अस्त्र है “नवोदय”, अमीरी-गरीबी के भेद को मिटाने का प्रयास है “नवोदय”, विद्यार्थियों की आशा और विश्वास का प्रयाय है “नवोदय”, नवयुग की नई आरती है “नवोदय।“

नवोदय हॉस्टल के किस्सों को मैंने अपनी गुल्लक **"नवोदय... नवयुग की नई आरती"** में समेटने का प्रयास किया है।

नवोदय के किस्से..... कुछ मेरे और कुछ तेरे हिस्से !

हमीं नवोदय हो!... हमीं नवोदय हो!... हमीं नवोदय हो!

जय नवोदय

जय हिन्द

अनुक्रमणिका

हाँ... मैं नवोदय हूँ। 1

"नवोदय… नवयुग की नई आरती" 3

शुभकामना संदेश....................6

"हमारा भी एक जमाना था"....................9

चार यार....................15

जवाहर नवोदय विद्यालय: "सपनों का विद्यालय"....................17

नवोदय: प्रवेश परीक्षा परिणाम 19

"मंत्रणा" 24

नवोदय: यात्रा की शुरुआत....................26

नवोदय: दूसरा घर....................30

राजपूत सर 33

"इतनी शक्ति हमें दे न दाता, मन का विश्वास कमजोर हो न" 36

हॉस्टल बदलवाने की धुन....................40

मिनी इण्डिया....................42

वार्डन का हॉस्टल राउंड 44

मॉर्निंग पी.टी.....................47

नवोदय प्रार्थना 51

रेमेडियल क्लासेज 54

मैथ्स का भूत 57

बाथरूम की लाइन....................61

पोहे पे चर्चा....................63

चपाती चोर	65
वह रात... गर्ल्स हॉस्टल की बात	69
शनिवार की रात	72
नवोदय: परिवार का अहसास	74
मटका बना फुटबॉल	77
"ईर्ष्या"	80
चिट्ठी आई है	83
विंग बनी क्रिकेट ग्राऊंड	86
नवोदय क्रिकेट के नियम:	88
रक्षाबंधन का ख़ौफ़	91
GPL वाला जन्मदिन	94
रेडियो	96
जाड़े की रात और सीनियर भैया का फैन	99
हैंडपंप का साथ	102
"भुलक्कड़ मिश्रा जी"	104
किस्सा मैस का	107
खिलाड़ी	110
कटोरा कट	114
माइग्रेशन: ट्रेन का सफर	116
गन्ने के खेत में	120
मनी ऑर्डर	123
कालू	126
दारुडी हल ग्यो रे	129
इन्तजार	131
नवमीं फ़ेल	134
"Semen" क्या है	138

ठिठुरती सर्दियाँ	140
स्टडीज अंडर स्ट्रीट लाइट	142
कन्फ्यूजन: सब्जेक्ट सलेक्शन	145
साथ और सहयोग	148
नवोदय वाला प्यार	151
"भाभी होगी तेरी"	156
आवश्यकता ही आविष्कार की जननी	158
सब्जी में "तरी"	161
नादानी	163
तेल से स्नान	165
बस दस मिनट और	167
"लड्डू"	169
हॉस्टल की लड़ाई	172
शिक्षक दिवस	174
"नवोदय में नियम तोड़ने के लिए ही बनते हैं"	177
गधा	180
रद्दी	182
"बोर्ड एग्जाम"	185
बिछुड़ने का दर्द	187
"हम नवोदयन कहलाते"	190

हाँ... मैं नवोदय हूँ।

हाँ... **मैं नवोदय हूँ।** मैं नवसूर्योदय की भांति लाखों बच्चों के सपनों को नवऊर्जा देता हूँ। अँधेरे से लड़कर जीतने की प्रेरणा का सारथी बनता हूँ। ग्रामीण बच्चों को खुला आसमान देता हूँ, अपने पंख फैलाकर उड़ने के लिए। नवचंद्रोदय की भांति मैं विश्वास जगाता हूँ कि अँधेरे से लड़ने के लिए मन की शक्ति ही सबसे महत्त्वपूर्ण शस्त्र बनती है और मानसिक स्थिरता से ही जीवन की अनेक बाधाओं को पार किया जा सकता है।

मैं आँगन में खिलती अनेक कलियों को रक्षित एवं संस्कारित कर, **"सभ्य समाज"** के निर्माण में अपना योगदान दे रहा हूँ। मेरे यहाँ कोई भेदभाव नहीं। जाति-धर्म का नाम नहीं, अमीरी-गरीबी को कोई स्थान नहीं। लड़का हो या लड़की, मेरे लिए सब मेरे बच्चे हैं, सबको समान अधिकार प्राप्त हैं और समान कर्तव्यों का पालन करना उनका धर्म। खेल, संगीत, नाट्य-नाटक के द्वारा संस्कारित शिक्षा प्रदान कर बच्चों का सर्वांगीण विकास ही मेरा लक्ष्य है।

1986 से अनवरत गतिमान हूँ, मैं कभी नहीं थकने वाले, कभी नहीं रुकने वाले रथ पर सवार हूँ, जिसके पहिये हैं मेरे अपने विद्यार्थी जो साकार कर रहे हैं अपने सपनों को, पाकर अपनी मंजिल। आज मेरे आँगन में खिले फूल पूरे जग को सुगन्धित और प्रकाशित कर रहे हैं। उनकी सुगंध और प्रकाश समाज को जब नई राह दिखाती है तो मेरा सीना गर्व से चौड़ा हो जाता है और मैं गर्व से कहता हूँ कि **"हाँ... मैं नवोदय हूँ।"**

भारत ही नहीं सम्पूर्ण विश्व में मेरी ख्याति हो रही है पर मुझे स्वयं पर गुमान नहीं। मुझे गुमान है मेरे संस्कारित विद्यार्थियों पर जिन्होंने आज मुझे विश्व में शिक्षा के इतने ऊँचे मंच पर पहुंचाया है। *मुझे गुमान है अपने शिक्षकों पर जो अनवरत चले जा रहे हैं मेरे संग "भारत के भविष्य को सुधारने के लिए।"* मुझे गुमान

हाँ... मैं नवोदम हूँ।

है हर उस माता-पिता पर जिसने मुझमें विश्वास दिखाया और अपने छोटे से बचपन को भेज दिया मेरे आँगन में।

मैं ही मंदिर-मस्जिद हूँ, मैं ही गुरुद्वारा और चर्च भी। मैं बचपन के भविष्य की आशा और विश्वास की परिकल्पना हूँ, मैं ही भारत का भविष्य हूँ।

"हाँ... मैं नवोदय हूँ।"

मेरा परिवार **"साथ और सहयोग"** को आधार मानकर आगे बढ़ रहा है और समाज को नई दिशा प्रदान कर रहा है। भारतीय संस्कृति का मूल मन्त्र ही मेरा भी मूल मन्त्र है **"वासुदेव कुटुंबकम।"**

स्वर्ग महल की स्वर्ण बातों से आज परिचय अपना कराता हूँ,
दुनिया जिसका गुण गाते न थकती है "हाँ, मैं वही नवोदय हूँ।"
ऊंच-नीच और स्वार्थ समर्पित बातों से मैंने दूर रखा बचपन को,
संस्कार और संस्कृति का मैंने ही तो पाठ पढ़ाया बचपन को।
साथ, सहयोग और स्वावलम्बन सीखाने वाला,
भारत के सुनहरे भविष्य की मजबूत नींव रखने वाला।
हाँ, मैं वही नवोदय हूँ !!!

"नवोदय... नवयुग की नई आरती"

जीवन के सबसे महत्त्वपूर्ण और यादगार सात वर्षों की यादों पर आधारित पुस्तक **"नवोदय... नवयुग की नई आरती"** पाठकों के लिए एक अमृत सी है क्योंकि यादें चाहे अच्छी हों या बुरी, जीवन में एक छाप छोड़ कर जाती हैं और वही यादें जीवन जीने के लिए अमृत बन जाती हैं। यही यादें किस्से बन कभी दादाजी की कहानियों का हिस्सा बनती हैं तो कभी दोस्ती के अट्टहास बनकर फिजां को मदमस्त कर देती हैं।

यादें अच्छी हों तो उन लम्हों को पुनः जीने का मन करता है और बुरी यादों से कुछ सीखने का जी करता है, पर यादें कुछ न कुछ जरूर दे कर जाती हैं जो हमारे जीने का एक कारण बनती हैं।

नवोदय परिवार का उद्देश्य "मुख्य रूप से ग्रामीण क्षेत्रों के प्रतिभाशाली बच्चों को उनके परिवार की सामाजिक-आर्थिक स्थिति पर ध्यान दिए बिना, सर्वांगीण शिक्षा की रुपरेखा तैयार करना जिसमें गुणात्मक आधुनिक शिक्षा प्रदान करना, जिसमें सामाजिक मूल्यों, पर्यावरण के प्रति जागरूकता, साहसिक कार्यकलाप और शारीरिक शिक्षा जैसे महत्वपूर्ण घटकों का समावेश हो।"

एक छोटे से गाँव तिलोनिया का बालक "राजू", जो संयुक्त परिवार में रहता है, वह स्वयं को तैयार करता है नयी यात्रा के लिए... **"नवोदय की यात्रा"** के लिए। पांचवीं कक्षा के दस वर्ष के बालक के लिए परिवार को छोड़कर घर से दूर हॉस्टल में जाना एक नया अनुभव है, नयी शुरुआत है।

राजू के लिए शुरुआत में कठिन प्रतीत हो रही "सात सालों" की यह यात्रा सरल होती गई जब उसे नए मित्रों का साथ मिलता गया और घनिष्ठता बढ़ती गई। परिवार की यादें हमेशा से उसके जहन में रही परन्तु समय के साथ यारों की यारी ने,

खुद की शरारतों ने, पढ़ाई की जरूरतों ने, खेल की आदतों ने उन्हें कुछ कम कर दिया।

शनिवार की रात का इन्तजार हो या नवोदय में पहले प्यार का अहसास, मैस की रोटी चोरी करना हो या विंग को क्रिकेट ग्राउंड बनाकर खेलना। हेण्डपम्प पर नहाना हो या बाल कटवाने के लिए लाइन लगवाना, वीसीआर पर एक ही रात में लगातार पांच-छह मूवी देखना हो या हीटर पर अंडे उबालकर खाना। छुप-छुपकर रेडियो पर क्रिकेट मैच की कॉमेंट्री सुनना हो या बेड के चारों तरफ कम्बल लगाकर पढ़ना।

पोहे पर चर्चा हो या पूड़ी अचार के लिए बार-बार लाइन में लगना। दोस्तों और टीचर्स के निकनेम निकालना हो या जरुरत पड़ने पर दोस्त के लिए खड़े हो जाना। हॉस्टल लाइफ के इन्हीं अनेक छोटे-छोटे किस्सों को एक माला में पिरोकर लेखक ने बुनी है अपनी **"नवोदय...नवयुग की नई आरती"** पुस्तक।

कुंदन की दादी का हर रविवार मिलने के लिए आना हो या राजू के गाँव से किशन की बुआ और शम्भू की माँ का मिलने आना। रविवार को पेरेंट्स से मिलकर बच्चे कितना खुश हो जाते थे और वहीं जब पेरेंट्स मिलने नहीं आये तो रविवार का दिन कैसे काटें, ये समझना हो या रणवाजी की दूकान (हर नवोदय के बाहर होने वाली छोटी सी दूकान) से साईकिल किराए पर लाकर चलाना। अनेक ऐसे किस्से इस किताब का हिस्सा हैं जो किस्से हैं **"नवोदयन के अपने किस्से।"** वैसे तो नवोदय विद्यालय देश के कोने-कोने में फैले हैं परन्तु ये किस्से सभी नवोदयों में समान हैं, तभी तो नवोदयन आज भी नवोदयन ही हैं चाहे वे देश के किसी भी नवोदय से हों। नवोदयन चाहे आज देश-विदेश में कहीं भी हों, वे आज भी दिल से नवोदयन ही हैं।

"माइग्रेशन" पर जाकर देश के विभिन्न हिस्सों को अपने जीवन के किस्सों के रूप में उतारना एक अलग ही अनुभव है जो लाइफ के विभिन्न पहलुओं से विद्यार्थियों को रूबरू करवा जाता है। एक वर्ष का यह अनुभव न जाने कितने वर्षों के अनुभव से भी विशाल होता है, विस्तृत होता है।

"नवोदय... नवयुग की नई आरती"

नवोदय के सीनियर भाइयों ने जूनियर बच्चों को **"ग्रूम"** किया और उन्हें जीवन की सच्चाई से डटकर मुकाबला करना सिखाया तभी तो आज भी नवोदय के सीनियर, जूनियरों के लिए **"भैया"** ही हैं। ऐसे भैया जो आज भी हर संभव प्रयास करते हैं अपने जूनियर की मदद करने का, जो आज भी तैयार हो जाते हैं... बस दूर हैं तो एक फ़ोन कॉल जितने।

"नवोदय ...नवयुग की नई आरती", राजू जैसे लाखों बच्चों **(नवोदयन)** के अपने किस्से हैं, अपनी शरारतें हैं, जिन्हें लेखक ने अपने शब्दों में पिरोने का प्रयास किया है। लेखक ने इस किताब के माध्यम से अपने सभी शिक्षकों को दिल से याद किया है और यह जताने का प्रयास भी किया है कि उनके द्वारा नवोदय परिवार में दिए संस्कारों के कारण ही आज तक नवोदयन अपने-अपने किस्सों की गुल्लक लेकर बैठे हैं जो जीवन में आगे बढ़ने के लिए सबसे बड़ी प्रेरणा हैं।

नवोदय परिवार ने लाखों नवोदयन को खुले दिल से अपनाया है, निस्वार्थ प्रेम और दोस्ती के प्रतीक नवोदय परिवार के किस्सों को लेखक ने अपने शब्दों में बांधने का प्रयत्न किया है जो कि हॉस्टल लाइफ के विभिन्न अनछुए पहलुओं को शब्द प्रदान करता है और यादों को पुनर्जीवित कर जीवन में नई ऊर्जा का संचार करता है।

शुभकामना संदेश

नवोदय एक परिवार है, कोई इसे जगह या स्थान समझने की गलती ना करे। इस परिवार का हिस्सा बनकर ही नवोदयन आज भारतीयता के रक्षक बन पा रहे हैं। नवोदय परिवार एक प्रकार से संयुक्त परिवार जैसे ही हैं जहां बहुत से सीनियर और जूनियर भाई-बहन जैसे हैं तो सभी शिक्षक मार्गदर्शक और अभिभावक की भूमिका को चरितार्थ कर रहे हैं।

वास्तव में शिक्षा केवल किताबी ज्ञान तक ही सीमित नहीं है। किताबी शिक्षा तो अधूरी शिक्षा ही है, वास्तविक शिक्षा में ज्ञान के साथ-साथ अनुभव होना भी अति आवश्यक है। विद्यार्थी को जीवन का वास्तविक रूप देखने को मिलना चाहिए, जब ऐसी परिस्थिति में पड़ेगा, जहां अनुभव की आवश्यकता हो, तभी वह अपनी अर्जित शिक्षा को कार्यरूप में उपयोग कर पायेगा। नवोदय विद्यार्थियों को शिक्षा के संग यही अनुभव उपलब्ध करवाता है तभी तो नवोदयन आज हर क्षेत्र में अपना परचम लहरा रहे हैं।

नवोदय विद्यालय उन प्रतिभावान बच्चों के लिए भगवान के दिए उपहार की तरह हैं जो अच्छी शिक्षा के पैसे का बोझ नहीं उठा सकते हैं।

जिस प्रकार परिवार में मां-बाप से ज्यादा बच्चे दादा-दादी या नाना-नानी और बड़ों को देखकर सीखते हैं उसी प्रकार नवोदय में भी जूनियर बच्चे सीनियर को देखकर सीखते हैं और जीवन में आगे बढ़ते हैं।

नवोदय साथ होने का अहसास है जो डर की छाया को भी दूर भगा देता है। जिस प्रकार गाँव में बिताये बचपन को कोई डर या भय नहीं होता, उसी प्रकार नवोदय में किसी प्रकार का कोई डर या भय नहीं होता, कोई मजहब या जाति नहीं

होती तो कोई अमीर और गरीब भी नहीं होता। होता है तो सिर्फ बचपन! जो सपने देखता है और उन्हें पाने का साधन बनता है *"नवोदय।"*

"नवोदयन" के लिए लिखने का प्रयास करने के लिए इस पुस्तक के लेखक "राजेंद्र जाट" को बहुत-बहुत साधुवाद। लेखक ने बहुत ही सरल शब्दों में हर नवोदयन को अपने सबसे महत्त्वपूर्ण सात वर्षों को पुनः याद करने के लिए मजबूर कर दिया। हर नवोदयन को नवोदय में बिताया हर पल कुछ न कुछ नया सिखा गया। सबके लिए हमेशा के लिए नए और कभी नहीं टूटने वाले रिश्ते बना गया।

बिना किसी लाग-लपेट के लेखक ने समझाया कि नवोदयन के लिए नवोदय परिवार अपने जीवन में क्या मायने रखता है और कैसे नवोदयन आज समाज को नई दिशा दे पा रहे हैं? आज देश-विदेश में अनेक उच्च पदों पर कार्यरत नवोदयन दिल से कैसे हमेशा के लिए नवोदयन बन गए?

लेखक के सभी किस्से दिल के अनेक तारों को छेड़ गए जिनमें अनेक यादें मधुर संगीत सी बनकर उभरने लगी और मैंने पाया कि यही तो मेरे भी किस्से हैं और मैं भी खो गया अपनी खुद की नवोदय की यादों में जहाँ हवलदार, फकीरा, किशन, बना, रामराज, सूर्या आदि जैसे कभी न भूल पाने वाले दोस्त हैं तो सरसों के तेल का हलवा भी, मैस की वही रोटी मुझे भी याद आने लगी तो मैं भी शनिवार की रात का इन्तजार करने लगा। स्कूल का पहला प्यार या मेरा नामकरण, विंग का क्रिकेट ग्राउंड हो या मॉर्निंग पीटी, सबकुछ तो वैसा ही आज भी दिल में छुपा हुआ था। लेखक ने हर याद को ताजा कर दिया। माइग्रेशन के किस्से जहाँ मुझे मंद-मंद मुस्कुराने पर मजबूर करने लगे तो राजपूत सर जैसे टीचर की याद मुझे भी आने लगी। हिंदी के टीचर मिश्रा सर के किस्से मेरे जहन में उमड़ने लगे।

जैसे-जैसे मैं, **"नवोदय... नवयुग की नई आरती"** पढ़ता गया मेरी आँखों में ख़ुशी के आंसू अपने आप उभरने लगे और मेरा मन हुआ कि काश मुझे फिर से जीने को मिल जाए वही जिंदगी जो मैंने नवोदय में बिताई। मुझे लगने लगा कि अभी कोई मिल जाए जिसके साथ मैं भी अपने यही किस्से बाँटकर दिल को कुछ हल्का कर लूँ।

शुभकामना संदेश

हर किस्से को हर नवोदयन ने अपने गुल्लक में बहुत संभाल कर रखा है, तभी तो वे नवोदयन हैं। इन्हीं यादों ने ही तो उन्हें नवोदयन बनाया है। मुझे विश्वास है कि भविष्य में भी नवोदयन को नवोदयन से कोई नहीं बदल सकता क्योंकि इस परिवार ने हम नवोदयन को संस्कारों के साथ संस्कृति की रक्षा करना भी सिखाया है। हमें सिखाया है कि कैसे एक प्लेट में दस-दस लोग खाना खा सकते हैं और कैसे अपने घर से आये लड्डू आपस में बाँट कर एक ही दिन में ख़त्म करना है? दोस्त के प्यार के लिए कैसे खुद को झोंकना है और कैसे अपनी गर्लफ्रेंड को भाभी मान लेना है।

लेखक को उनके सुनहरे भविष्य के लिए मेरी तरफ से बहुत-बहुत शुभकामनाएं। मुझे विश्वास है कि लेखक की कलम ऐसे ही आगे बढ़ती रहेगी और हमें जीवन के अनेक पहलुओं से रूबरू करवाती रहेगी।

"नवोदय... नवयुग की नई आरती" सफलता के नए आयाम चूमेगी, इसकी मुझे आशा ही नहीं अपितु पूर्ण विश्वास है।

लगा के आग "भेदभाव" को हमने अपने ही शौक पाले हैं,
कोई पूछे तो कह देना हम "नवोदय" वाले हैं।

धन्यवाद

प्रभू लाल जाट

ग्राम विकास अधिकारी (अजमेर)

"हमारा भी एक जमाना था"

"नवोदय... नवयुग की नई आरती" पढ़ी तो मुझे भी लगने लगा कि "हमारा भी एक ज़माना था" जो आजकल पता नहीं कहाँ खो गया है? धीरे-धीरे मेरे सामने सारी बातें घूमने लगी।

हमारा भी एक जमाना था, जब पैदल चल कर स्कूल जाना पड़ता था क्योंकि साइकिल या स्कूल बस आदि से भेजने की "रीत" नहीं थी और मध्यम या गरीब परिवार से थे तो मां-बाउजी (लेखक के शब्दों में, काका-काकी) के पास इतनी आमदनी भी नहीं थी।

आज की तरह माँ-बाउजी एक पाँव पर नहीं खड़े रहते थे अपने बच्चों को स्कूल बस में बैठाने, उनके पास तो इतना समय भी नहीं होता था कि वे बच्चों से पढ़ाई की दो बात भी कर पायें। पूरा का पूरा गाँव ही परिवार बन जाता था बच्चों के लिए। स्कूल अगर नहीं जाना होता था तो हमारे अलग ही बहाने हुआ करते थे क्योंकि हमारे पास मोबाइल या टीवी तो होते नहीं थे।

स्कूल का 2 किलोमीटर का लंबा रास्ता, पीठ या कंधे पर लटका भारी बस्ता और दोस्तों का टोला! बातें इतनी कि ख़त्म ही नहीं होती थी। उन दिनों आज की तरह कार्टून नहीं होते थे। हमारे लिए तो इनका जन्म बहुत बाद में हुआ है, कुछ कार्टून जरूर कॉमिक्स का हिस्सा हुआ करते थे।

जैसे-तैसे करके स्कूल पहुँचने के बाद कक्षा में भी हमारी मस्ती नहीं रुकती थी। आज की जैसी कक्षाएं नहीं हुआ करती थी, बेंचेज नहीं थीं तो जमीं पर बिछी दरी पर ही बैठते थे।

हर मौसम हमारा अपना होता था जिसमें किसी का दखल नहीं होता था।

बरसात में थैला न भीग जाए, ये चिंता होती पर बरसात में नहाने का बहुत मन होता था, रिमझिम-रिमझिम बरसात में भीगने और फिर माँ की डाँट का अलग ही आनंद होता था और कपड़े से बने थैले को प्लास्टिक की थैली से ढकने का जुगाड़ बैठाया

करते थे या किसी घर के बाहर खिड़की के नीचे सभी दोस्त ऐसे खड़े होते थे कि हवा भी आर-पार न कर सके, कभी पेड़ के नीचे खड़े होकर बारिश के रुकने का इन्तजार करते तो कभी बारिश हल्की कम होने पर एक सहारे से दूसरे सहारे की ओर भागते, बारिश से बचने के चक्कर में कब बारिश से पूरा भीग जाते, पता भी नहीं चलता।

स्कूल की छुट्टी की घंटी जैसे ही बजती, हमारे शरीर में बिजली दौड़ जाती थी। सारी थकान छूमंतर हो जाया करती थी और हम सब दौड़ पड़ते थे घर की ओर। दिन में टीवी पर "चंद्रशेखर आजाद" या फिर "शांति" जैसे सीरियल आते थे **"DD-1"** पर। आज जैसे अनेकों चैनल नहीं हुआ करते थे और न ही रंगीन टीवी। "ब्लैक एन्ड वाइट" छोटे से टीवी पर इन धारावाहिकों को देखने के लिए कितने उत्साहित रहते थे, शब्दों में बता भी नहीं सकते।

शरीर को सिकोड़ देने वाली सर्दी भी हमें नहीं रोक पाती थी। सर्दी में ठिठुरते हुए निकल पड़ते थे "स्कूल।" गर्मी में पाँव जलकर सख्त हो गए थे, दोस्तों संग स्कूल का रास्ता छोटा हो जाता था और नंगे पाँव बरसात के पानी में खेलना अच्छा भी तो लगता था।

माँ-बाप को घर के काम से ही फुर्सत नहीं थी, खुद को ही नहाना होता था। जिस दिन नहाने की इच्छा नहीं होती ड्राइक्लीन (केवल बाल गीले करके, हाथ-पैर पानी से पोंछ लेते थे) कर लेते थे और इतना विश्वास होता था कि किसी को पता नहीं चलेगा परन्तु सबको पता होता था कि आज कौन-कौन हैं जो ड्राइक्लीन करके आये हैं?

हमारे स्कूल जाने के उपरान्त माँ-बाउजी को कोई चिंता नहीं होती थी, चिंता तो उन्हें हमारे स्कूल न जाने से भी नहीं होती थी। उन्हें लगता था अच्छा है आज कुछ घर का या खेतों में काम करेगा, कुछ नहीं तो गाय या बकरियों को ही चरायेगा!

स्कूल जाने के बाद हमारे साथ कुछ भला-बुरा होगा, ऐसा हमारे मां-बाप कभी सोचते भी नहीं थे क्योंकि स्कूल में "माड़साब और बेंजी (मेडम)" को प्रत्येक बालक के बारे में सबकुछ पता होता था। हमारे माँ-बाप को किसी भी बात का डर नहीं होता था, कक्षा में हम "पास हुए या फेल" बस यही हमको और माँ-बाउजी को मालूम होता था, आज की तरह "%" से हमारा कभी भी संबंध ही नहीं रहा।

आज ट्यूशन लगाना जिस प्रकार से "स्टेटस सिम्बल" बन गया है, हमारे समय में "ट्यूशन लगाई है" ऐसा बताने में भी शर्म आती थी क्योंकि हमको **ढपोर शंख**

समझा जा सकता था और हमारे गुरुओं को लगता था कि शायद उनके पढ़ाने में कोई कमी रह गई जिससे बालक को ट्यूशन जाना पड़ रहा है तो वे भी अधिक मेहनत करते थे और सबसे मजेदार, फिर पड़ती थी कक्षा में मार, वो भी सबके सामने।

हमारी किताबों में पीपल के पत्ते, विद्या के पत्ते, मोर पंख रखकर हम होशियार हो सकते हैं, ऐसी हमारी धारणाएं थी और किसकी विद्या कितनी बड़ी हुई, जानने की उत्सुकता बनी रहती थी।

माँ द्वारा बनाये कपड़े के थैले में (पुराने कपड़ों से बनाया हुआ) या बस्तों में किताब-कॉपियां बेहतरीन तरीके से जमा कर रखने में हमें महारत हासिल थी। उसी थैले में कपड़े या अखबार में लिपटा होता था हमारा टिफिन जिसमें होती थी "बाजरे की रोटी और लाल मिर्च या फिर रोटी में होती शाम में बनी भाजी।" आज जिस प्रकार बच्चों के लिए सुबह-सुबह टिफिन बनता है, हर रोज अलग-अलग खाना होता है, हमारे ज़माने में ऐसा कुछ नहीं होता था।

माँ और बाउजी को कभी भी हमारी पढ़ाई का बोझ नहीं था, वो हमारा ज़माना था जब माँ-बाप पूरी तरह से स्वतन्त्र थे, बच्चों की चिंता से मुक्त थे।

जब हर साल नई क्लास का बस्ता जमाते थे, उसके पहले किताब-कापी के ऊपर रद्दी पेपर की जिल्द चढ़ाते थे और यह काम एक वार्षिक उत्सव या त्योहार की तरह होता था। अखबार की रद्दी का इंतजाम करना अपने आप में एक बहुत बड़ा टास्क होता था।

साल खत्म होने के बाद किताबें बेचना और अगले साल की पुरानी किताबें खरीदने में हमें किसी प्रकार की शर्म नहीं होती थी क्योंकि तब हर साल न किताब बदलती थी और न ही पाठ्यक्रम। पहले से ही तय कर लिया जाता था कि कौन किसको किताब बेचेगा?

हर साल नई ड्रेस के नाम पर भाई की पुरानी ड्रेस मिल जाती थी जिसे पहनकर हम स्वयं को राजकुमार से कम नहीं मानते थे। साल के अंत तक आते-आते निकर पर माँ इतनी कारियाँ (फटने पर दूसरे कपड़े को निकर पर सिलना-जो आजकल फैशन सिम्बल बना हुआ है) लगा देती थीं कि निकर का असली कपड़ा गायब हो जाता

"हमारा भी एक जमाना था"

था। यह कहते कतई संकोच नहीं कि आज जिसे फैशन कहते हैं, वो तो हम बचपन में अपना चुके थे।

किसी एक दोस्त को साइकिल के अगले डंडे पर और दूसरे दोस्त को पीछे कैरियर पर बिठाकर गली-गली में घूमना हमारी दिनचर्या थी। किसी को साईकिल चलाना नहीं आता था तो हम ही आपस में सिखा दिया करते थे और उस दौरान काँटों की बाड़ में गिरना एक शगुन होता था। साईकिल सीखने के भी अलग-अलग स्टेप्स होते थे और सबसे महत्त्वपूर्ण हर किसी के घर साइकिल नहीं होती थी, साईकिल केवल गाँव के समृद्ध परिवारों के पास ही होती थी, जिसके पास साईकिल होती वो खुद को तीस मारखां से कम नहीं समझता था, साईकिल सीखने के दौरान उसके अपने नखरे होते थे।

स्कूल में माड़साब के हाथ से मार खाना, पैर के अंगूठे पकड़ कर खड़े रहना, मुर्गा या कुर्सी बनना और कान लाल होने तक मरोड़े जाते वक्त हमारा ईगो कभी आड़े नहीं आता था। सही बोलें तो ईगो क्या होता है, यह हमें मालूम ही नहीं था।

हमारे माता-पिता ने भी माड़साब को पूरी छूट दे रखी थी कि **"केवल हड्डियां हमारी और चमड़ी आपकी।"**

घर और स्कूल में मार खाना भी हमारे दैनिक जीवन की एक सामान्य प्रक्रिया थी। मारने वाला और मार खाने वाला दोनों ही खुश रहते थे। मार खाने वाला इसलिए क्योंकि कल से आज कम पिटे हैं और मारने वाला इसलिए कि आज फिर हाथ धो लिए।

बिना चप्पल-जूते के और किसी भी गेंद के साथ लकड़ी के पटियों से कहीं पर भी नंगे पैर क्रिकेट खेलने में क्या सुख था, वह हमको ही पता है। कपड़े से गेंद बनाकर क्रिकेट या मालदड़ी खेलना, मौका मिलते ही पेड़ों पर चढ़ना और न जाने कैसे-कैसे खेलों में खुद को व्यस्त रखते थे।

हमने पॉकेट मनी कभी मांगी ही नहीं और पिताजी ने कभी दी भी नहीं, इसलिए हमारी आवश्यकता भी छोटी-छोटी सी ही थीं। कभी-कभार सेव-मिक्सचर, मुरमुरे का भेल, गोली-टॉफी खा लिया तो बहुत होता था, उसमें भी हम बहुत खुश हो लेते थे। गाँव के मेले के लिए विशेष तैयार होते थे और जो कुछ पैसा साल भर इकट्ठा किया, उससे झूलों का आंनद लिया करते थे। मेले में कबड्डी के मैच देखने के लिए हमारे मन में विशेष उत्साह होता था।

हमारी छोटी-मोटी जरूरतें तो घर में ही कोई भी पूरी कर देता था क्योंकि परिवार संयुक्त होते थे।

दिवाली में लगी पटाखों की लड़ी को छुट्टा करके एक-एक पटाखा फोड़ते रहने में हमको कभी अपमान नहीं लगा और पटाखे नहीं होते तो दोस्तों के संग उनके पटाखे जलाकर भी हम खुश हो लिया करते थे। हमारा "ईगो" कभी आड़े नहीं आता था।

हम हमारे मां-बाप को कभी बता ही नहीं पाएं कि हम आपको कितना प्रेम करते हैं क्योंकि हमको **"आई लव यू"** कहना ही नहीं आता था। अब भी नहीं आता, आज भी डरते हैं, उनके सामने जाने से भी। गर्लफ्रेंड भी कोई हो सकती है और उसे भी "आई लव यू" कह सकते हैं, यह हमें बाद में मूवी देखकर पता लगा परन्तु फिर भी अधिकतर समय हम अपने से सीनियर लड़कियों को दीदी की नजर से ही देखते थे।

आज हम दुनिया के असंख्य धक्के खाते, टॉन्ट सहते और संघर्ष करते इस दुनिया का एक हिस्सा तो हैं पर शायद स्वयं को भूल चुके हैं।

स्कूल में साइकिल की डबल-ट्रिपल सीट पर घूमने वाले हम और स्कूल के बाहर उस हाफपैंट में रहकर चॉकलेट बेचने वाले की दुकान पर दोस्तों द्वारा खिलाए-पिलाए जाने की कृपा हमें याद है। वह दोस्त कहां खो गए, वह बेर वाली कहां खो गई? वह चूरन बेचने वाली कहां खो गई... पता नहीं...!

हम दुनिया में कहीं भी रहें पर यह सत्य है कि हम वास्तविक दुनिया में बड़े हुए हैं। हमारा वास्तविकता से सामना वास्तव में ही हुआ है। आज की इस आभाषी दुनिया में हम खुद के लिए जगह ढूंढते घूम भर रहे हैं।

कपड़ों में सलवटें ना पड़ने देना और रिश्तों में औपचारिकता का पालन करना हमें जमा ही नहीं। हमें तो रिश्ते दिल से निभाना आता है जो आजकल चलता नहीं।

सुबह का खाना और रात का खाना, इसके सिवा टिफिन में अखबार में लपेट कर रोटी ले जाने का सुख क्या है, आजकल के बच्चों को पता ही नही!

हम अपने नसीब को दोष नहीं देते, जैसे भी जी रहे हैं, आनंद से जी रहे हैं और यही सोचते हैं और यही सोच हमें जीने में मदद कर रही है। हम जानते हैं कि जो जीवन हमने जीया, उसकी वर्तमान से तुलना हो ही नहीं सकती। वास्तविकता और

आभाषी में कुछ तो फर्क रहेगा। हम अच्छे थे या बुरे थे नहीं मालूम, पर **"हमारा भी एक जमाना था।"**

कब गाँव को छोड़कर राजू जैसे हम भी नवोदय में आ गए और पता ही नहीं चला कि कब सात वर्ष पूरे भी हो गए। गाँव के एक अनाड़ी बच्चे से नवोदयन बनने का ये सफर सही में जितना रोमांचक था, उतना ही जीवन के लिए लाभकारी भी।

"नवोदय... नवयुग की नई आरती" पढ़ते-पढ़ते मुझे अपने नवोदय के दिन फिर से याद आ गए और मेरा भी मन करने लगा अपने पुराने दोस्तों से मिलने का, अपने पुराने परिवार के दीदार करने का।

लेखक ने जिस प्रकार सरल भाषा में अपनी हॉस्टल लाइफ का जिक्र इस पुस्तक में किया है, वह सही में सभी नवोदयन के दिल को छू लेने वाली हैं, पुस्तक के सारे किस्से हर नवोदयन के जीवन का हिस्सा रहे हैं।

इस पुस्तक को पढ़कर मेरा मानना है कि **"नवोदय... नवयुग की नई आरती"** हर उस युवा की कहानी है जो सपने देखकर बड़ा हुआ है और जो जज्बा रखता है अपने सपनों को पूरा करने का। अगर आज के युवाओं को नवोदय जैसा परिवार मिल जाए तो भारतीय संस्कृति और संस्कारों की रक्षा सुनिश्चित की जा सकती है।

गाँव के इसी माहौल का हिस्सा रहे राजू के लिए नया सफर कैसा रहने वाला था, उसे नहीं पता? नवोदय के बारे में सुना तो जरूर था परन्तु क्या ये सब उसे वहां मिल पायेगा?

नवोदय में कुछ बदलाव हुआ कि यहाँ मां-बाउजी नहीं होते थे और न ही होते थे घर के बुजुर्ग! परन्तु नवोदय ने मुझे अपने दूसरे परिवार का अहसास जरूर करवा दिया था जो आजतक मेरे जहन में है।

लेखक के शानदार लेखन के लिए साधुवाद और **"नवोदय... नवयुग की नई आरती"** की सफलता के लिए अग्रिम बधाई। आइये हम भी हमसफ़र बनते हैं राजू की नई यात्रा के... **"नवोदय की यात्रा के",** हम भी जोड़ते हैं स्वयं को, राजू के किस्सों में बनकर उसका एक हिस्सा।

धन्यवाद
सी. एल. शर्मा
एस डी एम् (राजस्थान सरकार)

चार यार

भारतीय संस्कृति और संस्कारों की सही पाठशाला जहाँ लाखों ग्रामीण बच्चों के भविष्य का निर्माण हुआ, उस नवोदय परिवार को मेरा शत शत नमन।

आज मैं जहाँ हूँ, जिस भी पोस्ट पर हूँ, वहां पहुंचने का मार्ग दिखाया मुझे मेरे इसी नवोदय परिवार ने।

"नवोदयन" एक सी सोच लिए... भारत की उभरती हुयी क्रांति हैं... जो जनता के नमक से पायी हुई शिक्षा से कभी दगा नहीं करते। हर कोई... चाहे किसी भी पोजीशन पर हो... अपने हिसाब से समाजसेवा में लगा हुआ है और नवोदयन में ये समाजसेवा की भावना... देशभक्ति से ओत-प्रोत है। नवोदय गरीब बच्चों का सपना है... देश भर में कितने लोग ऐसे हैं... जिन्हें नवोदय न मिला होता तो आज पता नहीं क्या करते होते। नवोदय में सलेक्शन के साथ ही यह पहचान जुड़ जाती है नाम के साथ जैसे जुड़ी रहती है जाति... नाम के पीछे...।

एक थाली में जब चार लोग खाएं,
समझ लो वो हैं नवोदय के चार यार।
दोस्त के सामान पर अपना हक़ जो जमाएं,
समझ लो वो हैं नवोदय के यार।
मैस से रोटी चुराने में जो साथ दें,
समझ लो वो हैं नवोदय के यार।
तुम्हारी "क्रश" की खबर जो रखें तुमसे ज्यादा,
समझ लो वो हैं नवोदय के यार।
रद्दी बेचने के लिए हो जाएँ जो साथ खड़े,
समझ लो वो हैं नवोदय के यार।

> *खाकर कसम तुम्हारी जो मान लें "भाभी" अपने वाली को,*
> *समझ लो वो हैं नवोदय के यार।*

लेखक "राजेंद्र जाट" ने अपनी पुस्तक **"नवोदय...नवयुग की नई आरती"** में केवल अपनी ही नहीं अपितु सभी नवोदयन के किस्सों को अपने शब्दों में पिरोया है। मैंने पुस्तक के कुछ किस्से पढ़े हैं जिन्होंने मुझे विवश कर दिया नवोदय की यादों को पुनः जीने के लिए, जो कहीं न कहीं मेरे जहन में कैद होकर रह गई थी।

मुझे पूरा विश्वास है कि यह पुस्तक केवल नवोदयन तक सीमित नहीं रहेगी अपितु हरउम्र के पाठकों तक पहुंचेगी। पुस्तक की सफलता के लिए मेरी लेखक को अग्रिम शुभकामनाएं।

धन्यवाद
सीताराम नारनोलिया
नवोदय फैमिली (वर्ल्ड वाइड) फेसबुक पेज के संस्थापक

जवाहर नवोदय विद्यालयः "सपनों का विद्यालय"

"जवाहर नवोदय विद्यालय" ग्रामीण भारत के छात्रों को सर्वांगीण शिक्षा प्रदान करने वाला सर्वोत्तम संस्थान है। यहाँ बच्चे किताबी शिक्षा के आलावा सार्वजनिक जीवन के सभी आदर्श, खेल-कूद, संगीत आदि की शिक्षा प्राप्त करते हैं और सभ्य समाज के निर्माण में महत्त्वपूर्ण योगदान देते हैं।

इन विद्यालयों का संचालन भारत सरकार के मानव संसाधन मंत्रालय द्वारा किया जाता है। भूतपूर्व प्रधानमंत्री "श्री राजीव गाँधी" ने इन विद्यालयों की परिकल्पना की और अपनी कल्पना को मूर्त रूप प्रदान किया। 1986 में प्रारम्भ हुए ये विद्यालय वर्तमान भारत के निर्माण के मजबूत स्तम्भ साबित हो रहे हैं। नवोदय विद्यालयों की कल्पना और उस कल्पना को मूर्त रूप देने से भारत के ग्रामीण क्षेत्रों में शिक्षा के क्षेत्र में नव क्रांति का संचार हुआ है।

नवोदय विद्यालय, अपने विजन एवं मिशन को साकार करते, ग्रामीण बच्चों के सुनहरे भविष्य का निर्माण करते, शिक्षा के क्षेत्र का अद्वितीय संस्थान बनते जा रहे हैं। इन विद्यालयों ने ग्रामीण बच्चों का जीवनस्तर ही नहीं सुधारा अपितु भविष्य भी सुनहरा बनाया है। शिक्षा का सही अर्थ और जीवन में शिक्षा का महत्त्व जब बालक को समझ आने लगे तो बालक में आत्मविश्वास का संचार होता है और बालक लक्ष्य निर्धारण के साथ उसे पाने को लालायित होता है। बाल्यावस्था में ही जीवन के इन गूढ़ प्रश्नों को समझाने के लिए कोई सर्वोत्तम जीवंत स्कूल है तो वह है **"नवोदय विद्यालय।"**

नवोदय विद्यालय में सात सालों का यह सफर हर किसी के लिए जीवन में केवल और केवल सुनहरी, स्वच्छ और स्वार्थ रहित यादें छोड़ जाता है। सात वर्षों का

जवाहर नवोदय विद्यालय: "सपनों का विद्यालय"

समय कब बीत जाता है, कब पराये अपनों से भी अपने लगने लगते हैं और कब बिछुड़ने के डर से आँखें चुराने लगते हैं, पता भी नहीं चलता।

नवोदय की यादों के सहारे इंसान जीवन के पथ पर आगे जरूर बढ़ता है, समय के साथ बाल जरूर सफ़ेद हो जाते हैं और आँखें कमजोर, परन्तु नवोदय की यादें उसी ताजगी के साथ जहन में कुलबुलाती रहती हैं और जीवन का सहारा बनती हैं।

समय के साथ नवोदय विद्यालय में शिक्षा प्राप्त विद्यार्थियों ने समाज के अनेक विभिन्न क्षेत्रों में अपना नाम रोशन कर इन विद्यालयों की स्थापना के उद्देश्यों को चरितार्थ किया है। सभ्य समाज के निर्माण में हर नवोदयन अपना योगदान दे रहा है और भारत के सुनहरे भविष्य की नींव रखने का प्रयास कर रहा है। संस्कारित विद्यार्थी ही भारत की संस्कृति को बचाकर पुनः इसे विश्वगुरु बना सकते हैं, उसी सपने को प्रत्येक नवोदयन साकार कर रहा है।

हर नवोदयन को स्वयं को नवोदयन कहते हुए गर्व की अनुभूति होती है, उन्हें गर्व है कि वे हिस्सा रहे हैं "नवोदय विद्यालय" का, जो कि उनके सपनों का विद्यालय रहा है, जो कि उनका अपना एक परिवार है, जिस परिवार में लाखों सदस्य हैं।

नवोदय की यादें ही हैं जो नवोदयन को पुनः बचपन में ले जाती हैं,
"नवोदयन" उसे बनाती हैं और चेहरे की रौनक फिर से खिलाती हैं।

नवोदय: प्रवेश परीक्षा परिणाम

राजू, 10-11 वर्ष का दुबला-पतला सा बालक है। उसके शरीर को देखकर लगता है कि सात-आठ वर्ष का होगा अभी। राजू का परिवार, राजस्थान का हृदय कहे जाने वाले अजमेर के एक छोटे से गाँव **"तिलोनियाँ"** में रहता है। **"गूगल"** के इस युग में तिलोनियाँ की प्रसिद्धि लगातार बढ़ती गई है परन्तु यह कहानी उस समय की है जब तिलोनियाँ को कोई नहीं जानता था। तिलोनियाँ भी राजस्थान के आम गाँव की तरह था जहाँ न पढ़ने के लिए स्कूल थे और न ही कोई अपने बच्चों को पढ़ाना चाहता था।

गाँव के बुजुर्गों को लगता था कि बच्चे पढ़-लिखने के बाद घर के कामों (खेती करना, जानवरों को चराना आदि) से दूर भाग जायेंगे। उस समय राजस्थान के दूसरे गाँवों की तरह तिलोनियाँ में भी बालिका शिक्षा की तो बात करना, गाली देने के समान था।

1990 के आस-पास तिलोनियाँ में भी पहला अंग्रेजी माध्यम का स्कूल **"शिक्षा निकेतन"** खुला था। स्कूल अंग्रेजी माध्यम का था परन्तु कोई भी टीचर इतना पढ़ा-लिखा नहीं था कि सही मायने में अंग्रेजी पढ़ा सके लेकिन था तो अंग्रेजी माध्यम का ही स्कूल.... वही काफी था "तिलोनियाँ" के लिए।

"शिक्षा निकेतन" की स्थापना के पीछे **श्री बंकर रॉय एवं श्रीमती अरुणा रॉय** की बहुत ही अच्छी सोच थी जिसने तिलोनियाँ में बदलाव को नयी दिशा प्रदान की। लेखक ने अपनी प्रथम पुस्तक **"यादें बचपन की"** में बताने का प्रयास किया है कि कैसे "शिक्षा निकेतन" विद्यालय ने उसके जीवन में बदलावों को नयी दिशा देने के साथ-साथ कैसे तिलोनियाँ गाँव के विकास में अपना महत्त्वपूर्ण योगदान दिया है।

नवोदय: प्रवेश परीक्षा परिणाम

वर्ष 1996-97 में राजू पांचवीं कक्षा का विद्यार्थी था, और उसकी प्राथमिक शिक्षा "शिक्षा निकेतन" विद्यालय में चल रही थी। समय के साथ "शिक्षा निकेतन" का नाम जिले के महत्त्वपूर्ण विद्यालयों में होने लगा था, यहाँ किताबी शिक्षा के आलावा बच्चों को आम जीवन की सीख देने को प्राथमिकता देकर पढ़ाई करवाई जाती थी।

1986 में प्रत्येक जिले में ग्रामीण क्षेत्र के विद्यार्थियों को "फ्री शिक्षा" देने के उद्देश्य को ध्यान में रखते हुए पूर्व प्रधानमंत्री राजीव गाँधी जी ने "नवोदय विद्यालयों" की स्थापना को स्वीकृत किया। शिक्षा निकेतन विद्यालय के शिक्षकों ने भी अपने बच्चों के सुनहरे भविष्य को ध्यान में रखते हुए "नवोदय विद्यालय" के लिए होने वाली प्रवेश परीक्षा के लिए तैयारी जोरों-शोरों से शुरू करवा दी थी और उसी का परिणाम था कि प्रत्येक वर्ष शिक्षा निकेतन से बच्चों का नवोदय में चयन होना शुरू हो गया। जैसे-जैसे सफलता मिलती गई वैसे-वैसे शिक्षकों में जोश बढ़ता गया और प्रत्येक वर्ष पांचवीं कक्षा के बच्चों के लिए नवोदय की तैयारी पूरी मेहनत से करने लगे।

इस वर्ष भी नवोदय की प्रवेश परीक्षा हो चुकी थी। राजू के साथ-साथ राजू की कक्षा के सभी बच्चों ने नवोदय की प्रवेश परीक्षा दी थी। अब तो पांचवीं की परीक्षा के बाद गर्मी की छुट्टियां भी हो गई थीं।

मई महीने की सुबह थी, सुबह के सात बजे थे परन्तु सूरज ने अपना रंग दिखाना शुरू कर दिया था। सुबह की हवा थोड़ी ठंडी लग रही थी परन्तु दिन होते-होते यही ठंडी हवा "लू" के थपेड़ों में बदलने वाली थी। राजू अपने भाइयों और भतीजों (जो कि राजू की हम उम्र के ही थे) के साथ छत पर सो रहा था। राजू, संयुक्त परिवार में रहता था और 80 सदस्यों वाले इस परिवार में अपनी पीढ़ी में सबसे छोटा था।

छत पर सो रहे राजू की नींद खुल चुकी थी परन्तु फिर भी सोने का प्रयास किये जा रहा था, सूरज की तपन से राजू का सोने का प्रयास स्वतः खत्म होता जा रहा था। तभी काकी (राजू अपनी माँ को काकी बुलाता था-काकी यानी आजकल की चाची, संयुक्त परिवार में रिश्तों का पता ही नहीं चलता, राजू के ताऊजी के लड़के राजू की

माँ को काकी कहते थे तो राजू और उसके भाइयों ने भी माँ को काकी ही कहना शुरू कर दिया) की आवाज आई, "सुबह की सात बज गई, ओ छोरो आज उठेगो भी की नहीं" पहली बार तो राजू ने काकी की आवाज़ को अनसुना कर दिया। सुबह की मीठी नींद का असर था परन्तु कुछ ही देर बाद काकी की आवाज़ कुछ तेज़ हुई तो राजू को मन मारकर उठना पड़ा।

गर्मी की छुट्टियों में शहर के बच्चों के अपने ही मजे होते हैं, कभी "हिल स्टेशन" जाते हैं तो कभी "नार्थ ईस्ट" घूमने के लिए! परन्तु गाँव के बच्चों को केवल स्कूल से निज़ात मात्र मिलती है, उनके हिल स्टेशन और नार्थ ईस्ट या तो उनका कुआं और वहां बहता पानी या फिर ननिहाल और वहां पर भी वही गर्मी, इन्हीं जगहों पर वे दोस्तों के संग पूरी गर्मी की छुट्टियां बिता दिया करते हैं। रही-सही कसर घर वाले गाय-बकरियों को चराने की जिम्मेदारी देकर उन मासूम बच्चों को घर के कामों में उलझा देते हैं।

राजू भी इन बातों से अछूता नहीं था, उसे बकरियां चराने में काका (राजू के पिताजी) की मदद करनी थी। राजू को काका का साथ बड़ा पसंद था। बचपन से ही काका के कंधे पर बैठकर गायें चराने के लिए जाना उसे बड़ा अच्छा लगता था परन्तु समय के साथ राजू स्कूल जाने लगा था और अपने दोस्तों में घुलमिल गया..... राजू का अपने दोस्तों के साथ मस्ती करने का और विकास के घर जाकर "ब्लैक एन्ड वाइट"- क्राउन टीवी में चंद्रकांता, अलिफ़ लैला आदि सीरियल देखने का मन करता था परन्तु उसे कभी-कभी ही यह मौका मिल पाता था... अधिकतर समय तो गोपाल और सरदार भैया ही विकास के घर टीवी देखा करते थे और उसे स्टोरी बता दिया करते थे। जब गोपाल या सरदार भैया एक्शन करके बताते कि आज सीरियल में क्या हुआ तो राजू भी उसमें खो सा जाता था। उसे लगता था वह अभी वही दृश्य देख रहा है जो ये लोग टीवी में देखकर आये हैं।

गर्मी की छुट्टियों में सुबह राजू बकरियों को बाड़े से निकालकर ले जाता था। बाद में काकाजी गायों को लेकर खेत में आ जाते थे तो राजू फ्री होकर दोस्तों के पास पहुंचता।

आज भी ऐसा ही होना था, सुबह के आठ बजने को थे, काकी (राजू की माँ) ने दो रोटियों में लाल मिर्च एवं छाछ की बोतल राजू की दोपहरी (लंच-lunch) के लिए कपड़े में बाँध दी थी।

राजू अपना खाना लेकर "बाड़े" की तरफ जा रहा था। बकरियों का बाड़ा घर के नजदीक ही था।

तभी किशन भागता हुआ आया, भागने से उसकी साँसे उखड़ सी रही थी, शब्द मुंह से निकल तो रहे थे परन्तु उन्हें समझ पाना बहुत मुश्किल था। राजू ने उसे रोकते हुए पूछा-"किश्नया क्या हुआ?"

किशन सांसों को कंट्रोल करते हुए बोला- "तेरा और मेरा नवोदय में सलेक्शन हो गया है!"

राजू ने पूछा-" गोपाल का क्या हुआ?"

"गोपाल", राजू का भतीजा और जिगरी लंगोटिया यार दोनों एक ही साथ पढ़ते, खेलते और साथ ही छत पर सोते थे। एक-दूसरे में दोनों की जान बसती थी। राजू को अपने सलेक्शन से ज्यादा गोपाल की चिंता होने लगी।

किशन ने बताया- "इस बार हमारे स्कूल से बनवारी, टिम-टिम, तुलसी, तेरा और मेरा ही सलेक्शन हुआ है, गोपाल का सलेक्शन नहीं हुआ।"

राजू को किशन की बात पर विश्वास नहीं हो रहा था। उसे पता था कि गोपाल की गिनती तो कक्षा के होशियार बच्चों में होती थी। उसे लग रहा था ऐसा नहीं हो सकता कि गोपाल का सलेक्शन न हो, वह अपने "पास" होने की ख़ुशी से कहीं अधिक गोपाल के "फ़ेल" होने के दुःख से दुखी हो गया। उसे ऐसा लग रहा था कि किसी ने उससे उसकी सबसे अच्छी चीज चुरा ली हो।

राजू ने घर जाकर काकी को अपने "नवोदय में पास" होने की खबर सुनाई और आज़ के लिए बकरियां चराने नहीं जाने की परमिशन भी ले ली।

काकी के मुरझाये चेहरे पर राजू के नवोदय में पास होने की ख़ुशी झलक रही थी, आँखें थोड़ी नम हो चली थीं परन्तु खुश थी कि अब इसकी पढ़ाई के लिए पैसों की

जरुरत नहीं पड़ेगी जैसे जमन भैया के नहीं पड़ती। नवोदय में बारहवीं तक पढ़ाई, रहना खाना सब फ्री जो था... काकी को अब उम्मीद सी हो गई थी कि कम से कम राजू भी बारहवीं तक तो पढ़ ही लेगा, आगे इसकी किस्मत!

उस समय ग्रामीण परिवारों के लिए बच्चे का नवोदय में चयन हो जाना बहुत मायने रखता था। परिवार का पूरा बजट भी इस बात से खुश हो जाता था कि अब इसकी पढ़ाई के लिए पैसे नहीं खर्च करने पड़ेंगे। नवोदय की प्रवेश परीक्षा पास करते ही नए सफर की रूपरेखा तैयार हो जाती थी और सारा परिवार अब केवल इसी बात पर चर्चा करता था कि नवोदय में बालक के साथ क्या-क्या भिजवाना है?

राजू के लिए तो यह भी सोचने की जरुरत नहीं थी क्योंकि उसके बड़े भाई पहले से नवोदय में थे तो उसके साथ तो कुछ भी नहीं भेजा जाएगा तो भी काम चल ही जाएगा।

काकी से बात करके राजू घर से बाहर निकलकर गोपाल को खोजने लगा। अब तक किशन ने गोपाल को भी बता दिया था कि उसका नवोदय में चयन नहीं हुआ है। राजू ने जब चारों तरफ देख लिया कि गोपाल कहीं नहीं है तो वह चल पड़ा अपने अड्डे की ओर जहाँ दोनों मिलकर बचपन से ही अपने सुख-दुःख की बातें किया करते थे।

सुख-दुःख तो जीवन का हिस्सा है,
हर पल यहाँ नया कोई किस्सा है।

"मंत्रणा"

राजू और गोपाल का अड्डा था बरामदे में रखी "चने की बोरियां।" चने का भाव अभी कम रहा होगा तो अभी तक चने को मंडी में नहीं बेचा गया था। राजू और गोपाल जब भी टाइम मिलता, यहीं बैठकर कॉमिक्स पढ़ा करते थे। गोपाल को "बांकेलाल" की कॉमिक्स बड़ी अच्छी लगती थी। सुपर कमांडो ध्रुव, नागराज, भोकाल, डोगा, चाचा चौधरी सभी की कॉमिक्स तो ये लोग पढ़ते थे। कॉमिक्स पढ़ने से एक बात का फायदा तो इनको हुआ कि ये घंटों एक ही जगह बैठकर पढ़ाई कर पाते थे।

राजू ने गोपाल को खोज ही लिया, चने की बोरियों के पीछे!

गोपाल को वहां पाकर, राजू भी उसी की बगल में वहीं बैठ गया। उसे समझ नहीं आ रहा था कि बात की शुरुआत कैसे करें? कैसे गोपाल को दिलासा दिलाया जाए? गोपाल को नवोदय में पास नहीं होने का धक्का लगा। उसे समझ नहीं आ रहा था कि उससे क्या गलती हो गई, उसे उम्मीद थी कि उसका सलेक्शन भी नवोदय में हो जायेगा। उसकी आँखों से आंसू रुकने का नाम नहीं ले रहे थे, साथ में ढांढस बंधा रहे राजू का गला भी भर आया। बड़े भाई साहब "भाया" (गोपाल के पिताजी) का डर अलग से लग रहा था। उन्होंने अपने सपनों में भी हम बच्चों को आगे बढ़ते देखा था।

"भाया" परिवार की आर्थिक स्तिथि अच्छी नहीं होने के कारण पढ़ नहीं पाए थे इसलिए उन्हें लगता था कि "ये बच्चे पढ़-लिखकर परिवार का नाम रोशन करेंगे।"

एक और बात राजू के सीने में चुभ रही थी, "गोपाल के बिना वह आजतक कहीं नहीं गया था।" गोपाल उसके सुख-दुःख का साथी रहा था। दोनों ने मिलकर न जाने कितनी शैतानियां की थी... न जाने कितनों को खेलों में हराया था... न जाने कितनी कॉमिक्स साथ में बैठकर पढ़ी थी... न जाने कितने "मेले" देखे थे... न जाने

"मंत्रणा"

कितनी ही शादियों में बिन बुलाये गए थे... न जाने कितनी बार मधुमक्खी के छत्तों से शहद खाया था। राजू समझ नहीं पा रहा था कि गोपाल के बिना नवोदय के हॉस्टल में कैसे रहा जायेगा? उसके बिना हॉस्टल में रहना राजू के लिए बहुत पीड़ादायक होने वाला था।

किसी तरह राजू ने गोपाल को ढाढस बंधाया और समझाया- "सरदार भैया की तरह तू भी बहुत मेहनत करना, फिर मैं तो छुट्टियों में करतार की तरह आ ही जाऊंगा। छुट्टियों में ढेर सारी कॉमिक्स पढ़ेंगे और मस्ती करेंगे। तू पत्र लिखते रहना, मैं भी तुझे खूब पत्र लिखूंगा।"

पांचवीं कक्षा का मतलब राजू की उम्र 10-11 साल की थी, इस उम्र मे आजकल बच्चों को घर के बाहर नहीं निकलने दिया जाता। दूकान से सामान लाने की तो सोच भी नहीं सकते। दूसरे शहर या गाँव जाकर शिक्षा प्राप्त करना तो दूर की बात है परन्तु परिस्थतियाँ और अभाव बहुत कुछ सिखा जाते हैं। आवश्यकता हर चीज की जननी होती है और वही आवश्यकता राजू के सामने मुंह खोल कर खड़ी थी। जीवन के अभावों ने राजू को मजबूत बना दिया था। नवोदय में सलेक्शन के उपरान्त "हॉस्टल न जाना" तो कोई सोच भी नहीं सकता। नवोदय... हॉस्टल में तो जाना ही है.... फिर सपनों को पंख लगाना तो पड़ेगा ही, खुले आसमान में उड़ना तो पड़ेगा ही, तभी तो परिवार का ... काका-काकी का, भाया का .... सबका नाम रोशन होगा।

राजू और गोपाल की मंत्रणा इसी बात पर समाप्त हो गई कि राजू के नवोदय जाने के उपरान्त भी दोनों एक दूसरे का हाल-चाल जानते रहेंगे और अपने-अपने स्कूल में मन लगाकर पढाई करेंगे।

नवोदय की प्रवेश परीक्षा में पास होने के साथ ही शुरू हो जाती है सात वर्षों तक चलने वाली जीवन की सबसे महत्त्वपूर्ण यात्रा। सभी पाठकों का स्वागत है हर नवोदयन की नवोदय की इस यात्रा में जिसका नाम है **"नवोदय... नवयुग की नई आरती।"**

नवोदयः यात्रा की शुरुआत

राजू को पता नहीं था इस यात्रा के बारे में। वह तो गाँव का मासूम सा बालक था। वो खुश था अभावों वाले इस जीवन में भी, खुश था "काका-काकी" और अपने परिवार संग, खुश था गाँव के मित्रों के संग। उसे क्या पता था कि नवोदय में सलेक्शन के उपरांत, गाँव के इस मदमस्त जीवन को छोड़कर, दोस्तों की टोली से बिछड़कर, जीवन की एक ऐसी यात्रा पर निकलना पड़ेगा जहाँ पता नहीं उसे नए दोस्त मिलेंगे भी या नहीं, उसे खुला आकाश मिलेगा भी या नहीं, वह अपने सपनों को पूरा कर पायेगा या नहीं!

उसे यह भी नहीं पता था कि नवोदय का सफर उसके जीवन को पूरी तरह बदलने वाला था, यह एक ऐसा सफर होने वाला था जो जाति, पंथ, क्षेत्र, रंग, गरीबी-अमीरी की संकीर्णताओं से मुक्त था। समाज की यही कुरुतियां थीं जो समाज को बांटे हुए थी परन्तु नवोदय ऐसा सागर था जो सबके लिए अपने में समानता और सौहार्द्रता समेटे हुए था।

राजू के लिए नवोदय का ये सफर जितना मुश्किल होने वाला था उतना ही फलदायक भी। राह में कांटे मिलने वाले थे परन्तु फूलों की सेज भी मिलने वाली थी। पुराने दोस्त पीछे छूटने वाले थे तो नए दोस्तों से मुलाक़ात होने वाली थी। बहुत कुछ नया होने वाला था राजू के जीवन में। राजू जैसे अनेक ग्रामीण क्षेत्र के विद्यार्थियों के सपनों को पूरा करने का माध्यम है **"नवोदय।"**

सात वर्षों तक अनवरत चलने वाली और जीवन को पूर्णतः परिवर्तित करने वाली इस यात्रा की मंज़िल थी: **"नवोदय विद्यालय, नान्दला।"** ये सफर सात वर्षों के बाद भी जारी रहने वाला था, संस्कारों और संस्कृति का सम्पूर्ण मिश्रण, जो जीवन पर्यन्त साथ रहने वाला था। ग्रामीण बच्चों को नवोदयन बनाने वाला था।

इस यात्रा की शुरुआत राजू के लिए बड़ी भयानक होने वाली थी। जैसा हर विद्यार्थी (नवोदयन) के साथ होता है नवोदय में प्रवेश के बाद, ग्रामीण परिवेश से निकलकर हॉस्टल में जाना राजू के लिए पीड़ादायक होने वाला था। अपनों से बिछुड़ने का गम अब उसे पता लगने वाला था। विद्यार्थी जीवन की असली और सबसे महत्त्वपूर्ण शुरुआत होने वाली थी इस सफर में, जीवन का सार समाहित था इस सफर में, दोस्ती का मतलब परिभाषित था इस सफर में.... जीवन की महत्त्वकांक्षाएँ, आशाएं, आदर्श, संस्कारों की परीक्षा.... बहुत कुछ था... बहुत कुछ सीखने को बेताब था यह सफर।

आज नवोदय में फाइनल एडमिशन करवाने के लिए गाँव से "नवोदय विद्यालय" जाना है, पिछले कुछ वर्षों से यह दिन तिलोनियाँ गाँव के लिए एक प्रकार से उत्सव सा होता आया है और इस उत्सव में पूरा का पूरा गाँव उमड़ पड़ता है।

आज भी गाँव के बहुत लोग खड़े हैं गाँव के बस स्टेण्ड पर **"अपने बचपन"** को देखने के लिए। आज राजू अपने दोस्तों के साथ नवोदय में एडमिशन के लिए जाने वाला है, धीरे-धीरे जीप के आस-पास बहुत भीड़ लग गई है। कोई नवोदय में पढ़ रहे बच्चों के लिए सामान भेज रहा है तो कोई खाना, कोई स्वयं जीप में जाना चाह रहा है तो कोई बस मजे लेने के लिए भीड़ का हिस्सा बना हुआ है।

"बनवारी", राजू की कक्षा का सबसे कुशाग्र बालक, उसके पिताजी अध्यापक (माड़साब) हैं, गाँव में उनका अपना वर्चस्व है क्योंकि गाँव में सरकारी खजाने में हिस्सा रखने वाले अध्यापक कम ही हैं। राजू ने देखा बनवारी के लिए "नया बक्सा... बाल्टी... नए कपड़े... जूते..." सब नया-नया सामान लाया गया है.... वह आज मम्मी-पापा के साथ खड़ा है परन्तु फिर भी उदास लग रहा है... दोनों ही तो जा रहे हैं उसे नवोदय विद्यालय छोड़ने... फिर क्यों उदासी?

राजू का ध्यान बनवारी से हट कर "तुलसी और टिम-टिम" पर पड़ा, दोनों संस्था में ही रहती हैं, उनके साथ मम्मी-पापा दोनों जाने वाले हैं एडमिशन के लिए। संस्था के बच्चे और गाँव के बच्चों में बहुत फर्क है, ऐसा लगता है संस्था के बच्चे संभ्रांत

परिवारों से आते हैं, हमेशा नए-नए कपड़े पहनते हैं, और तो और वे लोग बातें भी हिंदी में करती हैं, राजू और किशन के लिए तो यह संभव नहीं हो पाता।

तभी राजू को "किशन" अपनी बुआजी और फूंफाजी के साथ आते दिखाई दिया, उसने भी सारी चीजें नई खरीदी हैं। राजू, सबको देखता जा रहा है, थोड़ा गुमसुम सा... कुछ सोच रहा है... उसके पास आज कुछ भी नया सामान नहीं है, और तो और "काका-काकी" तो सुबह ही गायों एवं बकरियों को चराने जा चुके हैं। राजू के बड़े भैया जरूर खड़े हैं परन्तु वे भी अपने दोस्तों के साथ बातों में व्यस्त हैं। गोपाल कहीं दिख नहीं रहा!

राजू के पास एक पुराना संदूक है बस, शायद जमन भैया या प्रभु भैया का होगा। दोनों नवोदय में पढ़ते हैं और इस वर्ष 11th में आ गए हैं। सीनियर हो गए हैं तो संदूक अब उन्हें अच्छा नहीं लगता और सब (बाल्टी, मग आदि) तो उसे जमन भैया, प्रभु भैया या करतार का "यूज़" करना है, जैसा उसे काकी ने घर पर बताया है। एक बार पुनः राजू का ध्यान यहाँ से हटकर करतार पर केंद्रित हुआ तो उसे अच्छा लगने लगा।

किशनगढ़ से तिलोनियाँ के बीच सवारियों के लिए जो जीप चलती थी, आज उसे सभी बच्चों और उनके माता-पिता को लेकर नवोदय विद्यालय जाना था। जीप खड़ी है बस स्टेण्ड पर, जीप की हालत बहुत अच्छी तो नहीं थी परन्तु जीप उपलब्ध थी, यही बड़ी बात थी। पर्दे फटे हुए हैं... सीटों की हालत बहुत खराब है ऐसा लगता है चाकू लेकर सीटों को काटा गया है ताकि कोई आराम से बैठ ना सके परंतु फिर भी बच्चों में उत्साह है जीप में बैठने का।

सारा सामान, जो बच्चों के लिए ख़रीदा गया है, जीप में लादा जा चुका है। दस सवारियों वाली जीप में बीस से ज्यादा सवारियां हो चुकी हैं। बच्चों को गोद में बैठाया जा रहा है ताकि सभी लोग जीप में बैठ पाएं। बहुत कोशिश के बाद भी कुछ लोग तो बाहर पायदान पर खड़े होकर ही सफर कर रहे हैं। कुछ सामान के साथ जीप की छत पर भी बैठ गए हैं। जीप पूरी तरह से ठसाठस भरी है। जीप के कोने-कोने का उपयोग किया गया है तब जाकर सवारियों को एडजस्ट किया जा

सका है। राजू के लिए नवोदय जाना नया अनुभव है परन्तु नवोदय में उसके बड़े भाई प्रभु भैया, जमन भैया एवं भतीजे करतार एवं शिवराज पहले से ही पढ़ाई कर रहे हैं।

करतार, गोपाल का बड़ा भाई, पिछले वर्ष ही नवोदय में सलेक्ट हुआ था। गर्मी की छुट्टियों में वह राजू और गोपाल को "नवोदय" के बारे में बता रहा था। करतार के अनुसार नवोदय में सब अच्छा है। साथ ही बड़े भैया (जमन भैया और प्रभु भैया) जब भी छुट्टी में आते तो कॉमिक्स साथ लाते थे तो राजू को लगता था कि नवोदय में कॉमिक्स भी मिलते हैं... कुछ तो है जिससे मन लगेगा। लेकिन राजू को आज भी याद है "करतार" की आँखों के आंसू, जो छुट्टी पूरी होने के बाद वापस नवोदय जाते समय आते थे। उसे समझ नहीं आया जब नवोदय में सब अच्छा है तो फिर करतार की आँखों में आंसू क्यों? उसे क्या पता कि सात वर्षों तक घर छोड़ते समय उसे भी इसी प्रकार आंसुओं को अपनी आँखों में ही रोकना पड़ेगा जब भी घर से नवोदय जाना होगा।

"भैरूजी महाराज" के जयकारे के साथ यात्रा शुरू हुई। इसी के साथ शुरू हुआ राजू का "नवोदय का सफर"... अनोखा सफर.... यादगार सफर... शानदार सफर...।

नवोदयः दूसरा घर

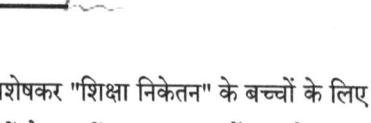

"नवोदय विद्यालय" तो तिलोनियाँ विशेषकर "शिक्षा निकेतन" के बच्चों के लिए दूसरे घर जैसा ही था। नवोदय की 6 वीं से 12 वीं तक हर कक्षा में कम से कम 5 विद्यार्थी तो थे ही राजू के स्कूल शिक्षा निकेतन से।

गाँव से नवोदय की दूरी लगभग 50 किलोमीटर की थी और जीप को कम से कम 1 घंटा लगने वाला था नवोदय विद्यालय पहुंचने में।

राजू के मन की स्थिति बड़ी अजीब थी, गोपाल भी छोड़ने नहीं आया। नवोदय में करतार मिल जायेगा, बस यही एक आशा की किरण है उसके लिए। इस पूरे सफर के दौरान राजू का मन हर तरफ दौड़ रहा था, कभी सोचता **"नीलम"** (नीलम, हाँ आप सही समझे "नीलम" जिससे राजू का बाल विवाह हुआ था-**"यादें बचपन की"** में आप नीलम और राजू के बारे में जान पाएंगे।) का भी नवोदय में सलेक्शन हो जाये तो कितना अच्छा होगा! कभी सोचता सेकण्ड लिस्ट में "गोपाल और राजेंद्र सिंह" का भी सलेक्शन हो जाये तो मजा ही आ जायेगा! फिर सोचने लगता, "भविष्य में बड़ा आदमी बनकर काका-काकी की सेवा करूँगा"...... राजू अपने सपनों की दुनिया से निकला तब तक जीप नवोदय विद्यालय-नांदला के केम्पस में पहुंचकर रुक चुकी थी।

हर नवोदय की तरह नवोदय विद्यालय नांदला भी शहर से दूर गाँव में बना है। बहुत बड़ा और सुन्दर सा केम्पस है, हर तरफ जाने के लिए डामर रोड बनी हैं और ग्राउंड तो इतने बड़े कि राजू तो देखता ही रह गया जैसे ही जीप नवोदय विद्यालय पहुंची, नवोदय में पढ़ रहे तिलोनियाँ के सभी बच्चों ने जीप को घेर लिया। सभी ने बड़ों के पैर छूकर प्रणाम किया।

राजू की नजरें करतार को ढूंढ रही थी। जैसे ही करतार दिखा, राजू चहकता हुआ उसके पास पहुंचा और करतार को गले लगा लिया। राजू ने अपने बड़े भाइयों के

चरण स्पर्श किये। सुरेश भैया, हंसराज और धर्मपाल भैया (प्रभु और जमन भैया के दोस्त) राजू को पहले से ही जानते थे तो उन्होंने राजू को गले लगा लिया। नवोदय में बड़ों का प्यार पाकर राजू की आँखें नम सी होने लगी। उसे क्या पता कि इन आंसुओं को संभालकर रखना है, अभी तो पता नहीं कितनी बार ये निकलेंगे।

करतार आज ही राजू को बहुत कुछ दिखा देना चाहता था परन्तु अभी एडमिशन भी करवाना है... हॉस्टल भी अलॉट करवाना है... साथ ही थाली, चम्मच, गिलास, गद्दा, कम्बल, बेडशीट आदि भी इशू (Issue) करवाकर हॉस्टल पहुँचाने हैं। बहुत काम होता है एडमिशन के समय, पर राजू और उसके दोस्तों के लिए ज्यादा परेशानी नहीं थी क्योंकि गाँव के सीनियर भैया थे उन्हें गाइड करने के लिए और संभालने के लिए।

छठी कक्षा में नए एडमिशन के लिए आये सभी बच्चे खड़े हैं लाइन लगाकर! राजू, किशन और बनवारी एक लाइन में खड़े हैं.... टिम-टिम और तुलसी दूसरी लाइन, जो लड़कियों की लाइन है, उसमें खड़ीं हैं और तिलोनियाँ वालों के साथ खड़े हैं सीनियर भैया और दीदियाँ। सभी अपने आप को स्पेशल समझ रहे हैं क्योंकि अधिकतर बच्चे अपने पेरेंट्स के साथ ही खड़े हैं... केवल तिलोनियाँ वालों को ही साथ मिला हुआ है अपने सीनियर्स का।

तभी "राजेंद्र जाट, किशन मेघवंशी और बनवारी" के नाम का अनाउंसमेंट हुआ। सबसे पहले हॉस्टल अलॉट हो रहे हैं.... राजू को "शिवाजी हॉउस", किशन को "भगत सिंह हाउस" और बनवारी को "आज़ाद हाउस" अलॉट हुआ। पहले ही स्टेप पर सबको अलग-अलग कर दिया गया।

तीनों दोस्तों को अलग-अलग हाउस अलॉट हुए। थोड़ी देर बाद सभी बच्चों को थाली, चम्मच, ग्लास और गद्दा, बेडशीट के साथ कम्बलें भी दी जाने लगीं.... सभी वस्तुएं पुरानी थीं.... शायद बारहवीं के बच्चों ने जमा करवाई होगी स्कूल छोड़ते समय.... किसी-किसी बच्चे को नई प्लेट और ग्लास भी इशू हो रही हैं। जिसे नई प्लेट और ग्लास मिल जा रही है, उसकी ख़ुशी उसके चेहरे पर दिखाई दे रही है। साथ ही उसके पेरेंट्स भी बड़े खुश हो रहे थे कि उनके बच्चों को तो नए सामान मिले हैं परन्तु उन्हें क्या पता कि ये ख़ुशी कुछ ही समय रहने वाली है। कुछ

ही दिनों में नई प्लेट और ग्लास चोरी हो जानी है, फिर खोजना है कहीं से भी कैसी भी प्लेट और ग्लास मिल जाए ताकि मैस में भोजन कर सके।

राजू गद्दा, बेडशीट और कंबल उठा नहीं पा रहा है तो पास खड़े करतार ने कुछ सामान अपने पास ले लिया। रामोतार भैया, जो पहले से आज़ाद हॉउस में हैं, उन्होंने बनवारी की मदद की और सामान सहित बनवारी को लेकर आजाद हॉस्टल की ओर चल पड़े... ऐसे ही किशन को भी गाँव के सीनियर भैया मदद कर रहे हैं।

करतार अभी भी राजू के साथ ही है और वह कोशिश कर रहा है कि राजू को भी "भगत सिंह हॉउस" मिल जाये परन्तु ऐसा हो न सका! करतार ने प्रभु भैया और जमन भैया से कहा परन्तु उन्होंने कहा कि "बाद में देख लेंगे।" भैया के कहे "बाद में देख लेंगे", यही शब्द राजू के लिए परेशानी का सबब बनने वाले थे।

राजू के गाँव से शिवाजी हॉउस में एक दो बच्चे ही थे और जूनियर क्लासेज में तो तिलोनियाँ का कोई बच्चा शिवाजी हॉस्टल में नहीं था। ऊपर से शिवाजी हॉस्टल के वार्डन "राजपूत सर" का बहुत खौफ था।

सच में नवोदय राजू के लिए दूसरा घर ही साबित हुआ। कहाँ तो वो सपना देख रहा था कि करतार के साथ रहेगा एक ही हॉस्टल में और कहाँ उसे करतार से अलग दूसरा हॉस्टल अलॉट हुआ।

हर दिन घर की याद मे थोड़ा सिसकना,
बाद में खुद ही चुप हो जाना।
प्लेट, थाली, बर्तन और खुद के कपड़े खुद धोना,
थक हार कर फिर सो जाना।
न जाने कितने हसीन वो "सीन" थे,
जिनमें "नवोदयन" अपने में अपनों संग "लीन" थे।

राजपूत सर

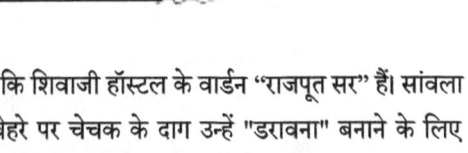

करतार ने राजू को बताया कि शिवाजी हॉस्टल के वार्डन “राजपूत सर” हैं। सांवला रंग, रोबदार चेहरा और चेहरे पर चेचक के दाग उन्हें "डरावना" बनाने के लिए काफी है, हिंदी फिल्मों के गुंडों जैसी शक्ल और शरीर के मालिक "राजपूत सर" का चेहरा देखकर ही बच्चों की हिम्मत नहीं होती थी कि कुछ शरारत करें।

राजपूत सर जितने डरावने हैं, उतनी ही खूबसूरत हैं उनकी धर्मपत्नी। दोनों की जोड़ी को देख-देखकर स्टूडेंट तो क्या टीचर्स भी स्वयं को बातें बनाने से नहीं रोक पाते थे और मजनू टाइप के स्टूडेंट तो पीछे लगे रहते थे मैडम के! परन्तु किसी की मजाल कि कोई उनकी नजरों से नजर भी मिला सके परन्तु ये भी तो किस्सा था ही नवोदय परिवार का!

राजपूत सर को हॉस्टल में पूरी तरह से अनुशासन चाहिए और चाहिए था प्रति माह हॉस्टल में होने वाली साफ-सफाई प्रतियोगिता में अपने हॉस्टल का प्रथम स्थान। इसलिए बच्चों द्व्रारा हॉस्टल के बाहर और अंदर की साफ-सफाई करवाना उनकी दिनचर्या का अहम हिस्सा था।

राजपूत सर का स्टाफ क्वार्टर शिवाजी हॉस्टल के सामने ही था जिससे बच्चों की आवाज उन तक पहुंचती रहती थी, साथ ही हॉस्टल में आने-जाने वाले बच्चों पर नजर भी।

हॉस्टल की हर विंग में राजपूत सर प्रतिदिन राउंड लगाया करते थे ताकि उन्हें पता रहे कि कोई सीनियर स्टूडेंट जूनियर को तंग तो नहीं कर रहा।

जूनियर तो क्या सीनियर विद्यार्थी भी उनसे डरते थे और डरने का सबसे महत्त्वपूर्ण कारण था.... राजपूत सर "मैथ्स" के टीचर थे। “मैथ्स” हर किसी स्टूडेंट का फेवरेट सब्जेक्ट तो नहीं हो सकता था परन्तु सर को लगता था कि उनके हॉस्टल का कोई

राजपूत सर

भी विद्यार्थी मैथ्स में फ़ेल न हो और उसके लिए जरुरत पड़ने पर सर विंग में भी बच्चों के डाउट सॉल्व कर दिया करते थे।

मैथ्स पढ़ाने के अद्भुत तरीके के लिए पूरे "रीजन" (क्षेत्र) में राजपूत सर जाने जाते थे। जो कोई स्टूडेंट उनकी क्लास में लेट होता था, समझ लो उसकी शामत निश्चित थी, राजपूत सर उसे अपने तरीके से दण्डित किया करते थे। सर को अनुशासित विद्यार्थी बहुत पसंद थे इसलिए उन्हें गुस्सा आ जाता था जब.... प्रश्न का जवाब नहीं मिलता.... विद्यार्थी उनकी क्लास में अनुशासन में नहीं रहते.... होमवर्क नहीं करते...!

करतार की बातें सुनकर राजू मन ही मन डर रहा था, आज ही तो गाँव से नवोदय आया हूँ और ये कैसा पहाड़ टूट पड़ा है मुझ पर?

अब क्या होगा.... क्या राजू शिवाजी हॉस्टल में अकेला रह पायेगा? क्या राजू के भैया, राजू का हॉस्टल बदलवा पाएंगे या राजू को पूरे सात साल शिवाजी हॉस्टल में राजपूत सर से डरते हुए बिताने पड़ेंगे? आज राजू के लिए हॉस्टल में पहला दिन और उसके पास इकट्ठा हो गई है प्रश्नों की भरमार!

राजू को समय के साथ अपने हर प्रश्न का जवाब मिलना है इसी नवोदय में।

राजपूत सर जैसे शिक्षक हर नवोदय में मिलते हैं, विशेषकर मैथ्स के टीचर, जिनका डर तो होता है विद्यार्थियों में परन्तु बच्चों में अनेक संस्कारों के जन्म का कारण बनते हैं जो कि जीवन की विशेष परिस्थितियों में लाभकारी बनते हैं। आज भी हर नवोदयन राजपूत सर जैसे शिक्षक को याद करता है और याद करता है उनके द्वारा मिले संस्कारों को। याद करता है हॉस्टल में रखी गई साफ़-सफाई को और कुछ नवोदयन याद करते हैं मैडम राजपूत को भी।

राजपूत सर और मैडम राजपूत जैसे अभिभावकों की भरमार है नवोदय में जो कि गाँव के अनजान और अभावग्रस्त बचपन को अपना जीवन देकर नवोदयन बनाते थे और आज भी बना रहे हैं।

नवोदय के टीचर भी तो नवोदयन ही हैं, उनके मन से नवोदय को शायद ही कोई बाहर निकाल पायेगा, वे ही तो वास्तविक शिल्पकार हैं नवोदयन के, उन्हीं के संस्कारों को ही तो आज नवोदय परिवार जी रहा है और सभ्य समाज के निर्माण की आधारशीला रख पा रहा है। धन्य हैं नवोदय परिवार के टीचर और धन्य है नवोदय परिवार।

गुरूर ब्रह्मा गुरूर विष्णु,
गुरूर देवो महेश्वरः,
गुरूर साक्षात परम ब्रह्म,
तस्मै श्री गुरुवे नमः

"इतनी शक्ति हमें दे न दाता, मन का विश्वास कमजोर हो न"

नवोदय में एडमिशन की औपचारिकताओं को पूरा करने के लिए अधिकतर रविवार का दिन निश्चित होता है और आज भी रविवार का ही दिन है तो सभी बच्चे पढ़ाई की जिम्मेदारी से मुक्त हैं, कोई क्रिकेट खेल रहा है तो कोई साईकिल दौड़ा रहा है, कुछ बच्चों के झुण्ड हॉस्टल के बीच की खाली जगह को मैदान बनाकर खेल रहे हैं तो कुछ बालक हेण्डपम्प पर कपड़े धो रहे हैं।

राजू को शिवाजी हॉस्टल अलॉट हो चुका था और बहुत कोशिशों के बाद भी वह चेंज नहीं हो पाया। अब करतार और राजू अपने सामान को रखने और "बेड" ढूंढने पहुँच चुके हैं शिवाजी हॉस्टल।

शिवाजी हॉस्टल, नवोदय विद्यालय नांदला का सबसे साफ़ और अनुशासित हॉस्टल। करतार के अनुसार अधिकतर टॉपर्स इसी हॉस्टल में रहते हैं... गिरधर भैया, रामराज भैया, जोधा राम भैया आदि और सबसे जयादा मस्तीखोर किशन भैया... नरेश भैया... आदि भी इसी हॉस्टल का हिस्सा हैं।

राजू को सीनियर भाइयों की विंग में ही "बेड" मिला है। नरेश भैया के साथ......
नरेश भैया पूरे नवोदय में अपनी अलग पहचान बनाये हुए हैं। देशी भाषा में उस समय सभी सीनियर उन्हें **"बकलोल"** बुलाया करते थे। बहुत ही बिंदास, हरफनमौला।

नवोदय के हॉस्टल में एक विंग में 20 विद्यार्थियों के रहने की जगह है। विंग में दस कोने हैं और हर कोने में लोहे के डबल बेड (एक ऊपर दूसरा नीचे) हैं... बेड के पास लकड़ी की छोटी अलमारी और विंग के अंत में 10 बड़ी अलमारियां.... छोटी अलमारी, जूनियर बच्चों के लिए और बड़ी अलमारी सीनियर के लिए।

"इतनी शक्ति हमें दे न दाता, मन का विश्वास कमजोर हो न"

राजू ने विंग में चारों तरफ नजर घुमाई, उसे विंग की हालत ठीक-ठाक ही लगी। विंग में कोई तौलिया बांधे घूम रहा है तो कोई बेड पर बैठकर पढ़ने की कोशिश... किसी के पेरेंट्स आये हुए हैं और वे सबकुछ व्यवस्थित कर देने की कोशिश कर रहे हैं तो कोई दोस्तों के साथ बतिया रहा है... बहुत अलग सा माहौल है... राजू के साथ और भी बच्चों को बेड मिला है इसी विंग में, परन्तु अभी सब एक दूसरे से अनजान हैं और सभी अपने पेरेंट्स के साथ व्यस्त हैं इसलिए किसी से बात नहीं हो पाई।

राजू ने अपने छोटे से जीवन में पहली बार ऐसे "बेड" देखे हैं। करतार, राजू के सामान को व्यवस्थित कर रहा है। तभी नरेश भैया आते हैं और उनकी स्टाइल में कहते हैं, "ओये करतार कौन है ये लोंडा?"

करतार, "भैया .... मेरा भाई है।"

नरेश भैया ने राजू की तरफ देखते हुए कहा, "अरे बहुत बढ़िया, बोल दे इसे कोई जरुरत होगी तो याद कर लेगा।"

बिना जवाब का इन्तजार करे और बिना आसपास देखे, नरेश भैया विंग से निकल गए, राजू उनको देखता रह गया, जैसे-जैसे नरेश भैया विंग से बाहर निकल रहे थे, उनके गाने की बेसुरी आवाज.... **"तू चीज बड़ी है मस्त-मस्त"** धीरे-धीरे कम होती जा रही थी। राजू ने असमंजस की हालत में करतार की तरफ देखा तो करतार ने दिलासा देते हुए कहा, "कोई नहीं आज कल में हॉउस चेंज हो जायेगा तो तू भी भगत सिंह हॉस्टल में आ जायेगा, तब तक तू रात में मेरे पास ही सो जाना।"

राजू के लिए ये दुनिया पूरी तरह से नई है। उसके चारों ओर लोग हैं पर सभी अनजान, भीड़ में बैठा हुआ राजू आज अकेला है और राजू अंदर से भयभीत है। नई जगह.... नए लोग.... नए कायदे-कानून.... हॉस्टल में वार्डन के अपने नियम तो सीनियर्स के अपने नियम।

आज सुबह से ही सब व्यस्त रहे, राजू ने करतार के साथ ही पहली बार मैस में लंच किया। "माँ" के हाथ का स्वाद तो नहीं था परन्तु आज का खाना गाँव के "जीमण" जैसा लगा, नवोदय में रविवार का लंच बहुत स्पेशल होता था, आज खीर-पूड़ी

"इतनी शक्ति हमें दे न दाता, मन का विश्वास कमजोर हो न"

और आलू की सब्जी बनी थी। उसे बड़ा अच्छा लगा, मैस में भीड़ बहुत थी परन्तु आज उन्हें आराम से खाना मिल गया था।

राजू ने देखा कि मैस में खाना परोसने के लिए सीनियर भैया लगे हैं और हर लाइन में बैठे बच्चों को खाना परोस रहे हैं। कोई खीर के लिए आवाज दे रहा है तो कोई पूड़ी के लिए, किसी को सब्जी चाहिए तो कोई खाना खाकर उठ रहा है।

कुछ सीनियर भैया तो एक ही प्लेट में तीन-चार मिलकर साथ में खाना खा रहे हैं तो कुछ खाना खाकर भी वहीं बैठे हैं और बतिया रहे हैं। उनकी नजर मैस के दूसरे हिस्से की तरफ है जहाँ गर्ल्स हॉस्टल की लड़कियां खाना खा रही हैं। किसी-किसी की नजरें चार हो जा रही थी, राजू ने वहां से अपना ध्यान हटा लिया।

करतार और राजू का खाना हो गया तो "हैंडपंप" पर लाइन में लगकर अपनी प्लेट को साफ किया और हॉस्टल में आ गए। करतार ने बताया, "आज का लंच स्पेशल है इसलिए अब तो शाम में केवल दाल-चावल या कड़ी-चावल मिलने वाले हैं और वो मुझे बिल्कुल अच्छे नहीं लगते।"

शाम होते-होते दिन में मिलने या बच्चों को हॉस्टल छोड़ने आये सभी पेरेंट्स अपने-अपने घर चले गए, पीछे छोड़ गए तो रोते-बिलखते बच्चों को। जिन्हें अब तक नवोदय विद्यालय अच्छा लग रहा था, अब वही हॉस्टल उन्हें काटने को दौड़ रहा था, सबसे बुरा हाल तो "छठवीं के नए विद्यार्थियों" का हो रहा था, उनका कहीं मन नहीं लग रहा।

पेरेंट्स बच्चों के लिए घर से लाया खाना और स्नेक्स छोड़ गए ताकि उन्हें शाम को मैस में खाने की जरुरत ही न रहे पर करतार और राजू के मामले में ऐसा कुछ भी नहीं था। राजू आज घर से आया जरूर था पर कुछ भी खाने का उसके पास नहीं था।

देखते ही देखते शाम हो गई। सभी विद्यार्थी "इवनिंग प्रार्थना" के लिए ग्राउंड में इकट्ठा हुए। प्रार्थना शुरू हुई और सभी बच्चे तेज स्वर में गाने लगे, राजू भी प्रार्थना के शब्दों को ध्यान से सुनने लगा, उसके जहन में बस प्रार्थना के यही शब्द गूंज रहे थे।

"इतनी शक्ति हमें दे न दाता
मन का विश्वास कमजोर हो न"

नवोदय का पहला दिन लगभग खत्म होने को था, मासूम राजू को शाम होते-होते गोपाल और परिवार की याद सताने लगी। न चाहते हुए भी आँखों से आंसुओं की धारा बह निकली जो रुकने का नाम नहीं ले रही थी। कारण तो अनेक थे दुखी होने के पर करतार के साथ रूम नहीं मिलना शायद राजू के लिए एक अहम कारण था जिसके कारण वह अपने इमोशन कंट्रोल नहीं कर पा रहा था।

हॉस्टल बदलवाने की धुन

सुबह से कब शाम हो गई, पता भी नहीं चला। पता चला जब पेरेंट्स से बिछुड़ने का समय आ गया, अधमने मन से पेरेंट्स बच्चों को हॉस्टल छोड़कर वापस लौटने लगे। राजू के गाँव से आये सभी पेरेंट्स भी अब निकलने को तैयार हैं। राजू के लिए या यूँ कहूँ सभी बच्चों के लिए अपनों से बिछुड़ने का ये अनुभव बहुत नया और पीड़ादायक है।

बच्चे पहली बार अपने परिवार से दूर हॉस्टल में रहने वाले हैं जहाँ अब न माँ साथ होगी, न बहन... अब न पिताजी का साथ मिलेगा और न ही परिवार के किसी और सदस्य का। अब नवोदय ही इन बच्चों का परिवार बनने वाला है, कभी नहीं बिछुड़ने वाला परिवार, प्रतिपल साथ निभाने वाला परिवार, जहाँ न कोई अमीर होगा, न कोई गरीब, न कोई हिन्दू होगा और न कोई मुस्लिम। जहाँ बच्चे जाति के विभिन्न बंधनों से मुक्त होंगे। आज जो अंजाने से लग रहे हैं, कल दिल के बहुत करीब होने वाले हैं। आज जो दूर-दूर बैठे हैं, कल इनको दूर करना मुश्किल होने वाला है।

राजू ने करतार के साथ दिन भर चारों हॉस्टल देखे और अपने गाँव के आलावा करतार के सभी दोस्तों से भी मिला। किशन को करतार की विंग में ही बेड मिला है, उसके लिए राजू बहुत खुश है पर स्वयं के लिए बहुत दुखी। शाम की प्रार्थना के बाद करतार, राजू, किशन साथ ही, करतार की विंग में बैठे हैं।

विनोद भैया, विश्राम भैया और भी सीनियर भैया वहीं बैठे हैं। शाम के खाने को लेकर बातें हो रही हैं, साथ ही राजू के हॉस्टल चेंज करवाने की बातें भी। उन सबकी बातों के दौरान भी राजू गुमसुम सा बैठा है, उसके मन में हॉस्टल बदलवाने की धुन सवार हो गई है। उसे लगने लगा कि भैया और करतार के यहाँ होने के बाद

भी वह उनके साथ न रहकर दूसरे हॉस्टल में कैसे रहेगा? उसे अकेलापन खाये जा रहा था।

स्वयं को "डिफरेंट" मानने वाले राजू को लगने लगा कि उसमें और दूसरे बच्चों में कोई डिफरेंस नहीं है। पहले वह समझ रहा था कि करतार और अपने भाइयों के कारण उसे स्पेशल ट्रीटमेंट मिलेगा परन्तु ऐसा कुछ नहीं हुआ। पहले दिन ही उसे समझ आ गया कि यहां कोई स्पेशल नहीं है। यहाँ सभी समान हैं परन्तु फिर भी उसे शिवाजी हॉस्टल से भगत सिंह हॉस्टल में ट्रांसफर लेना है किसी भी कीमत पर।

राजू, सबके बीच से उठकर भैया के पास गया और कहा, "भैया मेरा हॉस्टल चेंज करवा दो, मैं करतार के साथ ही रहूँगा।" भैया ने कहा, "ठीक है... आज तो शिवाजी हॉस्टल में ही रुक, कल मैं राजपूत सर से बात करता हूँ।" भैया की बात सुनकर राजू को कुछ चैन मिला। वह पुनः करतार की विंग में आया और सबको बताया, "भैया कल राजपूत सर से बात करके मेरा हॉस्टल चेंज करवा देंगे।" अब राजू थोड़ा खुश हो गया परन्तु ये ख़ुशी ज्यादा देर तक नहीं टिकने वाली थी, ऐसा प्रतीत हो रहा था कि उसकी खुशियों पर पहले दिन ही ग्रहण लग गया है। राजपूत सर के हॉस्टल से किसी को दूसरे हॉस्टल में लेना सबसे टेढ़ी खीर थी, ये अभी राजू को पता नहीं था।

शाम को राजू और करतार मैस में गए "दाल-चावल" खाने के लिए, मैस में न के बराबर बच्चे आये थे। राजू को भी शाम का खाना अच्छा नहीं लगा परन्तु मन मारकर थोड़ा सा खा लिया। कुछ तो दाल चावल खाना उसके लिए नया था और कुछ उसका मन भी विचलित सा था। खाना खाते समय भी राजू के मन में बस एक ही बात चल रही थी कि कैसे भी करके हॉस्टल चेंज करवाना है ताकि नवोदय में कुछ तो सुकून मिल सके।

मिनी इण्डिया

हमारे देश में अलग-अलग जाति और धर्म को मानने वाले लोग रहते हैं, जिनके खान-पान, पहनावा और बोली, परंपरा-रीति-रिवाजों आदि में काफी अंतर है, लेकिन फिर भी यहां सभी लोग मिलजुल कर प्रेम और भाईचारे के साथ रहते हैं, और यही भारत को विश्व के अन्य देशों से अलग बनाता है।

भारत की आजादी से पहले अंग्रेजों ने भारत में **'फूट डालो, राज करो'** की नीति अपनाई, ताकि भारतीय एकता कमजोर पड़ जाए, लेकिन विदेशी ताकतों का भारतीय एकता और अखंडता पर कोई प्रभाव नहीं पड़ा। बाबजूद इसके सभी भारतीयों ने एकजुट होकर देश को आजाद करवाने के लिए अंग्रेजों के खिलाफ लड़ाई लड़ीं, और अपने देश को आजाद करवाने में सफल हुए, जो कि अपने आप अद्वितीय है और इस तरह "अनेकता में एकता" की शक्ति की सबसे बड़ी मिसाल है कालन्तर में बने "नवोदय विद्यालय।"

नवोदय में बच्चों की जाति, धर्म और सामाजिक-सांस्कृतिक-आर्थिक स्तर में अनेक भिन्नताएं हैं लेकिन अनेकता में एकता के सूत्र का सबसे अनोखा उदाहरण है "नवोदय विद्यालय"। भांति-भांति के बच्चे और दूर प्रदेशों से आये अध्यापक, कब एक माला में बंध जाते हैं, पता नहीं चलता और वही माला समय के साथ मजबूत होती जाती है जब वे सब एक-दूसरे में घूल जाते हैं, एक दूसरे के मन में बस जाते हैं, एक-दूसरे का सम्मान करने लगते हैं तब तो "राजपूत सर" भी बहुत याद आने लगते हैं।

"अनेकता में एकता" नवोदय की पहचान है और यह भारतीय संस्कृति और परंपरा को सबसे अलग एवं समृद्ध बनाने में मदद करती है। सही मायने में अनेकता में एकता के कारण ही आज नवोदयन समाज में अपनी एक अलग पहचान बनाने में कामयाब रहे हैं जो भारत को विकास के पथ पर आगे बढ़ाकर इसकी अलग

पहचान बना रहे हैं। ***कभी-कभी तो लगता है कि नवोदय ही वह भारत है जिसकी कल्पना सभी भारतीय करते रहते हैं।***

नवोदय परिवार राजू के लिए "तारक मेहता का उलटा चश्मा" सीरियल में आने वाली "गोकुल धाम सोसाइटी" जैसा ही तो है जिसे सब "मिनी इण्डिया" कहते हैं। नवोदय परिवार कोई मिनी इण्डिया से कम थोड़े ही है।

हॉस्टल की विंग में बीसों के बीसों बच्चे अलग अलग गाँव-ढाणी से आये हैं, कुछ शहरों से भी हैं तो सभी के विचार, संस्कृति, रहन-सहन, खानपान आदि सब तो अलग हैं। जाति-मजहब भी तो अलग-अलग हैं परन्तु जिस प्रकार से साथ रहकर एक-दूसरे को सिखाकर और एक-दूसरे से सीखकर वे सहयोग और समर्पण की भावना को आगे बढ़ा रहे हैं, वही तो भविष्य के भारत की कल्पना है जहां सबका साथ हो, जहां मजहब से ऊपर इंसानियत हो, जहां अनेकता में भी एकता की भावना दिखाई दे।

नवोदय परिवार, जो कि सही मायने में मिनी इण्डिया है, राजू को इस परिवार का हिस्सा बनकर बहुत अच्छा लग रहा था। परन्तु शुरुआत थी उसकी ... तो मन अभी भी घर के लिए तड़पे जा रहा था।

नवोदय केवल नाम नहीं "भावों" की झोली है
अनेक रंगों में मिल जाने की ये तो होली है।
"अपनापन" को खोज रहे दुनिया वाले,
नवोदय और अपनापन तो आपस में सखी-सहेली है।

वार्डन का हॉस्टल राउंड

नवोदय में आज राजू का पहला दिन जरूर था परन्तु करतार और अपने सीनियर भाइयों से उसे ये समझ आ रहा था कि नवोदय में "हाउस वार्डन" का बहुत बड़ा रोल यानि योगदान होता है बच्चों को सही दिशा देने के लिए, उन्हें अनुशासन का पाठ पढ़ाने के लिए और इस नवोदय परिवार यानी मिनी इण्डिया को एक धागे में पिरोकर रखने के लिए।

वार्डन का खौफ भी बहुत होता है, बड़े-बड़े तीस मारखां भी वार्डन के सामने पानी भरते नजर आ जाते हैं और वार्डन अगर राजपूत सर जैसे हों, जिनके नाम से ही लोग काँप जाएँ तो फिर कहने ही क्या! साथ ही वार्डन के प्यार की भी कोई सीमा नहीं होती, जरुरत पड़ने पर वार्डन अपने हॉस्टल के बच्चों के साथ रात-दिन एक कर देते थे।

शाम के खाने के बाद शिवाजी हॉस्टल में जैसे ही राजूपत सर आये, पूरे हॉस्टल में सन्नाटा पसर गया। जो सीनियर गाना गा रहे थे, मस्ती कर रहे थे, एकदम चुप होकर अपने-अपने बेड पर जाकर बैठ गए। राजपूत सर ने बच्चों को हॉस्टल के बाहर विंग के अनुसार लाइन में खड़े होने को कहा। नए बच्चों को अलग लाइन में खड़ा किया गया। छठी क्लास के नए एडमिशन वाले बच्चे राजू, नीलेश, रत्नेश, पवन, शिवराज, राधाकिशन आदि एक लाइन में खड़े हो गए। अभी तक किसी की भी आपस में इतनी बात नहीं हुई थी और पेरेंट्स भी जा चुके थे तो सभी गुमसुम से खड़े थे। राजू सबसे छोटा था इसलिए वह लाइन में सबसे आगे खड़ा हो गया। इसका मतलब सबसे पहले राजपूत सर की नजर राजू पर ही पड़ने वाली थी।

राजपूत सर ने सभी नए बच्चों को बताया कि वे शिवाजी हॉस्टल के वार्डन हैं और मैथ्स के टीचर भी हैं। उन्होंने राजू की तरफ देखते हुए इशारा किया कि सभी नए बच्चे अपना-अपना परिचय करवाएं ताकि सब लोग एक-दूसरे को जान सकें।

करतार ने राजू को पहले ही बता दिया था कि आज रात तो उसे शिवाजी हॉस्टल में ही रुकना पड़ेगा, आज जरूर राजपूत सर आएंगे और तुम सब से मिलकर जायेंगे। विंग में भी सभी सीनियर भाइयों ने बताया था कि राजपूत सर जैसा पूछें, वैसा ही जवाब देना है और भूलकर भी किसी की शिकायत नहीं करनी है।

राजू ने पहली बार राजपूत सर को देखा, उनकी आवाज सुनकर उसे लगा कि जो करतार ने सर के बारे में बताया है, वह एकदम सही है। चेहरा तो डरवाना था ही, आवाज में बहुत दम था, उसके तो पसीने छूट गए।

राजू ने अपना परिचय करवाया। उसकी बात सुनकर राजपूत सर ने सारी विंग को बताया कि,"राजेंद्र (हाँ आपने सही पढ़ा, राजेंद्र, राजू का वास्तविक नाम जो अब नवोदयन के लिए "राजू" बनने वाला है) के भैया यहीं नवोदय में हैं और अपनी-अपनी कक्षा के टॉपर हैं। साथ ही राजपूत सर ने पहले ही दिन जता दिया कि उन्हें हॉस्टल में टॉपर चाहिए इसलिए सबको मन लगाकर पढ़ाई करनी है।

राजू ने हिम्मत करते हुए कहा कि सर मुझे हॉस्टल चेंज करके अपने भाई के हॉस्टल जाना है, यहाँ मेरा मन नहीं लगेगा।

राजपूत सर ने राजू को समझाते हुए कहा कि सारे हॉस्टल तो पास-पास ही हैं, तुम यहीं मन लगाकर पढ़ाई करो, अगर जरुरत पड़ेगी तो मैं बात करके तुम्हारे भाई को ही शिवाजी हॉस्टल में बुला लूंगा।

राजपूत सर की बात सुनकर राजू को एक बात तो समझ आ गई कि अब हॉस्टल चेंज करवाना बहुत मुश्किल होने वाला है। उसका मन कर रहा था कि दहाड़ें मार कर रोये परन्तु ऐसा हो न सका, उसकी आँखें पूरी तरह से भीग गई। हॉस्टल बदलवाने की उसकी आशा पहले ही दिन निराशा में बदल गई।

परिचय पूरा होने के बाद राजपूत सर ने साफ-सफाई का विशेष ध्यान रखने की हिदायद दी और सबको हॉस्टल जाने को बोल दिया। राजपूत सर ने नरेश भैया और सभी सीनियर भैयाओं को जूनियर बच्चों का ख्याल रखने की विशेष हिदायद दी। सभी बच्चों ने राजपूत सर को "जय हिन्द" कहा और सभी अपनी-अपनी विंग में आ गए।

वार्डन का हॉस्टल राउंड

नरेश भैया ने रोते-सुबकते राजू को ढाढस बंधाते हुए कहा, "अरे छोटू! ज्यादा परेशान मत हो, प्रभु भैया बात कर लेंगे तो हो जायेगा तेरा हॉस्टल ट्रांसफर।" नरेश भैया के शब्दों से भी राजू को कोई ख़ास फरक नहीं पड़ा, गाँव के अपने दोस्तों, घर-परिवार और काका-काकी एवं आज की सारी घटनाओं को याद करते, बार-बार करवटें बदलते जाने कब राजू नींद के आगोश में चला गया।

नवोदय की पहली रात बहुत कुछ अपने साथ लेकर आई नए मित्र, राजपूत सर की आवाज, सीनियर भाइयों की होसलाअफजाई। राजू के लिए नवोदयन बनने की दिशा में यह पहला कदम था तो संघर्षों की शुरुआत भी थी परन्तु राजू ने उम्मीद नहीं छोड़ी।

उस दिन सीनियर भाइयों से मिले प्यार को राजू समझ नहीं पाया परन्तु जैसे-जैसे नवोदय में दिन बीतने लगे, राजू को समझ आने लगा कि सीनियर भाइयों के बिना नवोदय परिवार की कल्पना ही अधूरी है, साथ ही "हॉउस वार्डन" के बिना नवोदयन को अनुशासन में रखना एक टेढ़ी खीर है।

मॉर्निंग पी.टी.

व्हिसल की आवाज के साथ पूरे हॉस्टल में अफरातफरी मच गई। सुबह के पांच बजे थे, गहरी नींद में सो रहे राजू और उसके सभी नए दोस्तों के लिए सुबह व्हिसल की आवाज पर उठना एकदम नया अहसास था। तभी नरेश भैया की आवाज ने सारी विंग का ध्यान अपनी तरफ आकर्षित किया, गाली देते हुए, "उठो सभी नहीं तो वो अंदर आकर मारेगा, उसने हाथ में बहुत मोटा डंडा ले रखा है।" राजू को समझ नहीं आया कि नरेश भैया किसकी बात कर रहे हैं।

सभी सीनियर भैया, जो "पी. टी." में जाने को तैयार हो रहे थे, सब ने सफ़ेद नेकर एवं हाउस की टीशर्ट और पी. टी. शूज पहन लिए। राजू के पास तो शूज थे नहीं इसलिए उसने तो अपने पैरों में आज चप्पल ही डाल ली, जैसे ही नरेश भैया ने यह देखा तो बोले, "अरे छोटू किसी से आज दिन में पी. टी. शूज ले लेना... पुराने वाले और नहीं मिले तो मुझे बता देना, मैं कहीं से अरेंज कर दूंगा।"

राजू ने 'हाँ' में सिर हिला दिया।

कुछ सीनियर भैया अभी भी सो रहे थे, शायद उनका मन नहीं हो रहा होगा पी. टी. में जाने का तो किसी ने नरेश भैया से अटेंडेंस मारने के लिए बोल दिया था।

हॉस्टल में सभी बच्चों का सुबह-सुबह "फ्रेश" होना बहुत मुश्किल था तो कोई फ्रेश हो पाया, कोई बिना फ्रेश हुए ही पहुँच गया ग्राउंड में। विशेषकर राजू और उसके साथियों के लिए तो बहुत मुश्किल था सुबह-सुबह बाथरूम के बाहर लाइन लगाकर खड़े होना और सबसे महत्त्वपूर्ण राजू को तो टॉयलेट में फ्रेश होने की आदत भी नहीं थी।

आज तो राजू सुबह फ्रेश नहीं हो पाया था फिर भी जैसे-तैसे करके वह ग्राउंड पहुंचा तो वहां का माहौल ही अलग सा था। कोई बच्चा खड़े-खड़े "उबासियाँ" ले

मॉर्निंग पी.टी.

रहा था तो कोई "गैस पास" कर रहा था। नींद तो सबकी आँखों में थी। जो थोड़ा लेट हो रहा था वह PET सर को देखते ही दौड़ने का नाटक कर रहा था और पहुँच रहा था ग्राउंड में PET टीचर के डंडे से बचते-बचाते।

थोड़ी देर में सभी बच्चे ग्राउंड में उपस्थित थे, ग्राउंड में "PET सर" मुंह में व्हिसल और हाथ में डंडा लिए खड़े थे। अब राजू को समझ आया कि सुबह-सुबह विंग में इतना हल्ला क्यों मचा था? अब तो रोज सुबह पांच बजे उठकर ग्राउंड में एक्सरसाइज करनी पड़ेगी। ग्राउंड के पूरे पांच राउंड लगाने पड़ेंगे।

गर्मी के दिनों में तो ठीक है कि सुबह के समय उजाला हो जाता है परन्तु सर्दी के दिनों में सुबह-सुबह उठना अपने-आप में पनिशमेंट से कम नहीं होने वाला था।

छोटे बच्चे तो डर से मॉर्निंग पी. टी. का हिस्सा बन जाते हैं पर जैसे-जैसे सीनियर होते जाएंगे केवल "गेम्स" वाले बच्चे ही आपको इसका हिस्सा बनते नजर आएंगे। गेम्स वाले बच्चों का तो कोई फिक्स टाइम भी नहीं होता, वे तो कभी भी ग्राउंड में जाकर प्रेक्टिस कर सकते हैं।

राजू ने देखा कि नवोदय का ग्राउंड उसकी स्कूल के ग्राउंड से बहुत बड़ा है, यहाँ तो हर गेम के लिए अलग ग्राउंड है। पांच राउंड पूरे होने के बाद सभी गेम्स वाले खिलाड़ी अपने-अपने ग्राउंड में टीम के साथ प्रेक्टिस करने लगे। उगमा राम भैया के साथ कबड्डी की टीम खेल रही है तो जीवन सिंह भैया के साथ वॉलीबाल की टीम, थोड़ी देर में गर्ल्स की टीम भी बॉयज के पास ही आकर खेलने लगी है।

राजू भी खो-खो के ग्राउंड के पास ही खड़ा है और देख रहा है सीनियर भाइयों को खेलते हुए, एक बार तो उसकी भी इच्छा हुई कि वह भी उतर जाए ग्राउंड में परन्तु उसने अपने-आप को रोक लिया, उसने सोचा कि आज तो नवोदय का पहला ही दिन है, कुछ दिनों के बाद खेलूंगा, तब तक ये पता कर लेता हूँ कि कौन से भैया हैं जो खो-खो खेलते हैं।

गेम्स वाले खिलाड़ी तो अपने-अपने ग्राउंड में अभी भी प्रेक्टिस में लगे हैं परन्तु राजू ने जैसे ही व्हिसल की आवाज सुनी, करतार के साथ निकल पड़ा ग्राउंड से हॉस्टल की तरफ।

सुबह की एक्सरसाइज पूरी होने के बाद हैंडपंप पर नहाकर (हॉस्टल के बाथरूम में जूनियर बच्चों का स्नान करने के लिए नंबर आ जाना बहुत बड़ी बात हुआ करती थी क्योंकि बाथरूम में सर्विस वाटर केवल आधा घंटा ही आता था) राजू तैयार हो चुका था नवोदय के अपने पहले ब्रेकफास्ट के लिए। नवोदय हॉस्टल के अधिकतर बच्चे नहाने, कपडे धोने और झूठी प्लेट साफ़ करने के लिए हैंडपंप पर निर्भर थे। पूरे केम्पस में दो हैंडपंप थे, एक शिवाजी हॉस्टल के आस-पास और दूसरा गर्ल्स हॉस्टल से स्कूल के रास्ते में टीचर्स क्वार्टर के पास। अधिकतर सीनियर, गर्ल्स हॉस्टल के पास वाले हैंडपंप पर नहाने जाते थे और जूनियर शिवाजी हॉस्टल के पास वाले हैंडपंप पर। परन्तु कपड़े धोने के समय इसका जस्ट उल्टा होता था।

मॉर्निंग P.T. सात वर्षों तक अनवरत चलने वाली एक महत्त्वपूर्ण इवेंट होती है नवोदयन के जीवन की। यहां खेल-खेल में पहले प्यार की शुरुआत भी होती है तो तकरार की भी। यहीं दोस्ती की नई परिभाषा ईजाद होती है तो दुश्मनी की इबादत भी यहीं लिखी जाती है।

हर मौसम में इसका मजा अलग होता है, सर्दी डराती है तो गर्मी में शरीर पसीने से तर-बतर हो जाता है परन्तु विद्यार्थियों के सर्वांगीण विकास के लिए सबसे मजबूत कदम है नवोदय की मॉर्निंग पी टी और यहीं से शुरू होता है नवोदयन का गेम्स के प्रति रुझान और यहीं से शुरुआत होती है "सार्वजनिक जीवन मेंअनुशासन की।"

विद्यार्थी जीवन में खेल का अपना महत्त्व है, यह नवोदय परिवार से बेहतर कौन जान सकता है तभी तो नवोदय में शिक्षा के साथ खेलों को भी महत्त्व दिया जाता है। "खेल" ही जीवन में असफलता के डर से लड़ना सिखाते हैं तो खेल ही जीत को संभालना भी सिखाते हैं। खेल विद्यार्थी जीवन में अनुशासन लाते हैं तो खेल ही हैं जो विद्यार्थी के सर्वांगीण विकास की कहानी लिख जाते हैं।

नवोदय परिवार ने हर नवोदयन को समान अवसर प्रदान किये हैं और समान अवसरों का लाभ उठाकर नवोदयन किसी न किसी खेल का हिस्सा बन जाते हैं। तभी तो गेम्स और ग्राउंड के भी तो बहुत से किस्से जमां हैं नवोदयन के जहन में और वे अनकहे किस्से ही तो आज भी अकेले में मुस्कुराने का कारण बनते हैं।

उन्हीं किस्सों को शब्द देने की कोशिश की जा रही है लेखक द्वारा **"नवोदय... नवयुग की आरती"** में।

आने वाले सात वर्षों में राजू के भी गेम्स के किस्से उसे नवोदयन बना देंगे, वह नवोदयन जो किसी भी परिस्थिति में हार नहीं मानता, जो मुश्किलों में भी आगे बढ़ने की दृढ इच्छाशक्ति रखता हो, जिसे असफलता का कोई भय नहीं क्योंकि नवोदय में गेम्स खेलते हुए उसने हार को जीत में और जीत को हार में बदलते हुए देखा है।

मॉर्निंग पी. टी. से शुरू हुए गेम्स और ग्राउंड के किस्से, कुछ मेरे और कुछ तेरे हिस्से।

याद आता है मुझे आज भी वो हसीं पल
जहां आज भी आवाज आती है
उठ...पी टी चल! .... पी टी चल! .... पी टी चल!

नवोदय प्रार्थना

राजू के लिए आज स्कूल का पहला दिन है, राजू और करतार ने हैंडपंप पर नहाने के उपरान्त मैस में नाश्ता कर लिया। नास्ते में आज पोहा बना है। नवोदय का स्पेशल पोहा, जिसका अपना एक किस्सा है।

पोहा और पानी वाले दूध का स्पेशल स्वाद नवोदय हॉस्टल से अच्छा कहीं नहीं मिल सकता, यही स्वाद सदाबहार रहने वाला है, बहुत से पास-आउट सीनियर भैया आज भी नवोदय के पोहों के स्वाद का आनंद लेने के लिए नवोदय अलुम्नाई मीट का हिस्सा बनते हैं।

राजू अपने सपनों की स्कूल बिल्डिंग को देखता रहा गया, कल एडमिशन के समय जिस स्कूल को बाहर से देखा था, आज अंदर से देखकर वह चकित हो गया। यहाँ कितने बड़े-बड़े क्लास रूम हैं और सब कक्षाओं में बड़ा सा ब्लैकबोर्ड और सबसे महत्त्वपूर्ण हर क्लास में पंखा और बेंचेज भी हैं बैठने के लिए!

राजू ने अपने गाँव के स्कूल में तो केवल क्लास रूम ही देखे थे, वहां न बेंचेज थी, न ही पंखा। वहां तो फटी पुरानी दरी हुआ करती थी बैठने के लिए। कक्षाओं को देखकर राजू का चेहरा, जो मुरझाया हुआ था, (कल के एपिसोड के बाद) थोड़ा खिल उठा। कल जो सपने थोड़े मुरझा गए थे, क्लासरूम देखकर पुनः जीवित होने का प्रयास करने लगे।

तभी मॉर्निंग प्रेयर के लिए घंटी बजी तो सभी बच्चे क्लासरूम को छोड़कर "एम्. पी. हाल" में इकट्ठे हो गए। राजू अपनी कक्षा की लाइन में सबसे आगे खड़ा हो गया, सूर्यप्रकाश एवं रामराज जरूर उसी की हाइट (लम्बाई) के थे परन्तु वे लोग पीछे लाइन में लग गए। सभी कक्षाओं में लड़कियों की अलग लाइन थी।

राजू ने देखा कि सामने स्टेज पर सुरेश भैया खड़े हैं और सभी को “सावधान-विश्राम” करवा रहे हैं। सुरेश भैया को देखते ही जाने क्यों राजू को बहुत अच्छा लगने लगा। कुछ सीनियर दीदियां भी स्टेज पर हैं जो कि माइक लेकर खड़ी हैं, साथ ही कुछ बच्चों ने हारमोनियम और तबला भी ले रहा रखा है। सुरेश भैया जैसे ही नवोदय प्रार्थना गाने को कहते हैं सभी बच्चे एक सुर में गाना शुरू करते हैं:

"हम नवयुग की नई भारती, नई आरती
हमीं नवोदय हों।
हम स्वराज की रिचा नवल, भारत की नवलय हों,
नव सूर्योदय, नव चंद्रोदय
हमीं नवोदय हों।
रंग, जाति, पद भेद रहित हम,
हम सबका एक भगवन हो,
संतान हैं धरती माँ की हम,
धरती पूजा स्थान हो।
मानव हैं हम, हलचल हम, प्रकृति के पावन वेश में,
खिले फले हम में संस्कृति, अपने भारत देश की,
हिमगिरी हम, नदियाँ हम, सागर की लहरें हों,
जीवन की मंगल माटी के हमीं नवोदय हों.....!"

राजू और उसकी क्लास के बच्चों को “नवोदय प्रार्थना” आती होगी, ये तो सवाल ही नहीं बनता, पहले ही दिन ये कैसे हो सकता है कि नवोदय प्रार्थना याद हो इसलिए सभी केवल सुन रहे थे या फिर केवल दोहरा दे रहे थे अपने सीनियर भाइयों और दीदियों के साथ।

राजू ध्यान से नवोदय प्रार्थना सुन रहा है और साथ ही समझने की कोशिश भी कर रहा है। "नवोदय प्रार्थना" के हर शब्द में गूढ़ अर्थ छिपा हुआ है, ये प्रार्थना सभी बच्चों को प्रेरित करती है कुछ नया करने के लिए, आगे बढ़ने के लिए। इसके अनुसार धरती की सभी संताने किसी भी प्रकार के भेदभाव से दूर हैं और नवोदयन

के लिए यही सत्य है। तभी तो जाति, धर्म, रंग, अमीरी-गरीबी आदि के बंधनों से दूर है नवोदयन। प्रकृति की रक्षा का उत्तरदायित्त्व भी नवोदयन पर है तो भारतीय संस्कृति को नई ऊंचाइयों पर ले जाने की जिम्मेदारी भी नवोदयन के मजबूत कन्धों पर है। इस प्रार्थना द्वारा नवोदय की स्थापना के उद्देश्य को परिभाषित करने का प्रयास किया गया है।

राजू के लिए नवोदय प्रार्थना को गाना एक नयी अनुभूति थी, वैसे शिक्षा निकेतन में पढ़ते हुए राजू नुक्कड़ नाटकों, गानों आदि में भाग लिया करता था परन्तु इतने बड़े हॉल में इतने बच्चों के साथ "हमीं नवोदय हों" गाना उसे गौरवान्वित किये जा रहा था।

उसे समझते देर नहीं लगी कि भविष्य के सात सालों तक रोज इसी "नवोदय प्रार्थना" को गाकर बड़े होना है। हर साल उसकी तरह नवोदय की इस दुनियां में 80 बच्चे और जुड़ जायेंगे और 80 सीनियर यहाँ से विदा भी हो जायेंगे जो जीवन पर्यन्त नवोदयन बन राष्ट्र की सेवा करेंगे। यही परिवर्तन का नियम भी कहता है और यही नवोदय विद्यालय की परम्परा भी है।

नवोदय में सही मायने में राजू का आज पहला दिन है और उसके मन के विचारों में उसने पूरे सात साल की यात्रा तय कर ली है। सीनियर भैया और दीदियों को देखकर उसे लगने लगा कि "यही वह जगह है जहाँ से अपनी मंजिल को पाया जा सकता है। नवसूर्योदय की कल्पना को साकार किया जा सकता है। अपने सपनों को पंख लगाए जा सकते हैं।"

प्रकृति की रक्षा सुनिश्चित करने के साथ ही सभी का जीवन मंगलमय हो, इसके लिए नवोदयन आज भी प्रयासरत हैं। नवोदय प्रार्थना एक महत्त्वपूर्ण कारक है नवोदयन को संस्कृति और संस्कारों के प्रति जिम्मेदार बनाने के लिए। यहीं से भारतीय संस्कृति की रक्षा, सहयोग और साथ की भावना एवं संस्कारों के बीज अंकुरित होते हैं नवोदयन के जीवन में।

रेमेडियल क्लासेज

सुबह से शाम होने को आई। राजू ने मैस में लंच कर लिया था। अब उसे लगा कि हो गई स्कूल की छुट्टी!

तभी करतार ने कहा, "राजू अपने हॉस्टल जा और जल्दी से बुक्स लेकर आजा... रेमेडियल क्लास चलना है।"

रेमेडीएल क्लासेज!! राजू ने पहली बार करतार के मुंह से यह नाम सुना।

राजू ने करतार से पूछा, "ये क्या है?"

करतार ने राजू को बताया, "शाम चार बजे वापस स्कूल जाना है एक घंटे के लिए और फिर से पढ़ाई करनी है, अपना होमवर्क भी कम्प्लीट कर सकते हो या कुछ जो क्लास में नहीं समझ आया वो सर से पूछ सकते हो, इसलिए होती हैं रेमेडीएल क्लासेज।" राजू ने सोचा ये तो बहुत अच्छा है। कम से कम रेमेडियल क्लासेज के समय तो शिवाजी हाउस में नहीं रहना पड़ेगा और दोस्तों के साथ जितना रहेंगे, उतनी ही जल्दी एक-दूसरे से जान-पहचान होगी।

जैसे ही राजू रेमेडियल क्लास के लिए पहुंचा, उसने देखा कि कुछ बच्चे आये हैं क्लास और कुछ अपने हॉस्टल में ही मस्ती कर रहे हैं। रेमेडियल क्लास में पढ़ने वाले विद्यार्थी तो पढ़ लेते थे और अपना होमवर्क भी पूरा कर लेते थे परन्तु स्टूडेंट की ऐसी भी खेप थी जो मस्ती के लिए रेमेडियल क्लास आती थी। हाँ एक बात और जो राजू की समझ आज ही आ गई थी कि रेमेडियल क्लासेज में गर्ल्स से बात करने का एक मौका होता है और प्यार की पींगे भिड़ाने का सबसे सुनहरा अवसर क्योंकि केवल दो टीचर की ही ड्यूटी होती थी रेमेडियल क्लासेज में।

रेमेडियल क्लासेज में बॉयज जरूर बंक मार देते थे परन्तु गर्ल्स की अटेंडेंस तक़रीबन पूरी होती थी। रेमेडियल क्लासेज प्यार करने वालों के लिए एक महफूज जगह हुआ करती थी और नौसिखिये प्रेमियों के लिए एक अवसर भी।

जहां प्यार की आग दोनों तरफ लगी होती थी, वे खड़े होते थे कहीं कोने में और एक तरफ़ा प्यार वाले इसी उम्मीद में कि उन्हें भी मौका मिलेगा कोने में खड़े होने का।

राजू जैसे पढ़ने वाले बच्चों को भी कुछ तो फायदा होने वाला था इन क्लासेज में और वे अपना होमवर्क कम्प्लीट कर एक्स्ट्रा स्टडी भी कर सकेंगे। परन्तु सही मायने में लंच के बाद होने वाली इन रेमेडियल क्लासेज में बेंच पर सोने पर बहुत अच्छी नींद आती थी। आज भी नवोदयन जरूर मिस करते होंगे इस नींद को!

पांच बजते ही रेमेडियल क्लासेज के ख़त्म होते ही मिलता था एक फ्रूट, सीनियर भैया सबको डिस्ट्रीब्यूट करते थे और बचे हुए सारे फ्रूट्स पहुँच जाते थे उनकी विंग में। अब जो बच्चा सीनियर भैया की विंग में होता उसके तो वारे-न्यारे हो जाते थे। उन्हें खाने को मिलते थे यही बचे हुए फ्रूट्स।

आज की रेमेडियल क्लास की जैसे ही छुट्टी हुई, राजू सहित सभी बच्चे लाइन में खड़े हो गए। ग्यारहवीं के सीनियर भैया सबको फ्रूट डिस्ट्रीब्यूट कर रहे थे। समय के साथ नवोदयन ने "फ्रूट डिस्ट्रीब्यूशन" भी प्यार जताने का माध्यम बना लिया था, "अपने वाली" को एक की जगह दो फ्रूट दे देना या अच्छा सा फ्रूट बचाकर रखना आदि ताकि उसे किसी न किसी तरह से इम्प्रेस किया जा सके और इशारों-इशारों में प्यार का इजहार किया जा सके।

राजू का जैसे ही नंबर आया हंसराज भैया ने राजू को दो फ्रूट (केले) दे दिए। राजू को मन ही मन अपने लिए अच्छा लगा कि चलो कुछ तो फायदा है सीनियर भैयाओं को जानने का।

जैसे ही नीलेश ने राजू के पास दो फ्रूट देखे वह उसके पास आया और पूछा, "भाई दो फ्रूट कैसे मिल गए?"

राजू, "यार, शायद भैया ने गलती से दे दिए होंगे।"

नीलेश, "सही है भाई, नवोदय में कम से कम रोज फ्रूट तो मिलेंगे।"

राजू, "हाँ यार!"

राजू को धीरे-धीरे सीनियर भैया की विंग में होने के फायदे भी नजर आने लगे थे। कभी फ्रूट तो कभी रात में खाना (जो भैया हीटर पर बनाते थे) तो कभी मैस में तरी वाली सब्जी! बहुत कुछ बिना मांगे ही मिलने लगा।

नवोदय में किसी को मांगने की जरुरत बहुत कम ही पड़ती है। सभी एक-दूसरे की भावनाओं को बहुत जल्दी समझने लग जाते हैं और फिर उसी के अनुसार उनका व्यवहार भी हो जाता है। तभी तो नवोदयन सबसे अलग होते हैं और अलग ही होती है उनमें सहयोग और साथ की भावना।

आज की रेमेडियल क्लास राजू के जीवन की पहली क्लास थी जिसमें टीचर नहीं आये थे और बच्चों ने खुद से ही पढ़ाई भी की तो बातें भी बहुत की। जिसको नींद आ रही थी, वे सोये भी खूब तो पास बैठी गर्ल्स की तरफ तिरछी नजरों से देखा भी बहुत। रेमेडियल क्लासेज तो एक किस्सा है हर नवोदयन के जीवन का जहाँ उन्होंने समय के सदुपयोग को पहचाना है तो वहीं उन्हें प्यार का अहसास भी हुआ है। इन्हीं रेमेडियल क्लासेज में नवोदयन को अनुशासित बनाया है तो यहीं दोस्ती की नई शुरुआत को समझाया है। नवोदय परिवार ने रेमेडियल क्लासेज के नाम पर नवोदयन को जीवन की बहुत सी सच्चाइयों से अवगत कराया है।

हर कोई नवोदयन आज भी "अपने वाली" को याद करके कह रहा है कि,

रेमेडियल में जल्दी जाकर उसका इन्तजार किया है,
हाँ, मैंने नवोदय वाला प्यार किया है।

मैथ्स का भूत

हॉस्टल लाइफ किसी भी छात्र की जिंदगी का एक यादगार हिस्सा होता है जहां पर वह बाहरी दुनिया को समझना शुरू करता है। यह एक ऐसा समय था जब राजू बहुत सारी चीजें सीखने लगा था, जैसे एक टीम के रूप में काम करना, अपने करियर और जिंदगी से जुड़े निर्णय खुद लेना तो वहीं यह समय उसमें परिपक्वता और आत्मविश्वास भी भर रहा था। इस दौरान राजू अपनी समस्याओं के समाधान के लिए माता-पिता के पास न जाकर खुद ही उनका हल ढूंढने लगा था।

हर दिन नए किस्से और किस्सों में हैं नए किरदार। हर किरदार का अपना महत्त्व!

आज का किस्सा जुड़ा है राधाकिशन से। ये महाशय, राजू की क्लास के सबसे सीनियर दिखने वाले बच्चे हैं। छठवीं में ही थोड़ी-थोड़ी दाढ़ी-मूंछे आने लगी थीं चेहरे पर। दोनों शिवाजी हॉस्टल में ही एक ही विंग में रहते थे। राधाकिशन शुरू से ही उद्दंड और मस्तीखोर टाइप का लड़का था, पढ़ने में उसका दिमाग कम ही लगता और दूसरी शैतानियों में अधिक। क्लास में कभी मैडम को छेड़ता तो कभी गर्ल्स से मस्ती कर बैठता। उसकी इन्हीं हरकतों से उसे डांट भी बहुत पड़ती। कभी गर्ल्स शिकायत करती तो कभी-कभी तो बॉयज भी तंग आकर उसकी शिकायत कर बैठते। इसलिए अधिकतर समय तो उसे क्लास में पीछे खड़े होकर ही रहना पड़ता था।

होमवर्क उसका कभी पूरा नहीं होता परन्तु हर बार उसके पास कोई न कोई बहाना जरूर होता था। क्लास में बैठकर बोर्ड से ज्यादा ध्यान तो उसका लड़कियों की तरफ होता और जबसे लड़कियों ने उसकी इस बात पर गौर करना शुरू किया, कोई भी उससे बात करना तो दूर, उसकी तरफ आँख उठाकर भी नहीं देखती फिर भी विंग में वो यही कहता मिलता "आज तो तेरे वाली ने मुझे देखा था, अब वो मेरी हो गई, अब

तू उसे भाभी बोलना शुरू कर दे।" कभी-कभी तो मैडमें भी उसकी तीखी नज़रों का शिकार हो ही जाती थी।

राधाकिशन को सीनियर भाइयों के साथ रहकर पास के शहर के सिनेमा हॉल में मूवी देखने की लत सी लग गई थी। छठवीं कक्षा के आखिरी दिन चल रहे थे और परीक्षा भी नजदीक आ गई थी तो राजू अधिकतर करतार की विंग में रहकर ही पढ़ाई करता और वहीं सो जाता था। शिवाजी हॉस्टल के हाउस वार्डन को भी अब राजू से ज्यादा शिकायत नहीं रहती थी क्योंकि उन्हें उम्मीद थी कि यह बालक कक्षा में टॉप कर सकता है इसलिए वे उसे दूसरे हॉस्टल में पढ़ने और सोने से भी मना नहीं करते।

एक दिन राजू, करतार के पास बैठा पढ़ रहा था, तभी राधाकिशन भागता हुआ आया।

राजू ने पूछा, "क्या हुआ भाई, क्यों भाग रहा है कोई भूत पीछे पड़ गया क्या?"

राधाकिशन, "भाई यही समझ ले राजपूत सर का भूत हाथ धो कर पीछे पड़ा है।"

राजू, "क्यों क्या हो गया?"

राधाकिशन, "यार कल नरेश भैया के साथ मूवी गया था तो किसी ने राजपूत सर से शिकायत कर दी है, अब वे पूछ रहे हैं कि कल मैं कहाँ था?"

राजू, "तू बता दे न कि किसी के पास गया था या सच-सच बता दे, थोड़ी मार ही तो पड़ेगी और तेरे हाथ तो वैसे भी पूरी तरह से पक चुके हैं मार खा-खा कर।"

राधाकिशन, "भाई मजाक मत कर, यार मैंने तेरा नाम ले लिया कि मैं राजू के पास भगत सिंह हॉस्टल में पढ़ाई कर रहा था, अब वे तुझे बुला रहे हैं।"

राजू, "भाई मुझे क्यों फंसा दिया, मेरे हॉस्टल में नहीं रहने से वे पहले ही नाराज चल रहे हैं।"

राधाकिशन, "भाई अब तो कुछ भी करके मुझे बचा, जल्दी चल मेरे साथ नहीं तो राजपूत सर सोचेंगे कि मैंने तुझे झूठ बोलने के लिए मना लिया है।"

राजू चलने के लिए तैयार होते हुए, "वह तो तू कर ही रहा है, तूने मेरे पास रास्ता ही क्या छोड़ा है और मुझे पक्का पता है मैं जैसे ही झूठ बोलूंगा, सर मुझे पकड़ लेंगे।"

राधाकिशन, राजू को हाथ जोड़ते हुए बोला, "भाई कैसे भी करके आज बचा ले।"

राजू धीरे से, "आज बचा लूंगा तो तू कौन सा सुधर जायेगा।"

अनमने मन से राजू, राधाकिशन के साथ जाने को तैयार हुआ, जैसे ही राधाकिशन, राजू को लेकर राजपूत सर के पास पहुंचा, राजपूत सर ने सरसरी निगाहों से राजू को देखा और बोले "क्यों जी क्या राधाकिशन कल तुम्हारे साथ पढ़ाई कर रहा था?"

राजू डरते हुए, "हाँ सर, इसे गणित में कुछ प्रॉब्लम थी तो वही समझने के लिए आया था।"

राजपूत सर, "झूठ तो नहीं बोल रहे हो न!"

राजू, "नहीं सर!"

राजपूत सर ने राधाकिशन की ओर देखते हुए कहा "थोड़ा पढ़ाई पर भी ध्यान धर लो, हर बार यह लड़का नहीं आएगा बचाने और जिस दिन मैंने तुम्हें रंगे हाथ पकड़ लिया तो तैयार रहना अपने पेरेंट्स को लाने के लिए!"

जाते-जाते राजू को भी राजपूत सर ने हिदायद दी कि कभी तो अपने हॉस्टल में रहकर भी पढ़ाई कर लिया करो... अगर यहाँ कुछ समस्या है तो बता दो।"

राजू ने "हाँ" में सर हिला दिया।

बड़ी मुश्किल से राधाकिशन, राजपूत सर से बच पाया था पर "बकरे की माँ कब तक खैर मनाती", कभी न कभी तो उसे राजपूत सर के हत्थे चढ़ना ही था, कब तक राजू या अन्य दोस्त उसे बचा सकेंगे और वह दिन भी जल्दी ही आ गया जब राजपूत सर ने उसे रंगे हाथों शहर के सिनेमा हॉल में पकड़ लिया। फिर जो उसकी धुनाई राजपूत सर ने सारे हॉस्टल के सामने की, उसके बाद कम से कम महीने भर तक किसी बच्चे की हिम्मत भी नहीं हुई कि बिना परमिशन के शहर या नवोदय से बाहर कदम भी रख दें।

कभी बुरी तो कभी अच्छी यादों के यही किस्से तो नवोदयन को नवोदयन बनाते हैं और एक-दूसरे के लिए स्वयं को न्योछावर कर दे, वही तो नवोदयन कहलाते हैं।

हर किस्से के पीछे कुछ न कुछ सीख छुपी है जो नवोदयन को इस परिवार से मिली। इसी प्रकार के किस्से ही तो होते हैं मिडिल क्लास फेमिली में भी और यही किस्से मिडिल क्लास परिवारों के सपनों का कारण भी बनते हैं और उन्हीं सपनों के सहारे मिडिल क्लास के बच्चे अपनी मंजिल तक भी पहुंचते हैं।

सभी नवोदयन या तो मिडिल क्लास परिवारों से आये थे या फिर "बी. पी. एल. परिवारों से", जिन्हें इन विद्यालयों की बहुत जरुरत थी, इन्हीं के माध्यम से उन्होंने सपने देखने की शुरुआत की तो यहीं से उन्होंने दोस्ती के महत्त्व को पहचाना। यहीं से उन्हें संस्कार मिले तो यहीं से वे भारतीय संस्कृति से रूबरू हो पाए।

धन्य हैं ऐसे विद्यालय और इन विद्यालयों की परिकल्पना करने वाले। धन्य हैं वे सभी लोग जो आज भी इन विद्यालयों को सुचारु रूप से चलाकर ग्रामीण भारत को रोशन करने का प्रयास कर रहे हैं।

सबसे महत्त्वपूर्ण धन्य हैं नवोदयन भी, जिन्होंने इन विद्यालयों की स्थापना के उद्देश्य को पूर्णरूपेण साकार किया है।

"मैथ्स के भूत" ने राधकिशन जैसे कई नवोदयन को परेशान किया है और राजू जैसे अनेक दोस्तों को दोस्ती निभाने का अवसर प्रदान किया है।

बाथरूम की लाइन

राजू ने जिस दिन नवोदय की प्रवेश परीक्षा पास कर ली थी, उसी दिन से शुरुआत हो गई "नवोदयन" बनने के सफर की। परन्तु गाँव के भोले-भाले बालक का नवोदयन बनना इतना आसान तो नहीं था।

रोज सुबह मॉर्निंग पी. टी. से शुरुआत होती थी और उसके तुरंत बाद ग्राउंड से भाग कर जाते थे हॉस्टल ताकि बाथरूम में नंबर लगा सकें नहाने के लिए तो सुबह-सुबह फ्रेश होना अपने-आप में बहुत कठिन कार्य था।

सुबह बाथरूम में नहाने को मिल जाए तो समझ लो "आज बहुत बड़ा तीर मार लिया हो।" एक बाथरूम में दो-दो तो क्या कभी-कभी तो तीन भी घुस जाते थे कि कैसे भी करके बाथरूम में ही नहा कर तैयार हो जाएँ नहीं तो फिर हैंडपंप पर जाकर नहाना पड़ेगा।

आज भी राजू ने मॉर्निंग पी. टी. में जाने से पहले ही बाथरूम में अपनी बाल्टी रख कर अपना नंबर लगा दिया था जैसे ***राजस्थान रोडवेज की बसों में लोग रुमाल रखकर अपनी सीट कब्जा कर लेते हैं।*** परन्तु कभी- कभी उन्हें भी "सवा सेर" मिल ही जाते हैं और फिर मुंह लटकाये खड़े होकर ही सफर करना पड़ता है।

आज PET सर शायद कुछ ज्यादा ही ताव में थे तो उन्होंने सभी बच्चों से ग्राउंड में तीन-चार राउंड करवा दिए और फिर करवाने लगे एक्सरसाइज! पता नहीं क्यों आज सर बच्चों को छोड़ने का नाम नहीं ले रहे थे। तब तक टंकी से पानी छोड़ा जा चुका था और बाथरूम में नल आ चुके थे।

मॉर्निंग पी. टी. में जाने से पहले जब राजू बाल्टी लगाकर अपना नंबर पक्का कर रहा था तो उसे विश्वास था कि आज तो उसे बाथरूम में ही नहाने को मिल जायेगा।

परन्तु जब तक मॉर्निंग पी. टी. ख़त्म हुई तब तक नल जा चुके थे। अब तो कोई चांस नहीं था कि बाथरूम में नहा सकें।

आज हॉस्टल के कुछ बच्चे और सीनियर भैया मॉर्निंग पी. टी. में नहीं गए तो उन्होंने बाथरूम का पूरा मजा लिया। राजू ने आज फिर बे-मन से अपनी बाल्टी उठाई और चल पड़ा हैंडपंप की ओर!

सीनियर हो या जूनियर हर नवोदयन के लिए इस लाइन में लगने का अपना एक अनुभव है, यह लाइन नवोदयन को अनुशासित बनाने के साथ ही स्वावलम्बन की शिक्षा देकर उन्हें अपने पैरों पर खड़ा होना सिखाती है। कभी बाथरूम में नहाने का मौक़ा मिल जाता है तो कभी नहीं! परन्तु किसी भी परिस्थिति में नवोदयन कोशिश करता है कि कैसे भी सुबह के समय का सदुपयोग कर प्रार्थना के समय स्कूल पहुँच जाएं।

ऐसा नहीं है कि सभी नवोदयन अनुशासित ही हैं, अगर सभी अनुशासित होंगे तो फिर किस्से कहाँ से आएंगे?

वे किस्से जो गुल्लक में जमा हैं, बस जरुरत है तो इस यादों की गुल्लक को तोड़ने की। सारे किस्से बाहर आ जायेंगे और मजबूर कर देंगे नवोदयन को फिर नवोदयन बनने पर!

बाथरूम की लाइन में लगने का ये सफर कभी ख़त्म नहीं होने वाला क्योंकि जीवन में अनेक किस्से आगे भी आएंगे जहाँ नवोदयन को लाइन में खड़ा होना पड़ेगा चाहे आगे या पीछे और उसी समय उनके जहन में आ जायेगा "बाथरूम की लाइन" का किस्सा उनके चेहरे की मुस्कुराहट बनकर।

पोहे पे चर्चा

यह किस्सा है नवोदय में राजू के शुरूआती दिनों का, उसके संघर्ष के दिनों की शुरुआत थी और समस्या यह थी कि हर रोज कोई न कोई नई परेशानी उसे अपने चंगुल में फंसा ही ले रही थी। दोस्तों के साथ शरारतों की भी शुरुआत हो चुकी थी और उनकी आपसी ठिठोलियां, कारस्तानियां, नादानियां आदि ही वो गुप्त कड़िया आपस में जुड़ती जा रही थीं जो नवोदयन को एक साथ जोड़ने के लिए काफी थी, केवल सात सालों के लिए ही नहीं अपितु उससे भी आगे जीवनपर्यन्त।

नवोदय में मैस मीटिंग के द्वारा खाने का मीनू परिवर्तित किया जाता रहा था और इस बार भी शनिवार को मैस मीटिंग रखी गई थी। मैस इंचार्ज के साथ-साथ हाउस वार्डन और सीनियर बच्चों के साथ निर्णय लिया जाता था कि मीनू में क्या-क्या रखा जाए।

सीनियर बच्चों की जिम्मेदारी होती थी कि वे सभी बच्चों से बात करके किसी फाइनल निर्णय पर पहुंचे।

नरेश भैया ने भी विंग में सभी से आपस में बात करके निर्णय करने के लिए बोला परन्तु राजू और सभी जूनियर को ये तो पता ही था कि भैया को जो करना है, वही करेंगे इसलिए मैस मीनू पर ज्यादा दिमाग लगाने की जरुरत नहीं है।

थोड़ी देर बाद नरेश भैया प्लेट को कृष्ण भगवान् के सुदर्शन चक्र की तरह घुमाते हुए आये और पूछा "क्यों बे कुछ सोचा, मैस में क्या मीनू रखना है।" राजू और उसके सभी जूनियर साथी शांत... उन्हें यह उम्मीद नहीं थी कि भैया वापस आकर उनसे यह सवाल करेंगे। सब एक-दूसरे का चेहरा देखने लगे।

तभी नीलेश बोला, "भैया आप ही बता दीजिये न!"

नरेश भैया, "क्यों नीलू तुझे नहीं खाना क्या बे खाना, मैं क्यों बता दूँ!"

पोहे पे चर्चा

भैया की बात सुनकर नीलेश जमीं की तरफ देखने लगा।

शिवराज ने कहा, "भैया नाश्ते में पोहा करवा दीजिये।"

नरेश भैया, "पोहा... क्यों बे पोहा खायेगा?"

शिवराज की भी बोलती बंद हो गई।

पवन और राजू की तो हिम्मत भी नहीं हुई भैया को कुछ भी बोलने की।

नरेश भैया, "कुछ और भी सोचो बे, ऐसे कैसे काम चलेगा, तुम सब नवोदयन कैसे बनोगे, कुछ नया बताओ।"

जैसे-जैसे 'तू चीज बड़ी है मस्त मस्त' गाने की आवाज धीमी होती गई मतलब नरेश भैया भी विंग से बाहर निकल गए। सभी दोस्त फिर सोचने लगे, यार भैया तो सही में पूछने आ गए, इसका मतलब अब हमें कुछ तो सोचना पड़ेगा मैस मीनू के लिए।

शिवराज ने फिर से कहा, "यार पोहा ठीक है।"

राजू ने कभी आंगनवाड़ी में पोहा खाये थे तो वह कुछ कह नहीं पाया कि पोहा कैसे रहेंगे?

सभी दोस्तों ने एक सुर में शिवराज की बात को ही मान लिया और फिर से नरेश भैया को बता दिया कि सोमवार का नाश्ता "पोहा" होना चाहिए। पोहा कुछ समय तक तो चर्चा का विषय बना रहा परन्तु जब से मैस में पोहा मिलना शुरू हुआ, धीरे-धीरे सबको मजा आने लगा "पोहे" में।

चपाती चोर

नवोदय में बच्चे सबसे पहले सीखते हैं तो वह है अपना काम अपने हाथ करना और स्वयं को स्वावलम्बी बनाना। इसकी शुरुआत होती है नवोदय के पहले दिन से ही जब नवोदयन अपने घर परिवार को छोड़कर आ जाते हैं नवोदय परिवार का हिस्सा बनने।

हॉस्टल में स्वयं को ढालने के लिए यही अतिमहत्त्वपूर्ण हो जाता है कि सीनियर भाइयों के दिखाए मार्ग पर चलना ताकि नवोदय परिवार की रीति-नीतियों में स्वयं को उतार सकें।

शाम को डिनर के बाद समय पर नींद आ जाये तो अच्छी बात है और अगर समय पर नींद नहीं आये तो फिर भूख के मारे पूरी रात जागकर भी गुजारनी पड़ सकती है।

नवोदयन ने रात में लगने वाली इस भूख से निपटने के लिए एक बहुत अच्छी प्लानिंग कर ली थी जो बरसों से चली आ रही थी वह थी डिनर के दौरान मैस से "चपाती चुराना"। हाँ, यह सच है परन्तु इस किस्से में भी जीवन के अनेक गूढ़ रहस्य छिपे हैं जो हॉस्टल के इन दिनों को भूलने नहीं देते और नवोदयन को समाज में विशिष्ठ स्थान दिलाते हैं।

"मैस से चपाती चुराना" अपने आप में एक कला होती थी। बच्चे कभी अपने लिए तो कभी सीनियर भैया के लिए मैस से चपाती चुराते थे।

मैस इंचार्ज की पैनी निगाहों के बावजूद चपाती चुरा कर लाना अपने आप में एक मंजिल पा लेने जैसा काम होता था और बिना पकड़ाए चपाती लेकर विंग में आ जाने पर आँखों में अलग ही चमक आ जाती थी।

नवोदयन के अलावा हर किसी के मन में यह प्रश्न जरूर आ रहा होगा कि "चपाती चुराकर बच्चे करते क्या होंगे या चपाती चुराना ही क्यों?" या फिर चोरी करना तो पाप है फिर लेखक इस किस्से से क्या कहना चाहता है आदि अनेक प्रश्न।

चपाती चोर

नवोदय कोई घर तो था नहीं कि भूख लगते ही "माँ" को उठा दिया या फ्रीज में रखी मिठाइयां खा लीं। यहाँ तो मैस का खाना ही सबकुछ था, यहाँ की चपातियां ही रसगुल्ले थीं तो यही लड्डू भी।

जूनियर बच्चों को जब सुबह का नाश्ता अच्छा नहीं लगता तो वे क्या करेंगे, क्या पूरे दिन भर भूखे रहेंगे! रात में भूख लगी तो क्या है उनके पास यहां खाने को? "हाँ" घर से जो भी खाने का सामान आता, वह तो सभी बाँट कर एक ही दिन में खा जाया करते थे और कुंदन की दादी या आदित्य की मम्मी की तरह, किसी के घरवाले हर रविवार नहीं आते थे मिलने और अगर आ भी जाते तो क्या, जो भी खाने का सामान घर से आता, वह तो एक या दो दिन में ख़त्म हो ही जाना था। राजू जैसे बच्चों की तो और भी स्थिति खराब थी, फिर भूख को शांत करने का क्या उपाय हो सकता था?

रात में हीटर पर बनने वाली सब्जी के लिए यही चपातियां काम आती थी, नहीं तो सुबह के नाश्ते के समय पानी वाले हल्के से मीठे दूध में इन चपातियों का स्वाद कुछ अलग ही होता था और अगर फिर भी ख़त्म नहीं हों तो सुखी चपातियों से "गास्या" बनाकर एक थाली में सभी का खाना अलग ही माहौल बना देता था।

चुराई हुई चपातियां भी नवोदयन को आपस में जोड़ने का काम कर रही थी और यही जुड़ाव या लगाव पूरे जीवन भर के लिए होने वाला था। जुड़ाव तो इन चपातियों से भी होने वाला था जिनको जीवनपर्यन्त नवोदयन के लिए भुला पाना आसान नहीं था।

राजू को भी नरेश भैया ने ट्रेनिंग दे दी थी चपाती चुराने की.... थाली के पीछे छुपाकर या फिर पैंट की किनोर में दबाकर या बगल में छुपाकर..... और भी अनेक तरीकों से चपाती चुराने की ट्रेनिंग सभी नवोदयन को अपने-अपने सीनियर भाइयों से मिल ही जाती है।

शिवाजी हॉस्टल में एक दिन राजू के साथ सभी दोस्तों को सीनियर भाइयों का आदेश हुआ कि "आज सबको चपाती लानी है।"

राजू और उसके दोस्त बड़ी मेहनत से मैस इंचार्ज से छुपाकर लगभग 50 चपाती चुराकर हॉस्टल ले आये। सभी सीनियर भैया बड़े खुश हो गए कि आज तो हमारी फ़ौज ने कमाल कर दिया।

लेकिन थोड़ी देर बाद मैस में हंगामा हो गया कि "चपातियां कम पड़ गई हैं और मैस इंचार्ज के साथ राजपूत सर आ रहे हैं हॉस्टल की चेकिंग के लिए।"..

फिर क्या था, आनन-फानन में राजू और उसके दोस्तों ने चपातियां भैया को देनी चाही पर भैया बोले यार हम सभी अभी हीटर, रेडियो, वीडियो गेम आदि को ठिकाने लगा रहे हैं तुम लोग ही कुछ इंतजाम कर लो.... यहीं कहीं छुपा दो और हाँ ज्यादा घबराने की जरुरत नहीं है, पकड़े भी जाओ तो कह देना कि भैया ने मंगवाई थी या भइया की हैं।

राजू और उसके दोस्त बड़े परेशान... राजपूत सर सामने वाली विंग में तलाशी ले रहे थे और जिस किसी के पास चपाती मिल जा रही थी उसकी पिटाई हो रही थी, राधाकिशन के रोने की आवाज साफ़ सुनाई दे रही थी, राधकिशन की आवाज उन्हें और डरा रही थी।

राजू बोला, "यार ये राधाकिशन उस विंग में क्या कर रहा था?"

नीलेश और शिवराज बोले, "यार राजू तू तो शिवाजी हॉस्टल में ज्यादा रहता नहीं, तेरे गद्दे के नीचे रख देते हैं इन चपातियों को .... और तुझे देखकर राजपूत सर कुछ कहेंगे भी नहीं।"

राजू को उनकी बात पसंद तो आई पर राजपूत सर के डर ने उसे उनकी बात मानने के लिए साफ़ मना कर दिया। राजू के मन में बहुत समय से राजपूत सर का भय समाया हुआ था और इज्जत भी इतनी थी कि वह स्वयं को तैयार नहीं कर पाया। अब क्या करें, सभी बच्चे मन ही मन आशंकित हो रहे थे, आज फिर राजपूत सर से डांट या हो सकता है मार भी पड़े। पूरे विंग में अफरातफरी का माहौल था, ऐसे वक्त में या तो दिमाग काम करना बंद कर देता है या बहुत तेजी से काम करता है।

तभी राजू ने नीलेश को कहा, "यार क्यों न हम इन चपातियों को अलमीरा (बड़ी वाली) के ऊपर छिपा देते हैं।"

चपाती चोर

सबको राजू का आइडिया अच्छा लगा। नीलेश ने फ़टाफ़ट सारी चपातियां उठाई और नवोदय की सफ़ेद शर्ट में बांधकर रख दी अलमीरा के ऊपर!

तभी दूसरी विंग की तलाशी के बाद राजपूत सर, राजू की विंग में आये और साथ में मैस इंचार्ज भी.... विंग में बच्चे खुद ही सारा बेड और छोटी वाली अलमारी खोल-खोल कर दिखाने लगे.... कहीं कुछ नहीं मिला...

"चपाती तलाशी अभियान" विंग के अंत में लकड़ी की बड़ी अलमारियों तक पहुँचने वाला ही था (जहाँ ऊपर चपातियां पड़ी थी) कि तभी नरेश भैया विंग में आये और राजपूत सर से बोले, "सर मैस में सभी बच्चों ने खाना खा लिया है, चपातियों का इंतजाम हो गया है।"

नरेश भैया की बात सुनकर सर ने मैस इंचार्ज की तरफ देखा जैसे पूछ रहे हों कि "तलाशी अभियान" जारी रखना है या बंद कर दें?

मैस इंचार्ज ने आँखों ही आँखों में तलाशी बंद करने का इशारा किया।

बच्चों की जान में जान आई। उन्हें लग रहा था कि आज कोई नहीं बचने वाला परन्तु नरेश भैया ने सही समय पर आकर सबको बचा लिया।

रात में सीनियर भाइयों ने बड़ी अच्छी सब्जी बनाई। राजू और उसके दोस्तों को भी नींद से उठाया गया और सभी ने मिलकर स्वादिष्ट भोजन का आनंद लिया।

ऐसा नहीं है कि मैस में सब्जी अच्छी नहीं बनती थी परन्तु खुद के हाथ से बनाकर खाने का मजा ही कुछ और होता है, चाहे उसमें कोई स्वाद ही न हो। नवोदय ने ही सभी नवोदयन को चपाती चोर तो बनाया ही, मास्टर शेफ भी बना दिया।

नवोदयन ने सीखा कि किस तरह एक टीम की तरह काम करके स्वयं को ही नहीं, अपने दोस्तों को भी कैसे बचाया जा सकता है। साथ ही दोस्ती की एक मिसाल बनकर उभरा उनका मैस से चपाती चुराना।

कितना छोटा सा किस्सा है परन्तु यही किस्सा अनेक नवोदयन के दिल के इतने करीब है कि आज भी इसे भुला नहीं पाते। कभी-कभी तो नवोदयन अपने घर से भी चपाती चुराकर खा लेते हैं रात में, ताकि उन्हें नवोदयन होने का अहसास होता रहे।

वह रात... गर्ल्स हॉस्टल की बात

राजू के लिए छठवीं लगभग ख़त्म होने वाली ही थी, साथ ही सीनियर भैया की भी बोर्ड की परीक्षाएं चल रही थीं। उन्हीं दिनों नवोदय में एक अफवाह फैली कि गर्ल्स हॉस्टल के आस-पास रात में कोई घूम रहा था, किसी ने उसे "भूत" कहा तो किसी ने कहा कि कोई "गार्ड" होगा।

सच्चाई क्या थी, आज भी कोई नहीं जानता। परन्तु यह सत्य था कि जूनियर क्लासेज में शांत से रहने वाले बालक सीनियर क्लासेज में आते-आते कुछ-कुछ शरारती हो गए थे।

हाफपैंट से फुल पैंट क्या हुई, उन्होंने स्वयं को गर्ल्स का बॉडीगार्ड भी समझना शुरू कर दिया और तो और जूनियर टीचर को भी भाव देना कम कर दिया था।

सारे भारतीय मेरे भाई-बहन हैं, कहते-कहते न जाने कब ये कहने लगे, "सारे भारतीय मेरे भाई-बहन हैं केवल दसवीं की गीता और नवमीं की सीता के अलावा" क्योंकि मन में तो दोनों बसी होती हैं।

पहले-पहले प्यार का अहसास तो नवोदय में ही होता था। युवावस्था में प्रवेश जो कर गए थे सभी सीनियर भैया और दीदियां। स्कूल में कोई लड़की पीछे मुड़कर क्या देख ले, बस हो गया प्यार!

और नहीं भी हुआ तो कमीने दोस्त तो हैं मन में प्यार का बीज अंकुरित करने के लिए!

'अरे भाई, देखा नहीं कैसे देख रही थी तुझे! भाई अब तो ये हमारी भाभी है! अरे तुझे देखते ही तो शरमा गई थी!' और न जाने क्या-क्या? बार-बार यही बात दोहराने पर उनके मन में भी प्यार के बीज अंकुरित होना शुरू कर देते थे और वे भी देखने लग जाते थे कि उसने पीछे मुड़कर देखा या नहीं?

वह रात... गर्ल्स हॉस्टल की बात

ऐसा नहीं है कि सभी प्यार एकतरफा ही होते हैं! कुछ प्यार ऐसे भी होते हैं जहां आग दोनों तरफ बराबर लगी होती है। साथ मरने-जीने की कसमें भी खा लेते हैं, फिर शुरू होता था स्कूल से हॉस्टल तक आगे-पीछे जाना, रेमेडियल क्लासेज में साथ-साथ आना, क्लास में बार-बार पीछे मुड़कर देखना और जैसे ही नजरें मिलती, शरमाकर नजरों को झुकाकर प्यार का इजहार करना।

राजू के क्लास के कुछ विद्यार्थियों का भी यही हाल शुरू हो चुका था, कहीं एक तरफ़ा प्यार था तो कहीं दोनों राजी थे। प्यार में पागल हो रहे विद्यार्थी आजकल संगीत में विशेष रूचि लेने लगे थे।

राजू की विंग के सीनियर भैया को भी नया-नया प्यार हुआ था। राजू को तो इतनी खबर नहीं थी पर नरेश भैया की बातें सुनकर कुछ समझ आने लगा था कि भैया को प्यार हो गया है और रात में ही भैया दूर से गर्ल्स हॉस्टल में ताक-झांक करने की कोशिश करते हैं। कभी-कभी गर्ल्स हॉस्टल की कोई खिड़की खुली रह जाए तो बात अलग थी, नहीं तो उनकी सारी कोशिशें बेकार हो जाती थी और उनकी इतनी हिम्मत भी नहीं थीं कि किसी प्रकार अपनी प्रेमिका को बोल पाएं।

जिस प्रकार से नरेश भैया मिर्च-मसाला लगाकर अपनी बात बताते थे, उससे लगता था कि बात बहुत आगे तक पहुँच चुकी है परन्तु कभी-कभी ऐसा भी लगता था कि इसी बहाने भैया एक-दूसरे की टांग खिंचाई कर लेते हैं और स्वयं को देर रात तक जगाकर भी रख लेते हैं ताकि बोर्ड एग्जाम की तैयारी सही से कर सकें।

एक रोज सुबह मॉर्निंग पी. टी. के समय कहीं से अफवाह उड़ी कि रात में गर्ल्स हॉस्टल में किसी "साये" को देखा गया है इसलिए डर के मारे कोई भी लड़की आज मॉर्निंग पी. टी. में नहीं आई है, किसी ने सीनियर भाइयों पर आरोप लगाया कि ये लोग रात भर पढ़ते रहते हैं तो इनमें से कोई गया होगा परन्तु जब छानबीन की गई तो पता चला कि रात में गार्ड अंकल कम्बल ओढ़ कर गर्ल्स हॉस्टल के आसपास राउंड लगा रहे थे ताकि वे पता लगा सकें कि सही में भूत है या कोई और।

नवोदय में इस प्रकार के अनेक किस्से थे उनमें भी सबसे प्रसिध्द किस्सा होता था कि "नवोदय के हॉस्टल का निर्माण ही कब्रिस्तान की जमीन पर हुआ है या फिर

निर्माण के दौरान किसी मजदूर की मौत हो गई है तो उसकी आत्मा यहीं भटक रही है।" इसी प्रकार के भूतों का नवोदयन के जीवन में बहुत साथ रहा। नवोदयन के यही किस्से उनकी शरारतें थीं और यही किस्से उनके जीवन का अभिन्न हिस्सा बन गए।

नवोदय का पहला प्यार ऐसा नहीं है कि वहीं ख़त्म हो गया और प्रेमी निकल पड़े अपनी-अपनी राह। अनेक जोड़ियां ऐसी भी हैं जो आज सुखी वैवाहिक जीवन जी रही हैं और प्यार की एक मिसाल के रूप में आगे बढ़ती जा रही हैं।

नवोदय परिवार के यही नवोदयन आज सच्चे प्यार के अनुगामी हैं और एक नई राह दिखा रहे हैं।

शनिवार की रात

पूरे सप्ताह की उठा-पटक के बाद आती है "शनिवार की रात"... जो अपने साथ लेकर आती है, "मस्ती और धमाल".... जूनियर्स को मिलता है मूवी देखने का मौका और सीनियर्स V.C.R. पर मूवी दिखाने की परमिशन लाकर खुद को अच्छे सीनियर साबित करने का प्रयास करते हैं... हॉस्टल के बच्चों के लिए सप्ताह का सबसे अच्छा दिन वैसे तो रविवार होता है क्योंकि रविवार को पेरेंट्स मिलने आते हैं। घर का खाना मिलता है और मिलता है रणवा जी के यहाँ से किराए पर साईकिल लाकर नवोदय की सड़कों पर "स्टंट" करने का मौका। लड़कियों को दिखाकर साईकिल तेजी से चलाना और किसी भी तरह से गर्ल्स हॉस्टल तक पहुंचने का प्रयास कर **"अपने वाली"** (बहुत मुश्किल होता था ये जानना कि कौन है अपने वाली) को इम्प्रेस करना आदि सारे काम रविवार को होते थे परन्तु महत्त्व सबसे ज्यादा **शनिवार की रात** का होता था।

आज फिर शनिवार की शाम है। भगतसिंह हॉस्टल में सुरेश भैया और प्रभु भैया ने V.C.R. पर मूवी चलाने की परमिशन ले ली है। वी.सी.आर. पास के शहर से आना है... लेकिन केवल भगतसिंह हॉस्टल के बच्चे ही मूवी देख सकते हैं... मूवी के लिए हॉस्टल के सभी बच्चों को "कॉन्ट्रिब्यूशन" करना होता है।

करतार ने राजू को बताया कि आज शाम को V.C.R. पर मूवी दिखाएंगे पर तुझे भैया से बात करनी होगी क्योंकि तू भगत सिंह हॉस्टल का विद्यार्थी नहीं है तो भैया ही तुझे परमिशन दिला सकते हैं मूवी देखने की।

क्लास में भी भगत सिंह हॉस्टल में रहने वाले सभी बच्चे कुंदन, आदित्य, किशन, आर.पी. सभी बहुत खुश हैं। आज के दिन का तो पता भी नहीं चलने वाला, उनके सामने वाली विंग में ही मूवी दिखाई जाने वाली है।

आज उन सभी के मुंह से केवल शाम को दिखाई जाने वाली मूवी की ही बातें निकल रही हैं और उनकी ख़ुशी उनके चेहरे पर साफ दिखाई दे रही है, सब मिलकर रातभर मूवी देखने की बातें कर रहे हैं।

राजू अपनी बेंच पर बैठा है, बार-बार उसका ध्यान कुंदन, आर.पी. आदि की बातों पर चला जा रहा है जिससे उसका पढ़ने में कतई मन नहीं लग रहा। राजू को समझ नहीं आ रहा कि कैसे भैया को बताये कि उसे भी कम से कम मूवी तो दिखा लो भगतसिंह हॉस्टल में। आज राजू को गोपाल की बहुत याद आ रही है, याद तो सरदार भैया भी बहुत आ रहे हैं। वह सोच रहा है कि कैसे भी करके वे सब लोग विकास के यहां मूवी और सीरियल देख ही आते थे।

आज सबसे पहले खाने के तुरंत बाद हैंडपंप पर कपड़े धोने का प्रोग्राम है, फिर उसके बाद V.C.R. पर मूवी भी देखने की कोशिश। स्कूल ख़त्म होते ही राजू सीधा भैया के पास गया और उन्हें कहा कि मुझे भी आज करतार के साथ आपके हॉस्टल में मूवी देखनी है, भैया ने कहा, "तू आ जाना, मैं राजपूत सर से बात कर लूंगा।" जैसे ही राजू को परमिशन मिली, वह दौड़ता हुआ करतार के पास पहुंचा और उसे बताया कि भैया ने हाँ बोल दी है। करतार भी खुश हो गया कि अब कम से कम राजू भी मूवी तो देख ही लेगा हमारे साथ।

उस पूरी रात में तीन से चार मूवीज देखने के बाद भी बच्चों की आँखें नहीं थकी थीं। उनका मन तो कर रहा था कि दूसरे दिन यानी रविवार को भी देखते रहें मूवी पर सुबह से ही पेरेंट्स का आना शुरू हो जायेगा तो भैया ने सुबह समय पर ही वी.सी.आर. बंद कर दिया। सभी ने मिलकर विंग की सफाई की ताकि पेरेंट्स को लगे कि हॉस्टल में सफाई का विशेष ध्यान दिया जा रहा है।

हर नवोदय में हर नवोदयन ने इसी प्रकार इस **शनिवार की रात** का आनंद लिया, किसी ने कम तो किसी ने ज्यादा। जीवन में मनोरंजन का बहुत महत्त्व होता है। बिना मनोरंजन के जीवन सूना सा हो जाता है। हर नवोदयन के किस्सों में शनिवार की रात जो रंग भरती है, वे रंग सदाबहार बन जाते हैं। जब भी चार यार बैठते हैं और शुरू करते हैं अपने नवोदय के किस्से तो शनिवार की रात अहम किरदार "प्ले" करती है।

नवोदय: परिवार का अहसास

दिन, महीने गुजरते गए। राजू कभी करतार के पास सोता तो कभी अपने शिवाजी हॉस्टल में। कभी-कभी राजपूत सर राजू को बुलाने के लिए किसी बच्चे को करतार के पास भेजते और फिर राजू को डांट पड़ती। राजू डांट सुनकर चुपचाप कम्बल ओढ़कर अकेले में रोता रहता। कभी काका-काकी को याद करके रोता तो कभी गोपाल की याद में अपने आप आंसू आना शुरू हो जाते। नीलम की याद जरूर उसे अच्छा फील करवाती थी परन्तु दिल के करीब होते हुए भी वह पता नहीं कितनी दूर थी उससे!

बीच में सर्दी की छुट्टियों में घर जाना भी हुआ। राजू ने गोपाल को नवोदय के बारे में बहुत कुछ बताया, अपना दर्द, अपनी ख़ुशी सब कुछ, दोनों घंटों साथ बैठ कर बातें करते रहते। घण्टों बैठकर कॉमिक्स पढ़ते रहे। कुएं पर जाकर पानी में डुबकियां मारते, शहद के छत्ते तोड़कर शहद निकालते, इन्हीं सब कामों में लगे रहे पूरी छुट्टियां।

स्कूल की छुट्टियां पता नहीं क्यों इतनी जल्दी ख़त्म हो जाती है, ऐसा लगता है अभी तो शुरू हुई थीं। राजू और करतार घर से वापस नवोदय जाने के लिए तैयार हैं। उनका सारा सामान उन्होंने पैक कर लिया है। घर पर "शकरपारे" (आटे और गुड़ की मिठाई) उनके लिए तैयार की गई है। दोनों की आँखों में आंसू भरे पड़े हैं। ऐसा जान पड़ता है कि उन्हें फिर से जेल भेजा जा रहा है। बचपन के उन दिनों में तो नवोदय जेल जैसे ही प्रतीत होते थे। परन्तु नवोदय पहुंचते-पहुँचते ये धारणा परिवर्तित हो जाती थी। दोस्तों से मिलते ही पुनः अपने नवोदय के जीवन को "एन्जॉय" करने लगते थे।

कुछ दिनों बाद फिर से घर की वही याद और इन्तजार शुरू हो जाता था कि घर से कोई मिलने आएगा, इसी आशा में प्रत्येक रविवार ऐसे ही गुजर जाता। हर रविवार

"कुंदन" से मिलने उसकी दादी आती तो "आदित्य" के मम्मी-पापा भी हर रविवार आते थे। किशन के बुआ और फूफाजी भी महीने में कम से कम दो बार तो आ ही जाते। ऐसे ही तिलोनियाँ से कोई न कोई आता रहता था, नहीं आते तो बस राजू और करतार से मिलने। तिलोनियाँ से आये पेरेंट्स भी चुपके-चुपके यही कहते; **"इन बेचारों से तो कोई मिलने भी नहीं आता।"**

स्वयं के लिए **"बेचारा"** शब्द सुनते ही राजू की आँखें भर आती। करतार उसे समझाता कि हमारे पास तो भैया हैं, फिर किस बात की चिंता, कोई मिलने आये या न आये! परन्तु मन ही मन करतार भी विचलित हो जाता था।

धीरे-धीरे राजू ने भी रविवार का इन्तजार करना बंद कर दिया। "भाया" कभी-कभी मिलने आ जाया करते थे परन्तु उनका कोई "फिक्स टाइम" नहीं होता था। कभी-कभी तो "भाया" केवल प्रभु भैया और जमन भैया से मिलकर ही चले जाते थे। करतार और राजू इन्तजार करते रह जाते थे।

राजू के लिए इन दिनों बढ़िया बात ये हुई कि नवोदय के सलेक्शन की दूसरी लिस्ट भी आ गई और राजेंद्र सिंह (बना) का नवोदय में एडमिशन हुआ। राजू को लगा कि ये राजेंद्र सिंह उसके बचपन का दोस्त है परन्तु एक बार फिर राजू को निराशा हाथ लगी। लेकिन बहुत जल्दी राजेंद्र सिंह और राजू अच्छे दोस्त बन गए।

कक्षा में बहुत घटनायें हो रही थी। किसी को किसी से प्यार हो रहा था तो किसी की लड़ाई हो रही थी। कभी कोई दोस्त बन रहा था तो कभी दुश्मन परन्तु कुछ भी स्थिर नहीं था। चीजें निरंतर बदल रही थी। चौधरी साब को मीनाक्षी अच्छी लगने लगी थी तो पन्नालाल को मानसी, पवन का दिल रीता की तरफ झुकने लगा तो शिवराज, अल्का को चाहने लगा। इसी के साथ राधाकिशन को मैडम अच्छी लगने लगी, अभी से सब अपनी-अपनी जोड़ियां बनाने में व्यस्त हो रहे थे। उन सब को देखकर राजू कभी-कभी नीलम को याद कर लेता था। क्लास की लड़कियों से अपने ध्यान को हटाने के लिए वह नीलम की याद का सहारा लेने लगा था। नवोदय में किसी को यह खबर नहीं थी कि राजू का बाल-विवाह हो चुका है।

बनवारी, नवोदय विद्यालय छोड़ कर वापस गाँव के स्कूल में पढ़ने लगा है। राजू अब नवोदय की जूनियर खो-खो टीम में खेलने भी लगा है और पढ़ाई में भी मन लगाने लगा है, अब वह राजपूत सर का फेवरेट स्टूडेंट बन गया है। फाइनल एग्जाम में राजू अपने सेक्शन में फर्स्ट आया। अब तो उसका हॉस्टल बदलवाना बहुत मुश्किल होने लगा परन्तु बहुत मिन्नतों के बाद राजपूत सर मान गए। राजू की मेहनत रंग लाई उसे समझ आ गया, **मेहनत करने वालों की कभी हार नहीं होती।**

सातवीं की शुरुआत राजू के लिए थोड़ी शुभ हुई अब राजू नए हॉस्टल (भगत सिंह) में करतार के साथ रहने लगा।

राजू के लिए अब नवोदय एक परिवार जैसा ही लगने लगा था उसके मन में भी नवोदय के लिए परिवार की ही "फीलिंग" आने लगी थी। ऐसा परिवार, जो भारतीय संस्कृति का पूरजोर समर्थक था, जहां संस्कारों की खेती होती थी और वही संस्कार बच्चों में रोपित किये जाते थे।

"नवोदय…नवयुग की नई आरती" में किस्से हैं तो राजू के परन्तु यही किस्से तो सभी नवोदयन के भी हिस्से आते हैं, तभी तो नवोदयन आज भी नवोदयन कहलाते हैं।

मटका बना फुटबॉल

किस्से की शुरुआत होती है "निकनेम" से। सातवीं में आते-आते क्लास के सभी बच्चों के निकनेम पड़ चुके थे। निकनेम तो सभी टीचर्स और दादागिरी करने वाले सीनियर्स के भी पड़ चुके थे। अब कोई भी किसी को भी नाम से नहीं बुलाता था। निकनेमों की एक विशेष बात थी कि जिसका जो नाम होता था, उसको ही खबर नहीं होती थी कि यह किसका नाम रखा गया है।

कोई फकीरा बन गया तो कोई हवलदार, कोई मटका तो कोई चोटी। "बकरी" अब हर क्लास में एक कॉमन नाम था, जो किसी न किसी लड़की का रख ही दिया जाता था।

एक दिन नवोदय परिवार सा लगने लगता था तो दूसरे ही दिन कुछ न कुछ काण्ड हो ही जाता था जिससे घर की याद फिर से आने लगती थी।

हर क्लास में दो सेक्शन हुआ करते थे। आज राजू के सेक्शन को "मैथ्स" के पीरियड के लिए एम्. पी. हॉल में बैठाया गया था। सभी बच्चे एम्. पी. हॉल के स्टेज पर बैठे हुए थे।

उन दिनों राजू के सेक्शन को मैथ्स "राम सर: लम्बू" पढ़ाने लगे थे जो कि लगभग छह फीट से भी लम्बे और दुबले पतले से थे। राम सर का मैथ्स पढ़ाने का तरीका बहुत अलग था और राजू कुछ ही दिनों में उनका भी फेवरेट स्टूडेंट बन गया था।

आज "राम सर" स्कूल टाइम में हॉस्टल का राउंड लेने गए हुए थे इसलिए अभी तक क्लास में नहीं आये थे। जब क्लास में कोई टीचर न हो तो बच्चे कहाँ आराम से बैठने वाले थे। बच्चों ने पूरे एम्. पी. हाल को ही फुटबॉल ग्राउंड बना दिया था और एक कपड़े की बॉल से खेलने में मग्न थे।

राजू क्लास के कुछ बच्चों के साथ स्टेज पर ही बैठा अपना होमवर्क कर रहा था।

तभी राजू ने एम्. पी. हॉल की खिड़की के बाहर देखा कि "राम सर लम्बे-लम्बे क़दमों से भागते हुए आ रहे हैं।" राजू ने हॉल में खेल रहे बच्चों को इशारा किया परन्तु सभी को पता नहीं चल पाया कि, सर आ रहे हैं। जैसे ही "राम सर" हॉल में घुसे और उन्होंने देखा कि "मटका" (एक लड़का जिसका नाम मटका रखा गया था) अभी भी फुटबॉल खेल रहा है और जोर-जोर से आवाज भी कर रहा है तो राम सर स्वयं को कंट्रोल नहीं कर पाए फिर उन्होंने जो "मटके" के साथ फुटबॉल खेली, वह बड़ी ही भयानक थी। क्लास के बाद सभी बच्चों के मुंह पर केवल यही शब्द थे कि "आज तो राम सर ने मटके से फ़ुटबाल खेली।"

उसके बाद तो राम सर जब तक स्कूल रहें, किसी की भी हिम्मत नहीं होती थी कि उनकी क्लास के टाइम में कोई मस्ती करे, खेलना तो दूर की बात थी। सबके दिलो दिमाग में राम सर की मार, भूत की भांति घुस चुकी थी, अब तो सर से बात करने की भी किसी की हिम्मत नहीं होती थी।

आज जब बच्चे को कोई टीचर स्कूल में हाथ भी लगा दे तो पेरेंट्स पूरे स्कूल को सर पर उठा लेते हैं। सोचिये नवोदयन पर क्या-क्या नहीं बीती होगी? परन्तु ये सब जरुरी था तभी तो आज ये किस्से बन पाए, तभी तो आज नवोदयन "नवोदयन" बन पाए, तभी तो आज "मटका" भी राम सर की ही तरह नवोदय जैसे विद्यालय में बच्चों को शिक्षा दे पा रहा है, तभी तो आज राजू के हिस्से भी बहुत कुछ है जीवन में और इसकी तरह ही हर नवोदयन अपने-अपने क्षेत्र में उत्कृष्टता के पैमाने के सर्वोच्च पर विराजित हैं। हर नवोदयन को गर्व है अपने टीचर्स पर जिन्होंने नवोदयन को शिखर पर पहुँचाने में अपना सर्वस्व न्योछावर कर दिया।

यह तो एक ऐसा किस्सा है जो हमारे ज़माने में लगभग हर विद्यार्थी के साथ होता था तो फिर नवोदयन कैसे पीछे छूट सकते थे। नवोदयन आज जो कुछ भी हैं, जहाँ कहीं भी हैं, उनके साथ यही किस्से हैं जो उनको निरंतर प्रगति करने के लिए प्रोत्साहित करते हैं।

नवोदय परिवार की अपनी और अनूठी विशेषता है आपसी विश्वास, जो विद्यार्थियों में आपस में भी है तो टीचर्स एवं विद्यार्थियों में भी। यही विश्वास आज

नवोदयन को नवोदयन बनाने में सबसे अहम भूमिका निभाता है। इसी विश्वास के सहारे नवोदयन अपनी मंजिल की तरफ बढ़ रहा है।

स्कूल में मार पड़ना तो आम बात हुआ करती थी। लगभग सभी बच्चों को इस दौर से गुजरना पड़ता था, कभी राधाकिशन तो कभी कोई और। राजू को अभी तक मार का सामना नहीं करना पड़ा था और उम्मीद कर सकते हैं कि भविष्य में भी न करना पड़े।

उन दिनों ये विश्वास भी था कि "मार के आगे तो भूत भी भाग जाते हैं" तो छोटे-छोटे विद्यार्थियों की क्या मजाल, इनको अनुशासन में लाने के लिए तो डांट ही काफी है और उससे भी न माने तो फिर किया ही क्या जा सकता है!

"मार" से अनुशासन को जोड़कर देखा जाता था, जो कि समय के साथ गलत साबित होता गया परन्तु उस समय स्कूल में अनुशासन बनाये रखने के लिए विद्यार्थियों के बीच एक-दो टीचर्स का खौफ बनाकर रखा जाता था और उन्हीं टीचर्स के नाम पर सभी टीचर्स स्टूडेंट को डराते रहते थे। सभी हॉस्टल और नवोदय की लगभग यही कहानी थी और कुछ हद तक सही भी।

नवोदयन ने अपने टीचर्स को हमेशा अपने मां-बाउजी की तरह माना, उन्होंने कभी भी टीचर्स द्वारा पनिशमेंट की अपने पेरेंट्स से शिकयत करने की हिम्मत नहीं की। समय के साथ अपने टीचर्स के प्रति रेस्पेक्ट उनकी रगों में खून की तरह बहने लगा।

नवोदय परिवार के ये अभिभावक नवोदयन के जीवन का अहम हिस्सा बनते गए और जगह लेते गए इनके किस्सों में।

"ईर्ष्या"

राजू का नवोदय का यह सफर हिचकोले खाते हुए चल रहा था। उसके जीवन में संघर्षों का दौर शुरू हो चुका था। प्रातः जल्दी उठकर मॉर्निंग एक्सरसाइज के लिए जाना, बाथरूम में नहाने के लिए लाइन लगाना, यहाँ तक कि टॉयलेट के लिए भी लाइन में खड़े होना। उसे बड़ा अजीब तो लगता था पर उसके हाथ में अभी कुछ नहीं था, उसे पता था कि अब तो यही उसके जीवन का एक हिस्सा बनने वाला है। कभी-कभी तो उसे लगता कि गाँव में अपने ही मजे थे, जब चाहो जहाँ चाहो "फ्रेश" हो सकते थे, यहाँ हॉस्टल में बड़ी पाबंदियां थी। कभी-कभी गाँव की याद उसे विचलित कर देती थी।

सप्ताह के सभी दिन भागमभाग में निकल जाते थे। जब भी वह अकेला होता माँ-बाउजी (काका- काकी) को याद करके रो लेता था। नवोदय में भैया थे, करतार था और तो और किशन के अतिरिक्त सूर्य प्रकाश, कुंदन, आदित्य के अतिरिक्त अनेक दोस्त भी थे परन्तु फिर भी राजू को लगता था कि "कहीं काल कोठरी में डाल दिया गया है।" इन बंधनों को तोड़कर भागने का मन बहुत करता था परन्तु डरता था कि लोग क्या कहेंगे? डरता था कि पढ़ाई का खर्चा कैसे चलेगा? डरता था कि कहीं घर जाकर "काका-काकी" के लिए बोझ न बन जाए? समय के साथ बहुत समझ आ गई थी उसे! नवोदय ने बहुत कुछ सिखा दिया था उसे। गाँव में जिन अभावों में उसने जीवन जीया था, उससे तो लाख गुना अच्छा था नवोदय में। महीने में मिलने वाले राशन साबुन, तेल आदि को बचाकर उपयोग करना सिख लिया था ताकि छुट्टियों में इन सामानों को घर ले जाया जा सके।

हर रविवार की तरह आज भी वह बहुत मायूस था क्योंकि उसे पता था कि आज भी उनसे मिलने घर से कोई नहीं आने वाला! "मां-बाउजी" की अपनी मजबूरियां हैं और बड़े भैया साथ में हैं यहीं हॉस्टल में। गाँव में दोस्तों का हाल-चाल उसे

"ईर्ष्या"

केवल पत्र के माध्यम से ही मिलता था। मोबाइल के इस युग में आज तो बच्चों को समझ भी नहीं आएगा कि ये "पत्र या खत" क्या होते हैं और इनका कितना महत्त्व होता था उसे समय?

उसे पता था कि कुंदन की दादी माँ आएँगी, आदित्य की मम्मी और तो और किशन की बुआ भी आएँगी। साथ ही गाँव से अनेक लोग आएंगे अपने बच्चों से मिलने... वे सब साथ में बैठकर खाना खाएंगे... साईकिल चलाएंगे... बाहर वाली रणवा जी की दूकान भी जायेंगे.... कितना मजा आएगा उन सबको.... राजू और करतार... चोरी-चोरी उन्हें देखते रहेंगे... बहुत बुरा लगने वाला था आज के दिन उसे।

करतार और राजू को अकेले-अकेले घूमते देख किशन की बुआ ने आवाज देकर बुलाने की कोशिश की परन्तु उनकी इतनी हिम्मत नहीं हुई कि वे बुआ के पास जाकर बैठ जाएं। उन्होंने दूर से ही प्रणाम किया और चले गए अपनी विंग में।

पेरेंट्स, जो सभी साथ बैठे थे, उनकी कुछ आवाजें राजू के कानों में सुई की तरह चुभ रही थी, किसी ने कहा, "इन बेचारों से तो कोई मिलने नहीं आया!" तभी किसी ने बात को आगे बढ़ाते हुए कहा- "अरे इनसे तो कभी कोई मिलने नहीं आता।"

बाहर बैठे पेरेंट्स की बातें सुनकर राजू की आँखों में आंसू आ गए परन्तु आंसुओं की इतनी हिम्मत नहीं हुई कि वे आँखों से निकलकर गालों को चूम लें... राजू को अपने सभी दोस्तों से ईर्ष्या होने लगी, उसे ईर्ष्या होने लगी अपने गाँव से आये सभी पेरेंट्स से भी।

आज रविवार की शाम भी थी तो मैस में केवल दाल-चावल मिलने थे, जो उसे कभी पसंद नहीं आये (शायद ही किसी नवोदयन को रविवार शाम में मिलने वाले दाल-चावल पसंद आये हों).... परन्तु उन दोनों के पास कोई ऑप्शन भी तो नहीं था, आज शाम को सभी बच्चे अपने-अपने घर से आया खाना खाने वाले थे और राजू को वही मैस की दाल-चावल!

कभी-कभी तो उसे लगता कि भगवान् भी उसके साथ ज्यादती कर रहा है, उसका मन ईर्ष्या से भर उठता... परन्तु उसने अपने आप को सम्भाला। उसे पता था आज

"ईर्ष्या"

जो दोस्त कुछ समय के लिए उससे दूर हुए हैं, कल फिर एक थाली में वही मैस का खाना खायेंगे...।

राजू स्वयं को समझाता रहा, "अरे हमारे भैया तो सातों दिन हमारे साथ हैं इनके तो नहीं हैं न"... परन्तु ये केवल कमजोर सी सांत्वना मात्र होती थी... "काका-काकी" और परिवार की जब याद आती तो ये सांत्वना अपने आप पिघल कर आंसुओं के रूप में गालों को चूम लेती।

ईर्ष्या होती थी कि उसके घर से कोई क्यों नहीं आता मिलने... ईर्ष्या होती थी उसे अपने ही दोस्तों से जब वे अपने पेरेंट्स के साथ बैठकर बातें कर रहे होते, उसे अपने-आप से भी ईर्ष्या होने लगी, वह सोचता भगवान् ने उसे इतना गरीब क्यों बनाया है?

ईर्ष्या होती थी जब उसके दोस्त घर का खाना खा रहे होते थे और वह मैस का! कभी-कभी तो उसे लगता था कि उसके घर वालों को उसकी कोई फ़िक्र नहीं...

परन्तु समय ने राजू को और समझदार बना दिया, नवोदय ने उसे समझा दिया कि परिस्थिति चाहे कितनी भी विपरीत क्यों न हो, धैर्य नहीं छोड़ना चाहिए, अपना समय आने का इन्तजार करना चाहिए, साथ ही अपनी मेहनत कभी नहीं छोड़नी चाहिए।

ईर्ष्या कुछ देर हो सकती है परन्तु फिर भी समझने वाली बात है कि अपनों से कैसी ईर्ष्या?

धीरे-धीरे राजू पर इन सब बातों का असर होना बंद सा हो गया। वह अपने में इतना रम गया कि अब उसे ये बातें तुच्छ सी लगने लगी थी। नवोदय परिवार ने अपना असर दिखाना शुरू कर दिया था, ईर्ष्या मोम सी पिघल जाती जब एक आवाज़ सुनाई देती.... 'राजू... आ जा यार साथ ही खाना खा लेते हैं या आ जा यार क्रिकेट खेलते हैं ...।'

यहाँ के संस्कारों ने अपना काम करना आरम्भ कर दिया था। राजू अब नवोदयन बनने की कगार पर पहुँच चुका था।

चिट्ठी आई है

राजू अपने दोस्तों संग अपने नए परिवार में रम सा गया था। कभी-कभी घर की याद आती तो दोस्तों के पास पहुँच जाता और पुनः स्वयं को संयमित कर अपने मन को नवोदय परिवार में ले आता।

"याद" ही तो एकमात्र सहारा था उसके पास, जैसा सभी नवोदयन के पास होता था। अपनी यादों के सहारे नवोदय के सात साल कब गुज़र गए, किसी को कोई भनक भी नहीं लगी। आज सभी व्यस्त और मस्त हैं अपने जीवन में। नवोदय की वही यादें नवोदयन का सबसे मजबूत हथियार भी हैं तो साथी भी।

आज राजू सुबह से ही बड़ा परेशान सा था, पिछले कुछ सप्ताह से उसके पास घर की कोई खबर नहीं थी। पिछले रविवार गाँव से पेरेंट्स (शम्भू की मम्मी, किशन की बुआ आदि) आये तो थे मिलने अपने बच्चों से परन्तु राजू की क्लास का क्रिकेट मैच होने की वजह से वह उन लोगों से मिल नहीं पाया था, और तो और गोपाल या भैया का भी कोई पत्र (खत या चिट्ठी) नहीं आया था जिससे घर की स्थिति का पता चल सके।

आजकल ताऊजी की तबियत भी कुछ ख़राब चल रही थी तो रात भर बुरे ख्यालों ने उसे सोने भी नहीं दिया था। घर पर लैंडलाइन फोन का कनेक्शन हो चुका था परन्तु रणवां जी की दूकान जाकर STD बूथ से फ़ोन करना अपने आप में बहुत बड़ा टास्क था और उसके लिए पैसों की भी जरुरत थी जो फिलहाल राजू के पास नहीं थे।

राजू के पास पैसे नहीं थे परन्तु उसे पता था कि अगर वह अपने दोस्तों को बताएगा तो जुगाड़ हो जायेगा लेकिन पता नहीं क्यों आज उसका मन इस बात की गवाही

चिट्ठी आई है

नहीं दे रहा था कि दोस्तों से पैसे मांगकर, घर बात कर ली जाए। उसे विश्वास था कि आज नहीं तो कल घर से चिट्ठी आ ही जाएगी।

सुबह से दोपहर हो गई, आज क्लास में भी उसका मन नहीं लग रहा था। बार-बार उसकी नज़र क्लास के गेट पर जा रही थी कि कब छुट्टी हो और कब वह डाकिये अंकल से मिले! जैसे ही लंच के लिए घंटी बजी, राजू भागता हुआ हॉस्टल आया। शायद आज वह अपने कंट्रोल में नहीं था, बार-बार घर की याद उसे सता रही थी। बेसब्री से इन्तजार था उसे डाकिये अंकल का और इन्तजार था "घर से आने वाली चिट्ठी का"

हॉस्टल के बाहर जैसे ही डाकिये अंकल ने अपनी साईकिल की घंटी बजाई, राजू भागता हुआ पहुंचा उनके पास और बोला "अंकल मेरे घर से चिट्ठी आई क्या?

डाकिये अंकल ने राजू को सरसरी निगाहों से देखा और कहा, "बेटे! अपना नाम तो बताओ, तभी तो मैं बता पाऊंगा कि तुम्हारा पत्र आया या नहीं!"

राजू ने स्वयं को संयमित करते हुए अपना नाम डाकिये अंकल को बताया।

डाकिये अंकल ने अपने डाक वाले मैले-कुचैले थैले में हाथ डाला और बहुत से खत निकाले। इतने सारे खत देखकर राजू उत्साहित हो गया, उसे मन ही मन लगने लगा कि आज जरूर उसका भी एक खत घर से आया होगा।

सभी पत्रों पर नज़र डालने के उपरान्त डाकिये अंकल की आँखों में चमक आ गई, उन्होंने एक चिट्ठी अपने हाथ में पकड़ी थी, उस चिट्ठी पर राजू का नाम लिखा था। राजू के हाथ में चिट्ठी थमाते समय डाकिया अंकल स्वयं को 'अलादीन के चिराग'वाला जिन्न महसूस कर रहे थे। उन्हें बड़ा अच्छा लग रहा था राजू को चिट्ठी थमाकर।

राजू तो जैसे सातवें आसमान पर था, डाकिये अंकल को धन्यवाद देकर वह दौड़ पड़ा विंग में अपने बेड पर, वह स्वयं को रोक नहीं पा रहा था, उसे जल्दी लगी थी पत्र पढ़ने की ...

बॉर्डर फिल्म का गाना "संदेशे आते हैं, हमें तड़पाते हैं" उसकी जुबां पर था और वह भागे जा रहा था ....जैसे ही चिट्ठी में उसने पढ़ा कि "घर पर सब ठीक हैं" उसको एक अलग ही सुकून मिला। उसकी सारी चिंताएं जैसी एक ही लाइन में हवा हो गई... मंद-मंद मुस्कुराते उसने पूरा खत कम्प्लीट किया...

एक बार पुनः उसने शुरू से अंत तक पूरा खत पढ़ा और फिर लिखने बैठ गया अपने मन की बात अपनी चिट्ठी में जो वह घर भेजने वाला था....जब तक कोई नयी चिट्ठी नहीं आ जाती राजू रोज अपनी पुरानी चिट्ठी को लेकर बैठ जाता पढ़ने ... बार-बार चिट्ठी को पढ़ने पर भी बोरियत नहीं होती थी और यही हाल तो होता था प्रत्येक नवोदयन का जब "घर से चिट्ठी आती थी।"

अधिकतर घर से आयी चिट्ठियां गद्दे के नीचे (सिरहाने) रखी जाती थीं और जब भी मन करता उठाकर पढ़ लेते थे...। ऐसा लगता था जैसे नवोदयन, बॉर्डर पर तैनात सैनिक भाइयों से प्रेरित थे तभी तो जब भी किसी की भी चिट्ठी आती सभी दोस्त मस्त हो जाते थे, खुश हो जाते थे अपने दोस्त की ख़ुशी में और जब भी कोई दुःख का समाचार होता सभी दुखी ही जाते और एक-दूसरे को ढांढस बंधाते।

नवोदयन स्वयं को न जाने कब "बॉर्डर पर तैनात सिपाही समझ बैठे थे... घर से दूर" और चिट्ठियां ही उनको याद दिलाती रहती थी अपने माँ-बाप की... अपने परिवार की।

घर से आई चिट्ठियों को संभाल कर रखना हर नवोदयन ने सीख लिया था और साथ ही सीख लिया था एक-दूसरे के दुःख-दर्द का भागी बनना.... तभी तो आज भी नवोदयन एक साथ, एक परिवार का हिस्सा हैं... "नवोदय परिवार का हिस्सा।"

विंग बनी क्रिकेट ग्राउंड

भारत की तरफ से सचिन जब क्रिकेट खेलने लगा, एक बार पुनः क्रिकेट पूरे भारत में फेमस हो गया। हर किसी की जुबान में सचिन का नाम था जैसे कभी कपिल देव और गावस्कर का हुआ करता था। गाँव-गाँव और शहर-शहर, बड़ा हो या छोटा, बूढ़ा हो या जवान, सचिन का नाम ही सबके सर चढ़कर बोल रहा था। वही माहौल तो नवोदय में भी हो गया था, हर कोई खुद को सचिन से कम नहीं समझता था चाहे क्रिकेट खेलना आये या न आये उससे कोई फर्क नहीं पड़ता।

ऐसा नहीं कि नवोदय में दूसरे खेलों के प्रति रुझान कम था। नवोदय में होने वाली खेल प्रतियोगिताओं में तो क्रिकेट के अतिरिक्त सब खेल थे जैसे खो-खो, कबड्डी, वॉलीबॉल, फुटबॉल, एथेलेटिक्स आदि, और तो और नवोदयन का इन खेलों में नेशनल लेवल पर भी बहुत वर्चस्व था। बच्चों के पास क्रिकेट खेलने के लिए उतना समय नहीं था और न ही ग्राउंड क्योंकि अक्सर ग्राउंड में दूसरे खेल चलते रहते थे।

बच्चों ने हॉस्टल के बीच के हिस्से को या फिर अपनी विंग को ही क्रिकेट ग्राउंड बना लिया। ये जरूर था कि यहाँ क्रिकेट खेले जाते समय पकड़े गए तो वार्डन और PET सर की डांट और मार से भगवान् भी नहीं बचा सकते।

भगत सिंह हॉस्टल में आते ही राजू, करतार, किशन, फकीरा, हवलदार आदि की क्रिकेट टीम बन गई थी। स्कूल की छुट्टी के बाद और रविवार को पूरे दिन भर हॉस्टल के बीच ही इनका क्रिकेट ग्राउंड होता था। कभी एक-दूसरे हॉस्टल से मैच होता तो कभी विंग का आपस में भी मैच हो जाता था। हर नवोदयन की यही कहानी है।

हॉस्टल की विंडो के ग्लास या विंग में लाइट न टूट जाएँ इसलिए बॉल होती थी "नवोदय में मिलने वाले सफ़ेद जुराब से बनाई हुई" कपड़े की बॉल!

इस प्रकार की बॉल बनाने या गूंथने की प्रेक्टिस तो इनकी गाँव से ही हो गई थी जब मकर संक्रांति के दिन "घोटा-दड़ी" अरे! शहर के "हॉकी" खेलने के लिए बनाते थे।

हॉस्टल के बीच जगह नहीं मिलने पर इन लोगों ने अपनी विंग में "एक्सपेरिमेंट" के रूप में खेलना शुरू किया और विंग में क्योंकि गेंद के खोने की और ज्यादा दूर भागने की जरुरत भी नहीं थी तो वही इनका मुख्य ग्राउंड बन गया। यहाँ केवल लाइट से समस्या थी कि कहीं बॉल से लाइट न फूट जाये तो नियम भी उसी प्रकार बनाये जाते थे फिर भी लाइट तो फूटनी बनती थी और वही होता। पर विंग में ये कभी भी क्रिकेट खेल सकते थे चाहे दिन हो या रात और अधिकतर रात को क्रिकेट खेलकर **"डे-नाईट"** मैच का आनंद लिया करते थे।

वार्डन से बचने के लिए विंग का दरवाजा अंदर से बंद करके और वार्डन के शाम के राउंड के बाद ही क्रिकेट खेलते थे ताकि वार्डन से कुछ हद तक तो बच सकें।

जब इण्डिया किसी "कंट्री" के साथ कोई क्रिकेट सीरीज खेल रही होती तो विंग में क्रिकेट की "फ्रीक्वेंसी" अपने आप बढ़ जाती।

करतार विंग में क्रिकेट का मास्टर ब्लास्टर था।

हर ग्राउंड के अपने नियम होते हैं, यहाँ पर भी वैसा ही था जैसे हॉस्टल की विंडो पर डायरेक्ट लगने पर आउट और किसी और जगह लगने पर सिक्स। प्लेयर के लिए यह बहुत मुश्किल हो जाता था कि सिक्स लगाने की सोचें या स्वयं को आउट होने से बचाएं, और तो और हॉस्टल की छत पर या ग्राउंड के बाहर बॉल के जाते ही आउट आदि जो कि विंग वाले ग्राऊंड में जाते ही बदल जाते थे।

नवोदय क्रिकेट के नियमः

वैसे तो क्रिकेट, भारतीयों का सबसे प्रिय खेल है। समय के साथ सब भूल चुके हैं कि राष्ट्रीय खेल की उपमा कौनसे खेल को दी गई है। नवोदय में क्रिकेट का ऐसा सुरूर था कि हर जगह क्रिकेट की या तो चर्चा हो रही होती थी या खेला जा रहा होता था। नवोदय में भी क्रिकेट ने खेलों में अपना स्थान बना लिया था और हॉस्टल के बीच में या फिर विंग में भी खेले जाने लगा था। वैसे तो क्रिकेट के अपने नियम कायदे होते हैं परन्तु हॉस्टल में जब भी क्रिकेट विंग में या हॉस्टल के बीच खेला जाता था तो उसके नियम कुछ अलग ही होते थे।

मुझे तो यह भी विश्वास है कि अगर ये नियम B.C.C.I. तक पहुँच जाएं तो यह अतिश्योक्ति नहीं होगी कि इन्हें I.P.L. में लागू कर दें।

हॉस्टल के मध्य या विंग में खेले जाने वाले क्रिकेट के नियमों पर एक नजर डालें तो वो इस प्रकार से होते थे जैसे:

- जिसका बैट होगा, उसकी पहली बैटिंग होगी।
- जिसका बैट होगा, वही मैच के नियम भी तय करेगा जो कभी भी बदल सकते थे।
- लकड़ी की आड़ी-टेढ़ी डंडियों की विकेट होगी, जो अगर हवा से भी गिर जाये तो बैट्समैन आउट हो सकता है या फिर विंग के बेड के मध्य का रास्ता ही विकेट बन जाएगा।
- पहली बाल हमेशा "Try बॉल" होगी।
- जो बाऊन्डरी के बाहर बॉल फेकेंगा, वो खुद वापस लेकर आयेगा।
- विकेटकीपर कॉमन होगा।
- बैटिंग टीम अम्पायरींग करेगी।

- दीवार को डायरेक्ट लगा तो सिक्स, बॉल बाहर गयी तो आऊट या जिसने विंग में डबल बेड के ऊपर बॉल मार दी तो वह आउट माना जायेगा।
- आखिरी बैट्समैन अकेला बैटिंग कर सकता है।
- जो बीच मे गेम छोड़ेगा, उसे कल नही खिलाया जायेगा।
- छोटे बच्चे केवल फील्डिंग करेंगे, उनको लास्ट मे खिलायेंगे, अगर अँधेरा नहीं हुआ तो उनकी बैटिंग आ सकती थी।
- जब अंधेरा हो जायेगा **ball slow** करायी जायेगी।
- तीन बॉल लगातार वाईड की तो औवर कैंसिल हो जायेगा।
- जो जीतेगा वो अगली बार पहले बैटिंग करेगा।
- कीपर अगर आगे से बॉल पकड़ा तो बैट्समैन आउट नहीं होगा।
- बैटिंग नहीं आई तो फील्डिंग भी नहीं की जाएगी।
- तीन बॉल से ज्यादा पर रन नहीं बना तो बैट्समैन को रिटायर कर दिया जायेगा।
- आउट होने पर अंपायर को कसम खाना पड़ेगा तभी आउट माना जायेगा।
- बॉलिंग बिना हाथ घुमाये भी करवाई जा सकती है, बस स्लो करना होगा।
- रनर तो कोई भी बैट्समैन कभी भी रख सकता है, कोई बैट्समेन रनर के कारण रन आउट होता है तो रनर की जगह बैटिंग कर सकता है।

अलग-अलग ग्राउंड के अलग नियम... यही तो खास बात थी नवोदय में क्रिकेट की। यहाँ क्रिकेट का बुखार था तो हॉस्टल में रेडियो पर मैच की कॉमेंट्री सुनने का अलग ही मजा।

क्रिकेट के नियम बनाते-बनाते न जाने कब नवोदय का सफर अपने बीच पड़ाव की तरफ पहुँच गया। हाफ पैंट अब तो फुल पैंट में बदल गई और दर्जी अंकल के साथ मिलकर बड़ी मोरी वाली पैंट सिलवाने की फैशन भी आ गई।

आज रात भी सभी दोस्त मिलकर विंग में क्रिकेट खेल रहे थे। विंग का दरवाजा बंद किया जा चुका था, गोयल सर (वार्डन) भी शाम का राउंड लेकर जा चुके थे।

धीरे-धीरे मैच का उत्साह चरम पर पहुँच चुका था जिससे आवाजें भी बहुत हो रही थी। जो खेल नहीं रहा था, वह किसी न किसी टीम को सपोर्ट जरूर कर रहा था, मतलब ये कि विंग के सभी 20 बच्चे इस मैच में इन्वॉल्व थे।

करतार बैटिंग कर रहा था और उनकी टीम को जीतने के लिए कोई 10 रन की जरुरत थी।

तभी किसी ने विंग का दरवाजा खटखटाया!

करतार ने तेज आवाज में पूछा, "कौन है?"

दरवाजे के पीछे से आवाज आई, "तेरा अंकल!"

आवाज सुनते ही सब बच्चे चौंक गए... ये तो गोयल सर (हाउस वार्डन) की आवाज थी।

करतार ने बैट बेड के नीचे फेंका और राजू ने बॉल को कहीं छिपा दिया।

किसी बच्चे ने जैसे ही गेट खोला गोयल सर ने एक धीमा सा झाँपट उसके गाल पर मारा, "इतनी देर लगा दी गेट खोलने में, बैट और बॉल कहाँ है?"

अब कोई मना तो कर नहीं सकता क्योंकि सभी रंगे हाथों पकड़े गए थे। फिर क्या था कोई बैट निकालकर सर को पकड़ा रहा था तो कोई बॉल।

सर ने अपने दोनों हाथों में बैट बॉल पकड़ी और निकल गए अपने स्टाफ क्वार्टर की तरफ जैसे कुछ हुआ ही नहीं हो।

बच्चों ने बॉल तो फिर बना ली पर बैट सर से वापस लेने में कोई सप्ताह भर लग गया। पहले तो टाइम इस बात में ही लग गया कि सर के घर जाकर बैट मांगेगा कौन?

जैसे ही बैट वापस मिला तो विंग में फिर से डे-नाईट मैचों की शुरुआत हो गई।

नवोदयन रुकने वाले तो हैं नहीं, किसी भी परिस्थिति में स्वयं को ढालने की जो महारथ नवोदयन के पास है वह किसी के पास नहीं हो सकती, तभी तो वे आज भी नवोदयन कहलाते हैं।

रक्षाबंधन का ख़ौफ़

भाई-बहन के प्रेम का प्रतीक रक्षाबंधन का त्योहार आने वाला था। करतार ने बताया कि इस दिन स्टेज पर लड़कियां सभी लड़कों के राखी बांधती हैं जिनकी कलाई पर राखी नहीं होती और जो राखी बंधवाना चाहते हैं परन्तु कुछ सालों से बच्चों की राखी बंधवाने की इच्छा को दरकिनार करके सभी को, जिनके राखी नहीं बंधी होती थी, उन्हें स्टेज पर बुलाकर राखी बंधवाई जाती थी। कहने को तो पूरे स्कूल में रक्षाबंधन बड़े ही धूमधाम से मनाया जाता था परन्तु वास्तविकता कुछ और ही कहती थी। लड़कों के मन में खौफ होता था, कहीं उसका नंबर नहीं आ जाए स्टेज पर राखी बंधवाने में।

करतार ने शायद राजू को पूरी बात नहीं बताई। होता ये था कि क्लास के कमीने दोस्त, लड़कियों के पास जाते और मुख्यतः उसी लड़की के पास ही, जिसका चक्कर किसी से चलने वाला होता था और फिर जाकर बोलते कि फलां-फलां लड़का तुमसे राखी बंधवाना चाहता है।

फिर तो वह लड़की राखी के दिन थाली में राखियां सजाकर लाती और बाँध देती राखी...... लड़के के मन में जो प्यार के लड्डू फूट रहे होते, पल भर में बहन की रक्षा के ख्यालों के नीचे दम तोड़ जाते।

हर वर्ष की भांति इस वर्ष भी रक्षाबंधन का त्योहार लड़कों के लिए ख़ौफ़ लेकर आया।

राजू की क्लास में किसी ने टिम-टिम से बोल दिया जाकर कि सुरेश उससे राखी बंधवाना चाहता है फिर क्या था सुरेश के चेहरे पर बारह बज गए। उसे यह समझ नहीं आ रहा था कि ये किसकी करतूत है? दिल में अभी तो टिम-टिम के लिए प्यार

के बीज अंकुरित होने ही शुरू हुए थे और यहाँ ओले गिर पड़े। यह तो "सिर मुंडाते ही ओले गिरने" वाली कहावत को सही सिद्ध करने वाला वाकया हो गया।

सुरेश ने इधर-उधर बहुत हाथ पैर मारे कि कहीं से कोई खबर मिल जाए कि किसने ऐसी जुर्रत की है फिर तो उसे देख लेंगे परन्तु बहुत खोजने पर भी जब मालूम नहीं चला तो इस परेशानी से निकलने का उपाय खोजा गया।

यशपाल ने सुझाया, "यार किसी दूसरी लड़की से राखी बंधवा ले।"

रामराज ने कहा, "भाई फिर भी अपनी होने वाली भाभी तो राखी बाँध ही सकती है इसे।"

सुरेश बोला, "यार तुम कोई सही बात करोगे या मुझे और परेशान करोगे, क्यों न मैं घर भाग जाता हूँ?"

यशपाल, "भाई फिर तो सबको पता चल जायेगा कि तेरे मन में कुछ चल रहा है, फिर तो राजपूत मैडम पक्का तेरे बाल कटवा देगी।"

सुरेश, "तो क्या करूँ भाई, बाल तो मैं नहीं कटवा सकता।"

रामराज, "भाई ऐसा करते हैं, उस लिस्ट में से तेरे नाम की जगह "मटके" का नाम लिख देते हैं। किसको पता चलेगा कि कौनसे सुरेश को राखी बाँधनी है?"

सुरेश और यशपाल एक साथ बोल पड़े, "यार ये सही तो है पर करेगा कौन?"

रामराज, "राजू किस काम आएगा?"

थोड़ी देर में तीनों-चारों पहुँच गए राजू के पास। राजू को शुरू से लास्ट तक की पूरी दास्तां सुनाई गई। अंत में यशपाल बोला, "भाई अब तू ही है जो लिस्ट से इसका नाम काटकर, किसी और का या दूसरे सुरेश का नाम लिख सकता है।"

राजू ने कहा, "यार मरवाओगे क्या? कोई देख लेगा तो मुझे कहीं का नहीं छोड़ेंगे और पहली बात ये लिस्ट कहाँ मिलेगी?"

यशपाल ने बताया कि लिस्ट तो स्टाफ रूम में पड़ी है और वहां तेरे अतिरिक्त कोई नहीं जा सकता।

राजू कुछ सोचते हुए बोला, "मैं देखता हूँ।"

मन ही मन राजू ने कुछ और ही निर्णय कर लिया था, दूसरे दिन लंच ब्रेक में राजू, टिम-टिम के पास गया और उसे अपने तरीके से कुछ समझाया और उसे किशन को राखी बांधने के लिए तैयार कर लिया।

टिम-टिम, "अरे मुझे तो पता ही नहीं कि मुझे सुरेश को राखी बांधनी है वह भी स्टेज पर, चलो अच्छा रहा तुमने मुझे बता दिया... मैं तो नहीं बांधने वाली उसके राखी, दिखता कैसा है? मैं क्यों बनाऊं उसे अपना भाई?"

राजू ने कहा, "बिलकुल सही और तो और वह कुछ ज्यादा ही बदमाश भी है।"

टिम-टिम ने राजू को धन्यवाद दिया।

रक्षाबंधन के दिन स्टेज पर अनेक प्रेम प्रसंगों की बलि चढ़ी पर सुरेश और टिम-टिम के नाम का कोई अनाउंसमेंट नहीं हुआ। क्लास के वे बच्चे जिन्होंने सुरेश और टिम-टिम का नाम लिखा था, आज चकित होकर एक-दूसरे की शकल देख रहे थे और सोच रहे थे कि यह कैसे हो गया?

इसी तरह हर वर्ष कई लड़कों का नाम उसी लड़की के साथ लिखवाया जाता था, जिनके साथ उनका "क्रश" हो या प्रेम-प्रसंग चल रहा हो। यानि नवोदय में अगर किसी त्योहार का ख़ौफ़ होता था तो वह था "रक्षाबंधन।"

लड़के हों या लडकियां, थे तो नवोदयन ही, संस्कार एक थे, शिक्षक एक और परिवार भी तो एक ही था सबका "नवोदय परिवार"। किस्से बने तभी तो उन किस्सों के सहारे आज भी ज़िंदा हैं, इस उम्मीद के सहारे कि वही किस्से एक बार पुनः जीवन में दोहराने का अवसर भर मिल जाए।

GPL वाला जन्मदिन

नवोदय में आने से पहले राजू ने कभी जन्मदिन न तो अपना ही मनाया था और न ही किसी की जन्मदिन पार्टी में गया था। नवोदय में जन्मदिन मनाने की यह परम्परा उसके लिए एकदम नई थी।

लड़कियों को जन्मदिन पर ग्रीटिंग कार्ड देकर अपने दिल के कुछ अरमान जाहिर करने का मौक़ा होता था। ग्रीटिंग कार्ड में जन्मदिन की शुभकामनाएं तो कम प्यार की शायरियां अधिक होती थी। कुछ लड़के तो लड़कियों के जन्मदिन पर भी टॉफी बांटकर उसका ध्यान आकर्षित करने का प्रयास करते थे। कभी उनका यह दांव काम कर जाता और उन्हें मिल जाती थी प्यारी सी मुस्कान और उसी मुस्कान के सहारे निकाल देते थे अपने कुछ महीने परन्तु कभी-कभी यही दांव उल्टा पड़ जाता तो उन्हें बनना पड़ जाता "मुर्गा"!

केक काटने और मुंह पर फैलाने की प्रैक्टिस अभी शुरू नहीं हुई थी। लेकिन विंग में जन्मदिन मनाने का मजा ही कुछ अलग था।

मार्च का महीना चल रहा था, कुंदन (हवलदार) के जन्मदिन की तैयारियां चल रही थी। अभी रविवार को दादी आई थी तो मिठाइयों से पूरा थैला भरा था। विंग में सभी दोस्तों के मजे चल रहे थे। जिसको भी भूख लगती, किसी न किसी बहाने से हवलदार को "पटा" कर (बहला फुसला कर) कुछ तो खा ही लेता था। आज किशन ने वार्डन से परमिशन ली थी रणवा जी की दुकान जाने की, हवलदार के जन्मदिन पर से स्पेशल क्रीम रोल, जो लाने हैं सभी के लिए।

जन्मदिन की सारी तैयारियां हो चुकी थी, बस सभी को बेसब्री से इन्तजार था "रात के बारह" बजने का। जैसे ही घड़ी की सुई ने बारह बजाये, सभी दोस्तों ने हवलदार को अपने हाथों में उठा लिया और शुरू हुई GPL!

कुंदन ने, जिसको भी मिठाई नहीं खिलाई, उसने उतनी ही ज्यादा GPL किया। "GPL" के बाद सभी दोस्तों ने कुंदन को गले से लगा लिया और सभी ने जन्मदिन की शुभकामनाएं दी। सभी ने मिलकर रणवा जी के क्रीम रोल का आनंद लिया।

जन्मदिन पर परिवार की तरफ से मिलने वाली शुभकामनाओं एवं आशीर्वादों का अपना महत्त्व होता है परन्तु जब तक "GPL" न हो पता ही नहीं चलता कि आज किसी का जन्मदिन भी है।

राजू और उसके दोस्त ऐसे ही हॉस्टल में सभी का जन्मदिन मनाते, कभी अपने हाथ से रात में खाना बनाते तो कभी रणवा जी के यहां से कुछ खरीद लाते। दोस्तों के साथ जन्मदिन की पार्टी का महत्त्व उनसे बिछुड़ने के बाद ही पता चलता है। हर नवोदयन ने अपने जीवन में कभी न कभी "GPL" को अपने जन्मदिन का हिस्सा बनाया है जो नवोदयन में संयम रखने का आधार भी बना है।

कौन कहता है दोस्ती बर्बाद करती है?
अगर दोस्ती नवोदयन सी हो तो आबाद करती है।

रेडियो

आज (AI) आर्टिफिशल इंटेलिजेंस के दौर में जहाँ "जनरेशन Z" की बातें हो रही हैं, वहां कोई क्यों "रेडियो" सुनेगा। आज बच्चे-बच्चे के हाथ में जब स्मार्ट फ़ोन हों तो उन्हें क्या जरुरत कि वे "रेडियो" पर गाने या मैच की कॉमेंट्री सुने? जैसे-जैसे दौर बदला, वैसे-वैसे ही रेडियो भी घर की सेंटर टेबल से स्टोर रूम में पहुँच गया।

एक समय हुआ करता था कि जिसके पास रेडियो होता था उसकी गणना समाज के उच्च वर्ग में होती थी। ***आज तो रेडियो न होना ज्यादा सुकून देता है।*** 1980-1990 का दशक बिन रेडियो के अधूरा था। अब रेडियो के महत्त्व को क्या बतलायें; उस ज़माने में समाचार, क्रिकेट कमेंट्री, सखी सहेली और विविध भारती लोगों की लाइफलाइन हुआ करते थे।

एक दो दशक की ही तो बात है, रेडियो की हालत भी घर के बूढ़े लोगों जैसी हो चुकी है जैसे आज उन्हें कोई नहीं पूछता। वैसे ही रेडियो को आज तो छोटा सा बालक भी अपने पास नहीं रखना चाहता।

भारत और दक्षिण अफ्रीका के मध्य एकदिवसीय मैच चल रहा था। आजाद हाउस और सुभाष हाउस में सीनियर बच्चों के पास गैर-कानूनी चीज़े जैसे रेडियो, ताश, हीटर, आदि होती थी और छोटे बच्चों के पास होता था विडिओ गेम। राजू के पास इनमें से कुछ भी नहीं था परन्तु करतार कहीं न कहीं से जुगाड़ कर ही लेता था जिससे विंग में सभी मिलकर रेडियो या वीडियो गेम का आंनद लेते थे।

धीरे-धीरे ऐसा ही सभी हॉस्टल में जूनियर भी इन सामानों को रखने लगे थे और अब तो हर विंग में ये सभी सामान उपलब्ध होते थे, जिनको बहुत सावधानी से छुपाकर रखा जाता था। रेडियो या विडिओ गेम खरीदकर लाना मुश्किल नहीं था जितना कि उन्हें वार्डन की नज़रों से बचाकर रखना।

एक दिन विंग में रेडियो पर कॉमेंट्री चल रही थी। सिग्नल इतने खराब थे कि बार-बार कोशिश करनी पड़ रही थी कि कुछ तो समझ आ जाए। सारे बच्चे बेड को पूरी तरह से घेरकर खड़े थे कि कुछ तो समझ आ जाये।

किसी भी बच्चे की थोड़ी भी आवाज आने पर भैया ऐसे देखते जैसे उसे कच्चा खा जायेंगे। रेडियो में जैसे ही आवाज आती ***"और ये लगा फोर या सिक्सर"*** सभी एक साथ चिल्ला पड़ते और फिर पलभर में शांत हो जाते... अगली बॉल का हाल जानने के लिए....।

इंडिया ने जैसे ही वह मैच जीता तालियों का हल्ला इतना हुआ कि लड़कियां अपने छात्रवास की गैलरियों में जमा हो गई। विद्यालय स्टॉफ अपने घरों से बाहर आ गया। किसी को समझ नहीं आ रहा था कि लड़के इतना क्यों चिल्ला रहे हैं? और बॉयज हॉस्टल की हालत ये कि कोई रुकने को तैयार नहीं। सभी लगे हैं चिल्लाने और एक-दूसरे को बधाई देने।

दूसरे दिन, सभी हाउस वार्डन, विद्यालय प्रभारी, खेल प्रभारी, भोजनालय प्रभारी आदि को प्रिंसिपल ने बुलाया और कारण पूछा कि हॉस्टल से इतनी आवाज क्यों आ रही थी?

किसी ने कुछ नहीं बताया। सभी ने चुप्पी सी साध ली। सबको मौन देखकर प्रिंसिपल सर को गुस्सा तो आया पर कुछ नहीं कह पाए, केवल हिदायद देकर रह गए कि भविष्य में ऐसी आवाजें और ऐसा उत्पात नहीं मचना चाहिए। स्कूल हो या हॉस्टल अनुशासन का पालन होना चाहिए और आप सबका उत्तरदायित्त्व बनता है बच्चों को अनुशासित बनाना।

नवोदय में हाउस वार्डन को लगभग पता सब कुछ होता है कि उसके हॉस्टल में क्या चल रहा है? किसके पास कौनसी गैरकानूनी चीज हो सकती है जिसकी हॉस्टल में परमिशन नहीं है परन्तु फिर भी वे नजरअंदाज करते हैं। उन्हें भी पता होता था कि बच्चे रोज-रोज तो रेडियो सुनते नहीं, कभी-कभी तो ऐसा अवसर आता है। वार्डन और बच्चों का यही तो साथ और सहयोग था, यही तो नवोदय के अनकहे नियम थे जो सभी को अपने नवोदयन होने का अहसास कराते थे।

रेडियो

परन्तु आज का क्रिकेट मैच सबके लिए बवाल बन गया, इसके बाद हॉस्टल में सभी बच्चों ने निर्णय लिया कि मैच की कॉमेंट्री सुनेंगे पर आवाज बिल्कुल नहीं करेंगे ताकि किसी को कानों कान भी खबर न हो.... लेकिन ये सभी निर्णय केवल एक या दो दिन ही चल पाते हैं फिर तो वही पुराना ढर्रा.... रेडियो पर मैच... एक ही बेड पर दस-बारह बच्चे.... चौके और छक्के पर वही तालियों और चिल्लाने की आवाजें..... कुछ भी तो नहीं बदलता था, फिर वही वार्डन का आना और रेडियो पकड़कर ले जाना। कुछ भी तो नहीं बदला!

बदले तो केवल विद्यार्थी, जो हर वर्ष आते-जाते रहे। नवोदय में प्रवेश के वक्त भी आँखों में आंसू होते थे तो जाने के समय भी परन्तु दोनों में बहुत अंतर होता था। दोनों आंसुओं आते बिछुड़ने पर ही थे पर छठवीं में अपने परिवार को छोड़कर नवोदय परिवार का हिस्सा बनते वक्त तो दूसरी बार नवोदय परिवार को छोड़कर जीवन की नई दिशा में प्रवेश के समय। सात वर्षों का अंतर था दोनों में, जीवन के अनमोल सात वर्ष!

"रेडियो" नवोदयन के जीवन का बहुत अच्छा मित्र था, जब भी कभी किसी का मन विचलित होता, वह रेडियो लेकर बैठ जाता पुराने गाने सुनने। परन्तु जब वार्डन पकड़कर रेडियो अपने साथ ले जाता तो बड़ा बुरा लगता और नवोदयन सोचता कि अब कभी रेडियो खरीदकर नहीं लाऊंगा पर कुछ दिनों में नया रेडियो आ ही जाता।

रेडियो का भी अपना किस्सा है, एक निर्जीव चीज भी नवोदयन के जीवन का हिस्सा बन गई।

जाड़े की रात और सीनियर भैया का फैन

जाड़े की रात मानों सम्पन्नता के स्वर्ग और विपन्नता के नरक के दृश्यों को दिखाने वाली यंत्र-नलिका हो। हमारे देश में एक ओर अमीरी का इन्द्र-वैभव है तो दूसरी ओर गरीबी का शैशव! इसे दिखाने वाली जाड़े की रात है।

किसी के लिए जाड़े की रात "मधु-यामिनी" है। वातानुकूलित कक्षों में मखमल की गद्दी पर जिन्हें दरिद्रता का सर्पदंश नहीं लगता, जिन्हें अभाव की सूईयों की चुभन नहीं सहनी पड़ती, उनके लिए तो जाड़े की रात ईश्वर का सबसे बड़ा वरदान है।

किन्तु जिन्हें न तन ढकने का कपड़ा है, न पेट भरने को अन्न, फुटपाथों का आकाश ही जिनके आवास की छत है, ऐसे अभागों के लिए जाड़े की रात प्रकृति के सबसे बड़े अभिशाप के रूप में आती है। यह सुरसा की जमुहाई से भी लम्बी, कुम्भकर्ण की नींद से भी गहरी ठहरती है।

नवोदय की सर्दी की रातें जूनियर बच्चों के लिए बड़ी भयंकर वाली होती थी। जो कम्बल हॉस्टल में मिलती थी, उसे तो कोई न कोई सीनियर ले जा चुका होता था। जिसके पास घर से रजाई आ जाती, वह अपने आप को शहंशाह समझता था और जिसके पास केवल नवोदय की कम्बल होती, वह कैसे न कैसे उसे बचाकर रखने के लिए प्रयासरत रहता।

जाड़े की रात सचमुच अपना नाम सार्थक करती है। किन्तु नवोदयन को विश्वास होता था कि कभी-न-कभी यह कालरात्रि अवश्य टलेगी और सुनहरी सुबह आएगी। मीठी-मीठी धूप सोना लुटाएगी, नवोदयन इसे लूट कर निहाल होंगे, चहकेंगे, गायेंगे और दुख-दर्द भूल जाएँगे।

जाड़े की सुबह भले ही किसी कवि को फूले हुए कास के श्वेत वस्त्र धारण किए, मस्त हंसों की मीठी बोली के सुहावने बिछुए पहने, पके हुए धान के मनोहर शरीर

जाड़े की रात और सीनियर भैया का फैन

वाली तथा कमल के अनुपम मुखवाली दुल्हन-सी लगती हो, किन्तु नवोदयन को तो जाड़े की रात किसी शैतान की आकृति की तरह अत्यन्त भयावह लगती थी।

सर्दी से राहत पाने के लिए बच्चे न जाने क्या-क्या उपाय करते थे, जैसे बेड के नीचे घुस कर सोना, बेड के पास बल्ब का कनेक्शन करके गर्म करना, हीटर (हॉस्टल में पूरी तरह से प्रतिबंधित था) का प्रयोग करना, एक ही बेड पर दो बच्चों का साथ में सोना आदि।

सर्दी की रात में "विंग" में क्रिकेट खेलना आम बात हुआ करती थी। परन्तु ठण्ड के मारे हाथ-पैर सिकुड़ जाते थे।

ऐसा नहीं है कि नवोदय में सभी सीनियर एक जैसे होते हैं, कुछ-कुछ तो इतने बदमाश होते थे कि उनको किसी से कोई लेना-देना नहीं होता था। उन्हें कोई फ़र्क नहीं पड़ता था कि इस ठंडी रात में छोटे-छोटे बच्चे कैसे "फैन" के नीचे सोयेंगे।

यह किस्सा है दो सीनियर भाइयों का, जो बारहवीं में होते हुए भी जूनियर की विंग में रहते थे और सभी जूनियर्स को परेशान किया करते थे।

वे दिसंबर के महीने में भी रात को पंखा चला कर सोते थे क्योंकि उनके पास नवोदय से मिली हुई चार से पांच कम्बल हुआ करती थीं तो उनको ठण्ड लगने का तो कोई सवाल ही नहीं! और वहीं पास में राजू और उसके जूनियर साथी अपने-अपने बेड पर ठिठुरते हुए सोते थे।

सबका मन तो बड़ा करता कि कैसे न कैसे इन सीनियर भाइयों को सबक सिखाना चाहिए परन्तु वे डर जाते थे कि कहीं ये और ज्यादा न परेशान करने लग जाएँ।

कुछ दिनों से ऐसा ही चल रहा था। किसी भी बच्चे की हिम्मत नहीं थी कि कोई भैया की शिकायत वार्डन से कर दे। रोज-रोज की परेशानी को देखते हुए, डरते-डरते राजू ने यह बात सामने विंग में रहने वाले सीनियर भाइयों को बताई। उन्होंने राजू की विंग वाले भैया को समझाया कि "यार कम से कम इस सर्दी में तो पंखा मत चला, बच्चों की हालत ख़राब हो रही है।" इसका असर ये हुआ कि उन्होंने

पंखा चलाना तो बंद कर दिया परन्तु सीनियर भाइयों से उनकी अच्छी-खासी कहासुनी हो गई। अब वे छोटी-छोटी बातों पर भी राजू को परेशान करने लगे।

उसके बाद राजू ने यह तय कर लिया कि "कुछ भी हो जाये, सीनियर भैया की शिकायत नहीं करनी है और परेशानियों का डटकर मुकाबला करना है।"

नवोदयन हर मौसम में कहीं भी और कभी भी, कैसे भी रह सकता है। नवोदय परिवार ने नवोदयन को सोने के चम्मच से खाना नहीं सिखाया वरन उन्हें कमाकर खाना सिखाया है। सलाम है ऐसे परिवार को जिसके लाखों सदस्य आज पूरे विश्व में नवोदयन के नाम से जाने जाते हैं और हर क्षेत्र में स्वयं के साथ-साथ नवोदय परिवार को भी साबित कर रहे हैं कि विश्वस्तरीय शिक्षा अगर कहीं मिल सकती है तो वह है नवोदय।

हैंडपंप का साथ

हमारे देश में पानी की समस्या आज से नहीं है। ये समस्या तो बरसों से चली आ रही है। मुख्य समस्या यह है कि हम जानते हुए भी जल संरक्षण के कार्यों को प्राथमिकता नहीं देते। गाँवों में महिलायें पता नहीं कितनी दूर से पीने का पानी अपने सिर पर रखकर लाती थीं। राजस्थान में पानी की समस्या का इतना भयावह रूप होता है कि गर्मी के दिनों में मवेशियों की तो छोड़ दीजिये इंसानों को भी पीने के पानी के लाले पड़ जाते हैं।

समय के साथ राजू धीरे-धीरे दोस्तों के साथ घुलने-मिलने लगा। गाँव-देहात में जहाँ पीने के पानी की ही समस्या थी, नहाने के पानी की उपलब्धता तो खूब थी परन्तु नवोदय हॉस्टल के बाथरूम में तो नहाने के पानी की भी बहुत समस्या थी। पीने के लिए पानी तो हैंडपंप से लाना मज़बूरी था ही और उसी पानी की समस्या से निजात पाने के लिए केम्पस में कई जगह हैंडपंप लगा रखे थे।

एक हैंडपंप गर्ल्स हॉस्टल और टीचर क्वाटर्स के पास था। उस पर सुबह नहाने के लिए और स्कूल जा रही लड़कियों या यूँ कहें "अपने वाली" से बात करने की या फिर "ताड़ने" (लड़कियों को चुपके से देखने) वालों की भीड़ लगी रहती थी।

कभी-कभी तो बॉयज स्नान कर रहे होते थे और गर्ल्स स्कूल जा रही होती थी। कुछ बच्चे तो शर्म से पानी-पानी हो जाया करते थे परन्तु कुछ शरारती बच्चे यहाँ पर भी अपनी हरकतों से बाज नहीं आते थे। स्कूल जा रही गर्ल्स को कुछ न कुछ कह कर छेड़ ही देते थे परन्तु जब हॉउस वार्डन से शिकायत होती तो उनकी हरकतों पर फूल स्टॉप भी लग जाता था।

मैस में खाने के लिए जाते समय या फिर मैस में खाने के बाद, हैंडपंप पर रामराज भैया और नरेश भैया के गाने और थाली को अँगुलियों पर सुदर्शनचक्र की भांति घुमाते देखना हमें भी प्रेरित करने लगा था कि जब हम सीनियर होंगे तब तक "थाली घुमाना जरूर सीख जायेंगे।"

मैस में खाने के उपरान्त बच्चों को प्लेट को धोने के लिए भी हैंडपंप के पास लाइन लगानी पड़ती थी जिससे बचने के लिए राजू और उसके दोस्त बहुत जल्दी-जल्दी खाना खाकर कोशिश करते थे कि समय पर प्लेट साफ़ कर लें नहीं तो कम से कम 1 घंटे से अधिक का इन्तजार और फिर रेमेडियल क्लास के लिए देरी।

नवोदय में क्लास के लिए देरी का मतलब होता था शारीरिक शिक्षा वाले अध्यापक जी या राजपूत सर की डांट खाना, जोकि बच्चों को पूरी तरह भयभीत करके रखता था।

राजू समय के साथ दोस्तों के मध्य रहकर हॉस्टल के इस जीवन को समझने का प्रयास कर रहा था। प्रत्येक शनिवार की शाम और रात "कपड़ों की धुलाई" की रात हुआ करती थी।

राजू के साथ सभी दोस्त रात 12 बजे तक हैंडपंप पर एक-दूसरे की मदद से पूरे सप्ताह के लिए कपड़ों को धोते थे और सुबह धोबी भैया को दे आते थे प्रेस करने के लिए।

हैंडपंप ने राजू जैसे अनेक नवोदयन का साथ पूरी तन्मयता से निभाया। पीने का पानी हो या फिर नहाने का, प्यार की शुरुआत हो या इजहार की, यही तो सहारा बना पूरे सात वर्ष।

राजू जैसे अनेक नवोदयन ने इस परिवार का हिस्सा बनकर निर्जीव वस्तुओं से भी अपने सम्बन्ध इतने प्रगाढ़ कर लिए कि आज भी उनकी कमी इन्हें खलती है। यहीं से राजू ने स्वावलम्बन की पहली सीढ़ी पर चढ़ना शुरू किया तो फिर नीचे उतरकर कभी नहीं देखा। यहीं से स्वयं के स्वाभिमान की रक्षा की शुरुआत हुई तो आज तक स्वाभिमानी बनकर सभी नवोदयन अपना जीवन व्यतीत कर रहे हैं।

किस्सा हैंडपंप का हो या किस्सा दोस्ती का, जीवन में हर किस्से की अपनी अहमियत होती है और इसी अहमियत को स्वीकारना सिखाया नवोदय परिवार ने।

नवोदय में आ जाने के उपरान्त भी अभावों से पिंड नहीं छूटा था। अभाव तो जीवन की सच्चाई बन चुके थे और यहीं से राजू जैसे नवोदयन ने "संघर्ष" को जीवन में आदत की तरह अपना लिया। संघर्ष बिन जीवन की कल्पना नहीं और नवोदयन संघर्षों से हारता भी नहीं। हैंडपंप का किस्सा तो दिल के इतने करीब था कि आज भी “अलुमनी मीट” में जब भी कोई नवोदयन “नवोदय” जाता है तो उस हैंडपंप को जरूर खोजता है जहाँ बहुत किस्सों की शुरुआत हुई थी।

"भुलक्कड़ मिश्रा जी"

जब टीचर क्लास में होते थे तो हमारे स्कूलों में बात करना प्रायः गलत समझा जाता था। यह माना जाता था कि यदि कोई बात कर रहा है तो ठीक से पढ़ाई नहीं कर रहा होगा। इसलिए जैसे ही अध्यापक बच्चों को बात करता हुआ देखता था, वह तुरंत उन्हें रोकता-टोकता था। बात करने की छूट बच्चों को सिर्फ आधी छुट्टी में रहती थी या जब अध्यापक कोई महत्वपूर्ण काम नहीं कर रहे होते थे।

यूँ तो अध्यापक बहुत थे नवोदय में मगर हिंदी के वरिष्ठ अध्यापक "मिश्रा जी" की बातें ही कुछ और थीं। छोटे कद के मिश्राजी जब बात करते तो पता चल जाता था कि ये कितने दिलफेंक इंसान हैं। चलते तो रुकने का नाम भी न लेते चाहे रस्ते में लालबत्ती ही क्यों न हों। जूनियर क्लासेज में मिश्राजी से पाला नहीं पड़ा था तो उनके बारे में ज्यादा जानकारी राजू के पास नहीं थी, केवल सीनियर भैया से ही विंग में कभी-कभी मिश्राजी के चर्चे कर लिया करते थे।

सीनियर भाइयों के अनुसार मिश्राजी जितने दिलफेंक इंसान थे, उतने ही खुशमिजाज भी। ऐसा प्रतीत होता था कि उनके साथ सभी सीनियर भैया मस्ती करते होंगे। उन्हें मिश्राजी की क्लास के दौरान पूरी आजादी मिलती होगी आपस में और मिश्रजी से भी बात करने की।

मिश्राजी हिंदी पढ़ाने के साथ-साथ सुभाष हॉस्टल के वार्डन भी थे इसलिए सुभाष हॉस्टल के बच्चों के बहुत प्रिय भी।

पढाई-लिखाई से कोई खास प्रेम उन्हें था नहीं परन्तु संगीत से विशेष लगाव था। अब इस लगाव का सही कारण तो किसी को नहीं पता परन्तु नवोदय में संगीत पढ़ाने के लिए एक शिक्षिका थीं तो हो सकता है मिश्राजी भी अपने लिए मार्ग की तलाश में हों।

आधी छुट्टी में जहाँ सभी अध्यापक स्टाफ रूम में मिल-बैठकर गप्पें लड़ाते, वहीं मिश्रा जी को संगीत के कक्ष में पाया जा सकता था।

कवितायें लिखना और कविता वाचन उनके शौक थे जिनको उन्होंने बड़े ही चाव से पाला था। मिश्राजी अपनी प्रवृति के स्वरूप ही मुख्यतः श्रृंगार रस की कवितायें लिखा करते थे। पाठ्य पुस्तक की प्रकृति पर लिखी कविताओं को भी जब वे श्रृंगार रस में समझाना शुरू करते तो प्रेमी-प्रेमिका को मिलाकर ही दम लेते थे।

युवावस्था में विशेषकर लड़कों को बड़ा मजा आता है प्यार की बातें सुनने और प्यार में पड़ने में। मजा तो लड़कियों को भी आता ही होगा परन्तु वे हिचकिचा जाती हैं उस प्यार के प्रति आकर्षण को प्रदर्शित करने में। इसे हम शर्म-हया कह सकते हैं और यही शर्म लड़कों को आकर्षित करती है, शर्म से नजरें झुकाये उस लड़की के प्यार में डूब जाने के लिए।

खैर लड़कियों के भी कक्षा में होने से मिश्राजी की क्लास का माहौल श्रृंगार रस में पूरी तरह से डूब जाया करता था। उन्हें इससे कभी फर्क नहीं पड़ा कि कक्षा में कौन है और कौन नहीं। मनमौजी मिश्राजी जब तक अपनी कविता ख़त्म नहीं कर लेते, रुकते नहीं थे।

शरारती लड़के मिश्राजी से रोज श्रृंगार रस पर कुछ न खुश सुनाने की जिद किया करते और ऐसा भी नहीं कि राजू की क्लास में यह पहली मर्तबा हो रहा था। बरसों से यही परिपाटी चली आ रही थी और मिश्राजी पहले थोड़ा तुनक जाते पर फिर शुरू हो जाते अपने ही अंदाज में पढ़ने श्रृंगार रस....।

मिश्राजी की श्रृंगार रस की कविताओं ने अनेक युवा प्रेमियों को इस जाल में फंसाया जिससे अनेक प्रेमियों ने अपने दिल की बात अपनी प्रेमिका को कहने की हिम्मत जुटाई भी।

कुछ शरारतें मिश्राजी के साथ हॉस्टल में भी हो जाती क्योंकि मिश्राजी को ज्यादा देर तक कोई बात याद नहीं रहती थी। या यूं कहें मिश्राजी भुलक्कड़ किस्म के इंसान थे। उनके भूल जाने की आदत का फायदा बच्चे क्लास में और हॉस्टल में उठाया करते थे।

"भुलक्कड़ मिश्रा जी"

किसी बच्चे को हॉस्टल में बदमाशी करते हुए पकड़ लेते तो थोड़ी देर में वे भूल जाते थे कि किस बच्चे ने बदमाशी की। हॉस्टल के सभी बच्चे इस बात से भली-भांति वाकिफ थे।

एक बार तो हद हो गई। मिश्राजी ने प्रभु दयाल, मुकेश और कैलाश को शहर के सिनेमा हॉल में मूवी देखते हुए पकड़ लिया। फिर क्या था, मिश्राजी वहीं आग-बबूला हो गए और गुस्से से बोले, "हॉस्टल में मिलता हूँ तुम लोगों से।"

तीनों को थोड़ा डर तो सता रहा था पर उन्हें ये भी पता था कि शायद मिश्राजी को याद ही नहीं रहे कि कौन बच्चे थे जिन्हें उन्होंने आज शहर के सिनेमा हॉल में पकड़ा था?

मिश्राजी मूवी के बाद सीधा सुभाष हॉस्टल आये। मुकेश, कैलाश और प्रभु छिपते-छिपाते चुपके से खड़े थे साइड में।

मिश्राजी ने पूछा, "आज मूवी देखते समय जिन बच्चों को मैंने पकड़ा था, सामने आ जाएं।"

तीनों के चेहरे पर ख़ुशी छा गई मतलब मिश्राजी भूल चुके थे.... अब किस बात का डर... और कौन सामने आकर बताये कि आपने हमें पकड़ा था। जब कोई बच्चा सामने नहीं आया तो मिश्राजी नाक और मुंह से बड़बड़ाते निकले- "कैसे बच्चे हैं, नालायक! अगली बार नहीं छोडूंगा।"

जिस गति से मिश्राजी हॉस्टल आये, उसी रफ़्तार से वापस निकल गए। दूसरे दिन तक तो वे ये भी भूल चुके थे कि उन्होंने कल किसी को शहर के सिनेमा हॉल में देखा था।

मिश्राजी का जीवन भी बहुत कुछ सीखा जाता है... जैसे अपने में मस्त रहना, जीवन को पूरे आनंद के साथ जीना और नेगेटिव विचारों से दूर रहना आदि बहुत कुछ। अगर विद्यार्थी जीवन में मिश्राजी जैसे शिक्षक मिल जाए तो विद्यार्थी स्वयं को खुशनसीब समझें और हर नवोदयन का किसी न किसी मिश्राजी से पाला पड़ता ही है।

किस्सा मैस का

"मैस" हर नवोदय का एक सबसे महत्त्वपूर्ण पार्ट होता था और हर नवोदयन के जीवन के बहुत ही सुनहरे किस्से जुड़े होते हैं "मैस" से।

देश के अधिकतर हॉस्टल की सबसे बड़ी समस्या होती थी वहां का "खाना" क्योंकि मैस में मिलने वाले भोजन की गुणवत्ता अच्छी नहीं होती। परन्तु नवोदय के मैस की बात कुछ और थी। यहाँ का खाना तो सभी नवोदयन के मुंह लग चुका था केवल रविवार को मिलने वाले डिनर को छोड़कर।

राजू जब छठवीं में एडमिशन लेकर नवोदय आया था तो हॉस्टल का खाना तो क्या पानी भी अच्छा नहीं लगता था। राजू ने अपना बचपन अभावों में जरूर बिताया था, उसके घर पर खाने में मां कोई पकवान तो बनाती नहीं थी परन्तु उनके हाथ में ही शायद जादू रहा होगा कि राजू को अपने घर के खाने की बहुत याद आती थी परन्तु समय के साथ धीरे-धीरे सभी बच्चों के साथ राजू भी न चाहते हुए भी हॉस्टल के मौहाल में ढलने लगा। और उसके पास कोई ऑप्शन भी नहीं था!

राजू के अंदर भी अपनों की यादों के बीच कुछ हिस्सा नवोदयन का भी जन्म लेना शुरू हो चुका था। मैस की रोटी-सब्जी न चाहते हुए भी अच्छी लगने लगी। रविवार के स्पेशल खाने का इन्तजार रहने लगा तो साथ ही रविवार शाम को मिलने वाली "कड़ी चावल" से बचने का उपाय भी करने लगे थे। इन्तजार तो "पूड़ी-अचार" के नाश्ते का भी बहुत रहता था। सभी बच्चे कोशिश करते कि कैसे न कैसे दूसरी बार भी लाइन में लगकर पूड़ी और अचार ले सकें इसलिए प्लेट से अचार को इतनी सफाई से चाट कर साफ करते कि मैस इंचार्ज को भी पता नहीं लगता कि यह पहली बार ले रहा है या दूसरी बार।

किस्सा मैस का

राजू ने तो एक नई तरकीब लगा रखी थी कि पूड़ी अचार वाले दिन सबसे पहले नाश्ता लेकर हॉस्टल पहुंचना है और फिर शर्ट चेंज करके दूसरी बार भी पूड़ी-अचार लेकर आना। कभी-कभी पूड़ी-अचार का नाश्ता ख़त्म हो जाता था तो फिर मिलती थी ब्रेड! राजू को नवोदय के दिनों में सबसे गंदा नाश्ता लगता था ब्रेड और दूध इसलिए वह हमेशा पूड़ी-अचार वाले दिन बहुत जल्दी तैयार होकर मैस पहुँच जाता था।

मैस में महीने के अनुसार हर क्लास को जिम्मेदारी दी जाती थी सर्विस करने की। जिस भी क्लास की सर्विस होती, वो बच्चे सबसे पहले अपनी प्लेट में **"तरी"** का इंतजाम जरूर कर लेते थे।

इस महिने सर्विस की जिम्मेदारी राजू और उसके दोस्तों की थी, सभी बड़े खुश नजर आ रहे थे। सर्विस करने वाले को अच्छा खाना तो मिलता ही था, मौक़ा भी मिलता था सीनियर भाइयों के साथ दोस्ती का। सभी को पता था कि जब उन्हें टाइम से खाना परोसा जायेगा, तभी तो भैया भी ख्याल रखेंगे।

सभी बच्चों की थाली में खाना परोसा जा चुका था और सभी ने हाथ जोड़कर एक स्वर में मन्त्र का पाठ किया जो कि भोजन से पहले का प्रतिदिन का नियम था :

ॐ सह नाववतु, सह नौ भुनक्तु, सह वीर्यं करवावहै ।
तेजस्वि नावधीतमस्तु मा विद्विषावहै ॥ ॐ शान्तिः शान्तिः शान्तिः ॥

जैसे ही मंत्र समाप्त हुआ सभी बच्चे टूट पड़े खाने की प्लेट पर।

कुछ सीनियर भैया एक ही प्लेट में छुप-छुपकर खा रहे थे क्योंकि आज मैस इंचार्ज और वार्डन मैस में ही थे, एक थाली में केवल एक ही बच्चे को खाने की परमिशन थी परन्तु नवोदयन तो नवोदयन ही होते हैं, खाने के बाद प्लेट नहीं साफ़ करनी पड़े इसलिए एक ही प्लेट में खाने की कोशिश करते थे। कभी-कभी वार्डन या मैस इंचाज पकड़ लेता तो मैस से भगा देता था कि अपनी खुद की थाली लेकर आओ।

आज भी करतार की क्लास के दो सीनियर भैयाओं को वार्डन ने मैस से भगा दिया। भैया जब मैस के गेट से निकल रहे थे तो राजू को इशारा किया कि गेट के पास मिल।

राजू एक बच्चे को खाना परोसने के बहाने मैस के गेट पर पहुंचा।

भैया बोले, "यार आज तू थोड़ा ज्यादा खाना ले आना रुम पर, मैं सही से खा नहीं पाया हूँ।"

राजू ने भैया की बात मान ली।

सभी बच्चों को खाना खिलाने के उपरान्त राजू और उसके साथियों ने अपनी-अपनी थाली में खाना परोसा और चल पड़े हॉस्टल की विंग में।

विंग में सभी दोस्तों ने सीनियर भैया को भी बुला लिया और साथ में खाने का आनंद लिया।

राजू ने अपने दोस्तों के साथ यहीं से सीखा कि किस प्रकार से खाने की मात्रा का सही से इस्तेमाल कर सभी को समय से भोजन करवाएं ताकि दूसरे हॉस्टल भी समय से भोजन कर पाएं। यहीं से सामाजिक जीवन में सेवा का भाव उत्पन्न हुआ और यहीं के अनुभव नवोदयन को आज भी नवोदयन बनाये हुए हैं।

खिलाड़ी

मानव जीवन में विकास के लिए शिक्षा सबसे अधिक महत्वपूर्ण होती है, शिक्षा ही मस्तिष्क का विकास करती है तथा शरीर को स्वस्थ बनाती है। शिक्षा के साथ ही शरीर को स्वस्थ बनाए रखने के लिए खेल-कूद और व्यायाम को भी नवोदय परिवार ने अपने पाठ्यक्रम का हिस्सा बनाया।

नवोदय ने पढ़ाई के साथ-साथ खेल और संगीत को भी प्राथमिकता के साथ अपनाया था। यहाँ जैसे विद्यार्थियों में किसी प्रकार का भेदभाव नहीं तो वैसे ही खेल और खिलाडियों के साथ भी नहीं। खिलाड़ियों को पूरा सम्मान और माहौल दिया जाता था ताकि वे नवोदय का नेशनल और इंटरनेशनल स्तर पर नाम रोशन कर पाएं।

उसी प्रकार संगीत से सभी को विशेष प्रेम था। उसका कारण ये भी हो सकता है कि संगीत की तरफ अधिकतर झुकाव लड़कियों को था और लड़कों का झुकाव लड़कियों की तरफ.. इसलिए सभी का झुकाव संगीत की तरफ होना तो लाजमी था।

जीवन में खेलों का अपना महत्त्व है। खेल ही है जो आपको हारना सिखाते हैं नहीं तो आजकल हारना कौन चाहता है? खेल ही है जो आपको हार एवं जीत दोनों को पचाना सिखाते हैं वरना आजकल जीत की खुशी और हार से हारते हुए तो हर किसी को देखा जा सकता है।

खिलाड़ी स्वयं को हार-जीत के बंधनों से मुक्त करना सीखता है, उसे पता है कि परिश्रम करने के बावजूद कभी हार तो कभी जीत का स्वाद चखना पड़ता है।

अनुशासित जीवन की प्रेरणा खिलाड़ियों से ही मिल सकती है और स्वस्थ शरीर (मानसिक एवं शारीरिक) के लिए जीवन में खेलों का होना अतिआवश्यक है।

राजू आजकल खो-खो की जूनियर टीम का कप्तान है और आने वाले "कलस्टर स्तर" के गेम्स की तैयारियों में पूरी लगन से जुटा हुआ है।

सुबह और शाम के समय ग्राउंड में पैर रखने की भी जगह नहीं मिल रही। सभी खिलाड़ी अपने-अपने गेम्स की पूरी तयारी में लगे हुए हैं।

वॉलीबाल की टीम वॉलीबॉल के ग्राऊंड में, कबड्डी की टीम कबड्डी ग्राउंड में। एथलैटिक्स के लिए भी खिलाड़ी जोर आजमाइश कर रहे हैं।

सीनियर गर्ल्स की कबड्डी टीम जूनियर बॉयज की कबड्डी टीम के साथ प्रेक्टिस कर रही है तो ऐसा ही खो- खो की टीम के साथ भी हो रहा था।

सभी-मिलजुल कर एक-दूसरे को सिखा रहे हैं ताकि अपने नवोदय को अधिक से अधिक मैडल दिलवा सकें और अधिक से अधिक खिलाड़ियों का चयन "रीजनल लेवल" पर हो पाए।

खेल की ऐसी खेल भावना शायद ही किसी स्कूल में मिलती हों, आजकल तो जो बच्चे कभी मॉर्निंग P.T. के अलावा ग्राउंड की शक्ल नहीं देखते, वे भी ग्राउंड में खेलों का आनंद ले रहे हैं।

इस बार के "क्लस्टर गेम्स" राजू के विद्यालय में ही होने हैं, इसलिए बहुत ज्यादा "चांस" हैं कि अधिक से अधिक खिलाड़ियों का "रीजनल" के लिए चयन हो जायेगा। गेम्स के लिए नवोदय को दुल्हन की तरह सजाया गया है। सुबह से ही अलग-अलग नवोदय से खिलाड़ियों का आना जारी है। कुल छः नवोदय के खिलाड़ी इन गेम्स में हिस्सा लेने के लिये आ रहे हैं।

वॉलंटियर की पूरी टीम तैयार है। उनका स्वागत और रहने-खाने के "अरेंजमेंट" के लिए साथ ही सारे ग्राउंड्स को भी अच्छे से तैयार किया गया है। खेलों का विधिवत शुभारंभ किया गया, राजू के जीवन का तो यह पहला मौक़ा ही था जब एक साथ इतने खिलाड़ियों को देख पा रहा था।

दिन भर खेलों का आयोजन होता रहा, जो भी फाइनल जीतता, उसका स्वागत ढोल-नगाड़ों से किया जाता। नवोदय में इन दो दिनों क्लासेज पूरी तरह बंद रही और सभी बच्चे खिलाड़ियों का सपोर्ट करने ग्राउंड में उपस्थित रहे।

दो दिन के इस खेल उत्सव में इस बार राजू के विद्यालय का प्रदर्शन सर्वश्रेष्ठ रहा है, सीनियर कबड्डी की पूरी की पूरी टीम का रीजनल के लिए सलेक्शन हो गया तो जूनियर कबड्डी और खो-खो में भी प्रदर्शन शानदार रहा है। राजू का भी पहली बार रीजनल के लिए सलेक्शन हुआ है। गर्ल्स के साथ-साथ एथलेटिक्स में भी सबका प्रदर्शन एक से बढ़ कर एक रहा। खिलाड़ियों को देख-देखकर बच्चों का उत्साह अलग ही लेवल पर पहुँच चुका था।

दूसरे दिन खेलों का समापन भी पूरे राजस्थानी तरीके से हुआ, सांस्कृतिक कार्यक्रम में बच्चों ने "राजस्थानी घूमर" पर शानदार प्रस्तुति दी, गुजरात का "गरबा" भी सभी को मनमोहक लगा। "कालबेलिया डांस" ने तो चार चाँद लगा दिए थे आज के सांस्कृतिक कार्यक्रम में।

क्लस्टर स्तर के टूर्नामेंट के कुछ ही दिनों बाद रीजनल लेवल का टूर्नामेंट होना है तो सलेक्टेड (चयनित) खिलाड़ियों की स्पेशल कोचिंग शुरू हो चुकी थी। यही वह समय होता था जब एक नवोदय के खिलाड़ी दूसरे नवोदय के खिलाडियों संग उठते-बैठते और कुछ नया सीखते।

खेल में भाग लेने वाले विद्यार्थी खेल के मैदान में अनेक शिक्षा ग्रहण करते हैं। खेलों के माध्यम से मिलजुल कर काम करने की शिक्षा पैदा होती है तथा विद्यार्थियों में अनुशासन की भावना भी जागृत होती है।

राजू को यह समझते देर नहीं लगी कि जिस तरह से हमें जीवित रहने के लिए, भोजन, जल और हवा की आवश्यकता होती है, उसी तरह से हमें स्वस्थ रहने के लिए खेल और व्यायाम के आवश्यकता होती है। खेल मानव जीवन में साहस, उत्साह और धैर्य उत्पन्न करता है।

खेल और खिलाड़ी की यही विशेषताएं अधिकतर नवोदयन के जीवन का अभिन्न हिस्सा हैं। आज भी नवोदयन का साहस, उत्साह और धैर्य उन्हें समाज में एक विशिष्ठ पहचान देते हैं।

नवोदय परिवार ने देश को अनेक खिलाड़ी दिए हैं जिन्होंने विश्व स्तर पर देश और नवोदय का नाम रोशन किया है।

राजू का पहली बार रीजनल के लिए सलेक्शन क्या हुआ, उसके पैर जमीन पर नहीं टिक रहे थे। बचपन से जिस खेल को राजू खेलते आ रहा था, उसे नहीं पता था कि वह खेल ही उसे पूरे नवोदय में एक अलग पहचान दिला देगा... एक "खिलाड़ी की पहचान" जो कभी नहीं मिटने वाली।

जीवन का आधार है खेल, मनोरंजन का साधन है खेल।
स्वास्थ्य का रामबाण है खेल, व्यायाम का अभ्यास है खेल।
एकता का प्रतीक है खेल, मैदान का निर्माण है खेल।
मन का उल्लास है खेल, हार और जीत का प्रमाण हैं खेल।

कटोरा कट

नवोदय में सबकुछ तो फ्री था... साबुन, तेल, ड्रेस आदि, इनके साथ ही फ्री थे रिश्ते... दोस्ती के रिश्ते... प्यार के रिश्ते... गुरु और शिष्य के रिश्ते... इन्हीं निस्वार्थ रिश्तों ने ही तो नवोदय को एक परिवार बनाया है "नवोदय परिवार।"

एक और विशेष बात थी जो सभी नवोदय में उपलब्ध होती थी, वह थी "फ्री हेयर कट"

जैसे ही शाम होती, हेयर कट के लिए अंकल आ जाते थे हॉस्टल के सामने और पेड़ की छाया में होती थी सभी के बालों की कटाई-छंटाई, जैसे होती है पेड़ों की।

किसी बच्चे के पास कोई ऑप्शन नहीं होता था कि "स्टाइल" से बाल कटवा ले, जैसे फिल्मों में होता था हीरो के समान!

ऐसे ही एक दिन राजू और करतार भी लाइन में खड़े थे बाल कटवाने के लिए।

अभी भागचंद का नंबर आया था बाल कटवाने के लिए। जैसे ही भागचंद बैठा सीट पर तो अंकल ने करतार और राजू को इशारा किया कि इसके बाल कैसे काट दूँ?

करतार ने मजाक में कह दिया, "अंकल इसके तो कटोरा कट काट दीजिये।"

अंकल ने आव देखा न ताव भागचंद के बालों के साथ खेलना शुरू कर दिया, एक हाथ से भागचंद की गर्दन को पकड़ा जैसे मुर्गे की पकड़ते हैं और बिल्कुल कटोरे के आकार में उसके बाल काट दिए।

भागचंद की कटिंग देखकर करतार और राजू की हँसी रोके न रुके!

जैसे ही भागचंद विंग में गया, उसको देखकर सभी हंसने लगे।

आदित्य ने पूछा, "भागचंद ये बाल कैसे कटवाए हैं तूने?"

भागचंद मायूसी के साथ, "भैया मैंने तो अंकल से केवल बाल छोटे करने के लिए बोला था।"

आदित्य, "भाई एक बार आईने में देख ले!"

जैसे ही भागचंद ने अपने बाल आईने में देखे उसे यकीन ही नहीं हुआ कि उसके बालों के साथ ये क्या हो गया।

उसे करतार और राजू की हंसी का कारण समझ आ गया कि यह उन दोनों की ही कारस्तानी है।

पूरे नवोदय में भागचंद के "कटोरा कट" की चर्चा हो गई, दूसरे हॉस्टल से भी बच्चे भागचंद के बाल देखने के लिए आने लगे।

कुछ दिन तो भागचंद, राजू और करतार से नाराज रहा पर जैसे-जैसे उसके बाल ठीक होते गए वैसे ही वह फिर से राजू और करतार के करीब आ गया।

नवोदय में नाराजगी ज्यादा दिन नहीं चल सकती इसलिए ही तो नवोदयन को नवोदयन कहते हैं।

मजे की बात तो ये थी कि कुछ समय बाद "कटोरा कट" एक स्टाइल बन चुकी थी।

माइग्रेशनः ट्रेन का सफर

सातवीं और आठवीं कब ख़त्म हो गई कुछ पता ही नहीं चला। ऐसा नहीं था कि इन “क्लासेज” में कोई “इवेंट या घटना” नहीं हुए वरन नवोदय में ऐसा कोई दिन नहीं हो सकता जिसका अपना कोई किस्सा न हो और जो नवोदयन के दिल का हिस्सा न हो।

हर वर्ष की भांति नए “एडमिशन” होते जा रहे थे और सीनियर भैया और दीदियां पास आउट होकर नवोदय को दिल में बसा नवोदय से विदा लेते जा रहे थे। राजू के भैया भी बारहवीं पास करके नवोदय से जा चुके थे। समय के साथ राजू और उसके सभी मित्र आठवीं पास कर चुके थे, राजू की भी क्लास के कुछ बच्चे बीच में नवोदय छोड़ चुके थे।

अब नवोदय में वैसे तो सब कुछ ही अच्छा लगने लगा था, परन्तु एक और अच्छी बात के लिए राजू स्वयं को तैयार कर रहा था, वह थी "माइग्रेशन"। माइग्रेशन के साथ-साथ एक और महत्त्वपूर्ण इवेंट होने वाली थी वह थी "मैथ्स और साइंस अब से इंग्लिश मीडियम में आने वाली थी।" माइग्रेशन के साथ ही इस बदलाव को भी स्टडीज में उतारना बहुत मुश्किल होने वाला था परन्तु राजू को विश्वास था कि वह सब मैनेज कर लेगा।

प्रतिवर्ष प्रांतीय माईग्रेशन पॉलिसी के तहत 9 वीं कक्षा की पढ़ाई के लिए गुजरात नवोदय से 20 प्रतिशत बच्चे राजू की नवोदय में आते थे और राजू की नवोदय से गुजरात नवोदय जाते थे।

पिछले कुछ वर्षों से राजू की नवोदय से माइग्रेशन पर गुजरात जाने वाले बच्चों का “ट्रेक रिकॉर्ड” अच्छा नहीं था और प्रतिवर्ष क्लास के सबसे बदमाश बच्चे ही माइग्रेशन पर जा रहे थे, और तो और वहां जाकर भी पढ़ाई के अलावा वे सबकुछ कर रहे थे जिससे दोनों ही नवोदयों का नाम खराब हो रहा था। कुछ वर्ष पूर्व

माइग्रेशन की इस पॉलिसी का लाभ दोनों ही विद्यालयों के बालकों को मिला था इसलिए ही तो आज तक यह पॉलिसी प्रचलन में थी।

इस वर्ष भी हनुमान, काना सहित कुछ बच्च्चों ने अपनी लिस्ट तैयार कर ली थी। राजू की क्लास में माइग्रेशन पर जाने की चर्चा चल रही थी, सुरेश और यशपाल भी माइग्रेशन पर गुजरात जाने की बात कर रहे थे परन्तु हनुमान, काना आदि को उनका जाना पसंद नहीं आ रहा था।

बातों-बातों में राजू ने भी अपने दोस्तों से कहा, "यार क्यों न हम भी माइग्रेशन पर चलें गुजरात, इन्हीं लोगों ने जाने का कोई ठेका थोड़े ही छुड़ा रखा है।"

सुरेश, राजू की बात से सहमत हो गया, साथ ही आदित्य से भी बात की गई तो आदित्य, रमेश, मुकेश आदि भी सहमत होकर माइग्रेशन पर जाने की वकालात करने लगे। रोज क्लास में केवल यही चर्चा होने लगी कि कौन-कौन बच्च्चे इस बार माइग्रेशन पर जाने वाले हैं?

किशन और करतार ने हॉस्टल में राजू को समझाने का अपने स्तर पर प्रयास किया। उसे बताया कि कैसे पिछली क्लासेज के स्टूडेंट नवोदय से निकाले गए हैं क्योंकि उन्होंने गुजरात नवोदय में उत्पात मचाया था और हर बार इसी प्रकार का माहौल होता है माइग्रेशन पर। परन्तु राजू ने दोनों की बातों को अनसुना कर दिया।

शुरुआत हुई विरोध से कि “कोई कैसे अपने आप निर्णय ले सकता है कि कौन माइग्रेशन पर जायेगा और कौन नहीं।” अब वही बात राजू और उसके दोस्तों की "ईगो" पर आ गई कि हम क्यों नहीं जा सकते माइग्रेशन पर?

सभी टीचर्स ने भी राजू और उसके दोस्तों को समझाने का बहुत प्रयास किया कि माइग्रेशन पर जाकर क्यों अपनी पढ़ाई का सत्यानाश कर रहे हो, तुम्हारे जैसे होनहार बच्च्चे वहां जाकर बिगड़ जाएंगे, और भी बहुत कुछ। परन्तु राजू ने शायद माइग्रेशन पर जाने को अपनी हार और जीत मान लिया था। किसी के भी समझाने का उस पर कोई असर नहीं हो रहा था, उसकी निर्णय करने की क्षमता ख़त्म सी हो चुकी थी।

अंत में राजू, आदित्य, यशपाल, सुरेश, मुकेश, रमेश, पन्नालाल, हेमराज, राधाकिशन,हनुमान, काना, रामधन, प्रियंका, ज्योति, सीमा, वंदना सहित कुल 18 बच्च्चों का माइग्रेशन के लिए सलेक्शन हुआ।

माइग्रेशन: ट्रेन का सफर

मतभेदों के साथ माइग्रेशन पर जाने वाली टीम का निर्णय हुआ था परन्तु जैसे-जैसे गुजरात जाने के दिन नजदीक आने लगे, वैसे-वैसे ही मतभेद दूर होने लगे।

क्षेत्रवाद और भाषा की दूरियों को मिटाने का इससे उत्तम प्रयास की उम्मीद उस समय नहीं की जा सकती थी। धन्य थे नवोदय जैसी संस्था के निर्माण को सार्थक बनाने वाले और धन्य थे जिन्होंने उनके प्रयासों को धरातल पर इतने सुन्दर तरीके से उतारा। वर्तमान समय में भी भारत को एकता के सूत्र में बांधने का सबसे सार्थक प्रयास अगर कोई है तो वह है "नवोदय।"

माइग्रेशन, राजू के संघर्षमय जीवन का एक अहम पड़ाव साबित होने वाला था। घर पर जब पता चला कि राजू गर्मी की छुट्टियों के बाद गुजरात जायेगा पढ़ने के लिए तो घर का माहौल अच्छा नहीं रह पाया। निम्न आय वर्ग के परिवार के लड़के केवल सरकारी स्कूल में पढ़ाई की सोच सकते हैं जहाँ पढ़ाई में कोई पैसा नहीं लगता हो, पैसा खर्च कर पढ़ाना, यह उनके बस की बात नहीं थी। घर पर पाई-पाई को बचाकर किसी प्रकार से घर खर्च चलाया जाता था... ऊपर से राजू को गुजरात जाना है पढ़ने, कैसे हो पायेगा? काका-काकी की आँखों में रात-रात भर नींद नहीं होती थी। वे यही सोच-सोचकर परेशान रहने लगे कि राजू के लिए गुजरात जाने के पैसों का जुगाड़ कहाँ से हो पायेगा।

गर्मी की छुट्टियां पूरी होने में बस दो ही दिन बचे थे, यानि दो दिन बाद राजू गुजरात जाने वाला है नवमीं की पढ़ाई के लिए। किसी प्रकार से पैसों का जुगाड़ करके राजू के लिए नए "शूज" लाये गए हैं और नया बैग भी। नवमीं में आने के बाद राजू ने पहली बार घर से ख़रीदे हुए शूज पहने थे, उनको पहनकर वह अपनी सारी परेशानियों को भूल चुका था। राजू मन ही मन प्रसन्न हो रहा था कि कम से कम गुजरात जाने के बहाने से उसे पहली बार घर से ख़रीदे हुए शूज तो मिले। अब तक तो वह नवोदय में मिलने वाले कपड़े के सफ़ेद शूज ही इस्तेमाल करते आया है।

गर्मी की छुट्टियां पूरी होते ही राजू और उसके सभी साथी नवोदय पहुँच गए, सब तैयार थे नए सफर पर जाने के लिए। अपने नवोदय को छोड़ते समय ऐसा लग रहा था कि हम अपने घर से दूर जा रहे हैं। गुजराती जो हम सभी ने छठवीं कक्षा से अब तक पढ़ी थी, उसकी परीक्षा की घड़ी आ चुकी थी। नवोदय मैनेजमेंट द्वारा ही रेलवे

स्टेशन से ट्रैन में टिकट बुक करवाई गई थीं सब के लिए और गुजरात नवोदय छोड़ कर आने की जिम्मेदारी थी वार्डन सर और मैडम की।

स्लीपर क्लास में रिजर्वेशन करवाया गया था परन्तु केवल 10 सीटें ही कन्फर्म हो पाई थीं, इसका मतलब केवल दस बच्चों (मैडम और सर को मिलाकर) को सीट मिल सकती थी बाकि सभी को कैसे न कैसे एडजस्ट करना था।

राजू और उसके सभी दोस्त इन्तजार कर रहे हैं ट्रेन के आने का। जैसे ही ट्रेन के इंजन की आवाज आई, सब तैयार हो गए अपना-अपना सामान लेकर ट्रेन में चढ़ने के लिए। राजू को ट्रेन में मैडम के ही कम्पार्टमेंट में ऊपर की सीट मिली। मैडम और सर ने सभी बच्चों को कैसे न कैसे करके एडजस्ट किया ताकि रात का सफर आराम से गुजर जाए। वार्डन सर खड़े-खड़े ही सफर करते रहे जब तक कि सभी बच्चों को सीट पर एडजस्ट न कर दिया।

नवोदय के टीचर्स का "कमिटमेंट" सही में काबिले तारीफ़ था। उन्होंने ही नवोदयन को संस्कारित बनाया, तभी तो आज समाज में खड़े हो पाते हैं इज्जत के साथ।

राजू के लिए ट्रेन का ये सफर आज तक का उसका सबसे लम्बा सफर था। ट्रेन में अंताक्षरी खेलते-खेलते कब ये सफर गुजर गया, पता ही नहीं चला। दूसरे दिन सब पहुँच गए अपनी नई मंजिल एक नए नवोदय विद्यालय, जो देखने से ही जुड़वाँ भाई लग रहा था हमारे नवोदय का।

गुजरात नवोदय में गुजरने वाला एक वर्ष राजू के जीवन को किस दिशा में लेकर जायेगा, ये उसे कहाँ पता था? उसे तो अभी तक ये भी समझ नहीं आ रहा था कि उससे माइग्रेशन पर आने का निर्णय कैसे हो गया?

घर से दूरियां बढ़ गई, तीन-चार महीने में एक बार घर जाने वाले राजू को अब वर्ष में केवल दो बार घर जाने को मिलेगा। उससे पहले घर जाना अपने आप में नामुमकिन था।

गन्ने के खेत में

राजू और उसके सभी साथी, जो राजस्थान से आये थे, हॉस्टल के एक ही विंग में रुके थे। गुजरात नवोदय के विद्यार्थियों में राजस्थान से आये नवोदयन का अलग खौफ था इसलिए कोई भी गुजराती विद्यार्थी उनके साथ नहीं रहता या यूँ कहें कि राजस्थानियों का डर इतना कि स्टूडेंट तो क्या टीचर भी उन्हें कुछ कहने से पहले घबराते थे। ऐसा नहीं था कि राजू और उसके दोस्तों ने इस प्रकार का डर पैदा कर दिया था, यह सब तो भूतपूर्व छात्र, जो राजस्थान से माइग्रेशन पर आये थे, उनकी शरारतों का परिणाम था जिसके कारण राजू और उसके दोस्तों को ऐसा "ट्रीटमेंट" मिल रहा था।

शुरुआत के कुछ दिन तो राजू और उसके साथियों ने पढ़ाई पर ध्यान दिया और राजू यहां पर भी "फर्स्ट टेस्ट में फर्स्ट आया" तो सबको लगा कि इस वर्ष राजस्थान से माइग्रेशन पर आया बैच बहुत अच्छा है। राजू भी गुजरात नवोदय के सभी टीचर्स का फेवरेट बन गया था। गुजराती नवोदयन भी राजू के साथ कुछ घुलमिल से गए थे। परन्तु धीरे-धीरे राजू और उसके सभी दोस्तों पर गुजरात नवोदय की मीठी दाल और चीकी (मूंगफली एवं गुड़ से बनी मिठाई) का असर शुरू होने लगा। समय के साथ उनका व्यवहार भी अपने सीनियर भाइयों की तरह ही होने लगा। अब पढ़ाई में मन कम और स्कूल के बाहर मन ज्यादा लगने लगा था।

उन दिनों गन्ने की कटाई हो चुकी थी परन्तु फिर भी नवोदय के आस-पास के कुछ खेतों में गन्ने की फसल खड़ी थी। राजू और उसके दोस्तों को स्कूल के समय गन्ने के खेतों में जाकर गन्ने तोड़कर लाकर अपनी विंग में खाने का चस्का लग चुका था।

अब उन लोगों का पढ़ाई से कोई वास्ता नहीं रह गया। रोज सुबह 10 बजे के बाद उठना, फिर पानी के बड़े टैंक (जहां से पूरे नवोदय में पानी सप्लाई होता था) में

जाकर नहाना, फिर तैयार होकर गन्ने के खेतों से गन्ने तोड़कर लाना और शाम में ग्राउंड में जाकर खेलना, यही उन सबकी दिनचर्या बन चुकी थी।

आज भी राजू और उसके सभी साथी 10 बजे सोकर उठे, तब तक सभी बच्चे स्कूल जा चुके थे। किसी तरह से सबने मैस में जाकर नाश्ता किया।

नाश्ते के बाद राजू ने हनुमान से कहा, "भाई चलें गन्ने खाने, वहीं नदी में नहाकर भी आ जायेंगे।"

सभी साथियों ने राजू की हाँ में हाँ मिला दी।

सभी चुपके से नवोदय की दीवार फांद कर निकल गए गन्ने के खेतों में।

सबने गन्ने तोड़कर अपने पास इकट्ठा कर लिए और पहुँच गए नदी में नहाने। नदी में नहाते-नहाते जब थक गए और भूख लगने लगी, सभी दोस्तों ने गन्ने चूसकर अपनी भूख और प्यास मिटाई।

पन्नालाल ने कहा कि नवोदय जाने से पहले हमें थोड़े गन्ने और तोड़ लेने चाहिए।

सभी ने कहा,"ठीक है चलते समय उसी खेत से तोड़ लेंगे।"

कुछ समय बाद वे सभी फिर से गन्ने के खेत में घुस गए। सभी गन्ने तोड़ने में ऐसे व्यस्त थे कि जैसे उनका अपना खेत है।

तभी यशपाल की नजर खेत में छुपकर बैठे खेत के मालिक पर पड़ी उसके हाथ में बहुत बड़ी "हंसिया" (कुल्हाड़ी जैसा औजार जिससे खेतों की कटाई की जाती है) थी।

यशपाल चिल्लाया, "भागो!"

जैसे ही यशपाल की आवाज सबके कान में पहुंची सबने गन्ने साइड में फेंके और पूरे जोर से दौड़ पड़े नवोदय की ओर।

गन्ने के खेत में

खेत का मालिक या रखवाला था ये तो पता नहीं परन्तु उसके जिस्म पर कपड़ों के नाम पर कुछ नहीं था, केवल छोटा सा धोती जैसा कुछ लपेट रखा था शरीर पर। हंसिया हाथ में लेकर दौड़ पड़ा बच्चों के पीछे।

लगभग पंद्रह मिनट लगातार भागने के बाद बच्चे उस दानव से दिखने वाले इंसान से अपना पिंड छुड़ा पाए।

मौत को इतने नजदीक से देखने के बाद राजू ने अपने दोस्तों से कहा, "यार अब हमें गन्ने तो क्या किसी भी काम के लिए क्लास बंक नहीं करनी चाहिए।" एक बार फिर सभी मित्रों ने राजू की बात मानने की हामी भरी परन्तु सबको पता था कि रोज स्कूल जाना कितना मुश्किल होने वाला है।

गन्ने के अतिरिक्त राजू और उसके दोस्त कभी बैर तो कभी इमली के लिए स्कूल बंक करते रहे।

इन सबके बावजूद "हाफ इयरली एग्जाम" में राजू ने क्लास "टॉप" किया तो सभी को आश्चर्य हुआ कि यह लड़का कभी क्लास तो "अटेंड" नहीं करता और क्लास में कैसे टॉप कर सकता है।

नवोदयन में अपना ही एक विश्वास होता है जो किसी में नहीं हो सकता, उन्हें अपनी जीत का विश्वास होता है और हार के मुंह से भी अपनी जीत को छीन कर ले आने का जज्बा भी। राजू जैसे अनेक नवोदयन हैं जिन्होंने विपरीत परिस्थितियों को भी अपने विश्वास और जज्बे से अपने पक्ष में किया है।

मनी ऑर्डर

राजू गुजरात पहुँच तो गया था पर वहां भी उसकी आर्थिक स्थिति उसके सामने मुंह खोल कर खड़ी थी। दोस्तों के साथ रहते हुए उसे कभी पैसों की दिक्कत आई तो नहीं थी पर फिर भी बार-बार दूसरों की तरफ देखना उसे अच्छा नहीं लगता था। घर से लाये पैसे तो कब के ख़त्म हो चुके थे और अब उसके पास कुछ नहीं बचा था।

वह भी एक ज़माना था जब विद्यार्थी पाई-पाई के मोहताज हो जाया करते थे। आजकल तो विद्यार्थियों के खुद के बैंक अकाउंट हैं और सबके पास "UPI या नेट बैंकिंग" है जिससे जब चाहो तब पैसों का जुगाड़ हो ही जाता है परन्तु उस समय ऐसा कुछ नहीं था। दोस्तों ने राजू को समझाया, "यार तू क्यों परेशान है, हम लोग हैं ना तेरे साथ, जब वापस अपने नवोदय चलेंगे या छुट्टी में घर चलेंगे तब लौटा देना हमारे पैसे।"

राजू को उनकी बात समझ तो आ गई परन्तु फिर भी मन को कैसे तैयार करे इसलिए उसने सोचा एक बार घर पर पत्र लिखकर भैया को सारी स्थिति से अवगत करा देता हूँ, हो सकता है किसी तरह पैसों का इंतजाम हो जाये।

उन दिनों पोस्ट ऑफिस के द्वारा "मनी आर्डर" करके पैसे एक जगह से दूसरी जगह भेजे जाते थे। जिस प्रकार रेडियो और खत अपना वजूद खो चुके हैं, उसी प्रकार आज मनी आर्डर भी किसी कूड़े का हिस्सा बन चुके हैं।

गाँवों में लैंडलाइन फ़ोन के कनेक्शन होना भी शुरू हो चुके थे। लैंड लाइन फ़ोन लगने का यहाँ अर्थ नहीं कि रोज बैठ गए घंटों बात करने। "1 मिनट" बात करने के "20 रुपये" लगते थे तो दो या तीन महीने में बस एक बार ही बात हो पाती थी घर

मनी ऑर्डर

पर। इसलिए पत्र या खत सबसे सस्ता और अच्छा साधन था अपनी बात घर पहुंचाने के लिए।

राजू ने घर पर पत्र लिखने का मन बना लिया था, पत्र लेकर जैसे ही वह बैठा तो उसके मन में घर की यादें घूमने लगी, इस बार गर्मी की छुट्टियों में राजू और गोपाल ने मिलकर कई बार नीलम के यहाँ फ़ोन किया था, नीलम के घर पर जैसे ही कोई फ़ोन उठाता, ये चुपचाप सुनकर फ़ोन वापस रख देते। दिल में बहुत कुछ होता था कहने को पर दिल के जज्बात जुबां पर आकर अटक ही तो जाते थे। हिम्मत नहीं हो पाती थी उससे बात करने की। कहीं वह गलत ना समझ बैठे। जैसे-जैसे वह पत्र लिखता जा रहा था वैसे ही काका-काकी और सभी घर वालों की यादें आँखों के सामने आती जा रही थी।

भैया, सादर चरण स्पर्श

घर पर सभी बड़ों को मेरी धोक (चरण स्पर्श)। मैं यहाँ कुशलता पूर्वक हूँ और मेरी पढ़ाई भी अच्छी चल रही है। परम पिता परमेश्वर की कृपा से आप भी सकुशल होंगे। सभी छोटों को मेरा प्यार। गोपाल से कहना थोड़ा मन लगाकर पढाई करे।

मेरे पास पैसे नहीं रहे तो आप जैसे ही मेरा खत मिले मेरे लिए "मनी आर्डर" भेज देना। आपके खत और मनी आर्डर के इन्तजार में।

आपका

राजू

राजू का खत घर पर मिलते ही घर पर तो जैसे कोहराम मच गया। पैसों का इंतजाम कैसे हो और हो भी गया तो राजू के पास पैसे कैसे भिजवाएंगे? राजू के मां-बाउजी अनपढ़ जरूर थे परन्तु अपने बच्चों के लिए अपना सर्वस्व न्योछावर करने को हमेशा तत्पर रहते थे। उनसे मिले संस्कारों ने राजू को हमेशा आगे बढ़ने के लिए प्रेरित किया। कठिनाइयों में भी संयमित रहने की शिक्षा मिली तभी तो राजू अपना पक्ष मजबूती के साथ दोस्तों के सामने रख पाता था।

भैया ने काका-काकी को बताया कि राजू को पैसे देने के लिए गुजरात जाने की जरुरत नहीं है, यहीं से पोस्ट ऑफिस के द्वारा पैसे भेज देंगे तो उसे मिल जायेंगे। काका-काकी को भैया की बात पर विश्वास नहीं हुआ और उन्हें कुछ समझ भी नहीं आया।

दूसरे दिन पोस्ट ऑफिस जाकर भैया ने राजू के लिए "200 रुपये" का मनी आर्डर करवा दिया और खत के जवाब में खत भेजकर राजू को बता भी दिया कि 200 रुपये का मनी आर्डर करवाया है।

कुछ दिनों के बाद डाकिया राजू की विंग में आया और राजू का नाम पुकारा कि राजू के लिए मनी आर्डर आया है।

राजू को मनीऑर्डर के दो सौ रुपये मिल गए थे। पूरे एक वर्ष के लिए राजू के पास घर से आने वाला यही एकमात्र मनी आर्डर था, जिसके पैसों को राजू ने संभाल कर खर्च किया और दोस्तों की उधारी भी चुका दी।

यहां से राजू ने पैसे की इज्जत करना सीखा और उसने जाना कि पैसा खर्च करना जितना आसान है, उसे कमाना उतना ही कठिन।

आज के बच्चों को पता ही नहीं होता कि कितना खून-पसीना बहाने के बाद हाथ में कुछ पैसे आते हैं, राजू के स्वभाव में मितव्ययता का गुण इन्हीं छोटे-छोटे किस्सों से आया, जो उसके जीवन का एक हिस्सा है।

कालू

गुजरात नवोदय में राजू और उसके साथियों के दिन "उनके अनुसार" बहुत मस्ती में कट रहे थे। यहाँ वे अपनी मर्जी के मालिक बन बैठे थे। उन्हें अच्छे-बुरे की कोई पहचान नहीं थी परन्तु ऐसा भी नहीं है कि राजू और उसके सभी साथी केवल हुड़दंग मचाया करते थे, युवावस्था की चौखट पर खड़े सभी युवाओं के मन में जो आकर्षण दूसरे लिंग के प्रति होता है, वही इनके लिए भी स्वाभाविक था।

भारत में अगर सर्वे करवाया जाए कि सुंदरता के मामले में किस राज्य की लड़कियां ज्यादा सुन्दर हैं तो गुजरात का नाम जरूर टॉप पर होगा। मासूम सा चेहरा और सुन्दरता की देवी सी लगती हैं गुजरात की लड़कियां तभी तो पंजाबी सिंगर का भी दिल आ ही गया "गुजराती कुड़ी पर।"

खैर इनसे राजू को कोई विशेष फर्क नहीं पड़ता था कि कौन कितनी सुन्दर है? उसके अनुसार बाहरी सुंदरता तो केवल आकर्षण का कारण मात्र हैं असली सुंदरता तो संस्कारों और व्यवहार में होती है।

परन्तु राजू के दोस्तों की तो "लव स्टोरियां" चल पड़ी थीं। किसी के मन में कोई न कोई समाने लगी थी जैसे मुकेश का प्यार परवान चढ़ने लगा, सुरेश एक बार पुनः और इस बार सोनल के प्यार में पड़ने को बेकरार था। यही हालत आदित्य की थी। रामधन को भी प्यार होने लगा परन्तु रक्षाबंधन ने उसके प्यार को बहन बना दिया। अब वह सभी लड़कियों का अच्छा भाई बन कर घूम रहा था।

इस उम्र के प्यार में ऐसा भी नहीं कि बस किसी एक को किसी एक से ही प्यार होता है, हो सकता है अनेक लड़कों को किसी एक लड़की से प्यार हो जाए और बस फिर शुरू हो जाती है महाभारत जैसी कहानी। या फिर एक लड़के को अनेक लड़कियों से भी तो प्यार हो सकता है ! प्यार के ये मामले बहुत काम्प्लेक्स थे राजू

के हिसाब से। परन्तु हर हॉस्टल की यही कहानी होती है तो फिर राजू और उसके दोस्त कैसे इस बात से बच सकते थे।

जब किसी का प्यार, उसी के लिए भाभी बन जाए तो शुरू होती है "प्यार पाने की जंग" और दूसरे को साइड हटाने के लिए दोस्त एक-दूसरे के खून के प्यासे हो जाते हैं जैसे बॉलीवुड की अधिकतर मूवी में होता है।

पन्नालाल को सोनल के बॉयकट बाल अच्छे लगते थे पर सोनल को सुरेश में कुछ प्यार नजर आता था तो सुरेश के दिल में भी कहीं न कहीं प्यार के बीज अंकुरित होने लगे थे सोनल के लिए। अब दोनों का आपसे में द्वन्द होना तो जायज था, विंग का माहौल भी कुछ गर्मा सा गया था।

विंग की गरमा गरमी के इस माहौल से दूर, एक दिन राजू हॉस्टल की छत पर अकेला खड़ा "नीलम" के बारे में सोच रहा था, पता नहीं क्यों आज उसे नीलम की कुछ ज्यादा ही याद आ रही थी, पता नहीं कैसा प्यार था दोनों का कि बिन एक-दूजे को देखे ही प्यार कर बैठे थे।

उन दिनों राजू के सभी दोस्त अपने प्यार को पाने की जुगाड़ में व्यस्त थे। किसी का ध्यान राजू की तरफ नहीं गया कि इसके मन में क्या चल रहा है?

राजू अपने ही ख्यालों में छत पर खड़ा था और ग्राउंड में एक लड़की हाथ में रुमाल लिए खड़ी थी, शायद वो रुमाल को हिला रही थी (जैसा यशपाल ने बाद में बताया जो कि केवल ख्याली पुलाव थे और नमक-मिर्च लगाकर उसने दोस्तों के सामने परोसा था)। चुपके से यशपाल छत पर आया और उस लड़की के हाथ में रुमाल देख कर बोला, "यार राजू, वो लड़की तुझे रुमाल से इशारा कर रही थी।"

राजू ने कहा, "अरे नहीं।"

पर यशपाल कहाँ मानने वाला था, उसने छत वाली बात विंग में सारे दोस्तों को बता दी और साथ में नमक-मिर्च लगाना नहीं भुला, जो कि कमीने दोस्तों की सबसे बड़ी पहचान है।

कालू

फिर शुरू हुई राजू की क्लास लगना, हर कोई राजू को छेड़ने लगा उस लड़की के नाम से, जिसे वे सभी "काली" कहते थे और यहीं से राजू का नया निकनेम भी शुरू हुआ "कालू", जो कुछ समय राजू के साथ रहा।

राजू का प्यार तो कोसों दूर बैठा था और उसी के इन्तजार में राजू कभी-कभी मंद-मंद मुस्कुरा देता था जिसे ये सभी मान बैठते थे कि राजू के मन में भी कुछ तो है। परन्तु राजू के मन की बातें केवल राजू तक ही सिमित थीं। उसने यहाँ पर भी "नीलम" के बारे में किसी को नहीं बताया।

"काली" के प्यार को पाने के लिए लाइन में तो पन्नालाल, कानाराम आदि खड़े थे पर नामकरण हो गया राजू का और आज के बाद राजू इन सबके लिए बन गया "कालू"। इन सब को मौक़ा और बहाना मिल गया काली को छेड़ने का।

लड़कियों के नाम से लड़कों को बुलाना और लड़कियों को लड़कों के नाम से बुलाना, इन दोस्तों के बीच एक चलन सा बन गया था। माइग्रेशन का एक वर्ष राजू के लिए पढ़ाई को देखते हुए जरूर मुश्किल भरा था परन्तु दोस्ती और सर्वांगीण विकास के लिहाज से अनूठा वर्ष था।

दारुडी हल ग्यो रे

अपनी धरती, अपने गाँव और वहां की माटी से लगाव न हो, ये तो हो नहीं सकता। जब हम अपनों से दूर होते हैं तो यही दूरियां हमें अपनों के, अपनी माटी के नजदीक ले आती हैं। परदेश बैठे हुए इंसान को ही पता चलता है स्वदेश का क्या मोल होता है।

ममता, मां और माटी, ये जो अपनी बलि चढ़ाएंगे,
एक बूँद लहू जहां इनका गिरे, लाखों फूल खिल जायेंगे।

दूरियां कभी काटने को दौड़ती हैं तो कभी स्वयं को "स्ट्रांग" बनाने का एक माध्यम बन कर आती हैं। राजू और उसके दोस्तों के लिए गुजरात नवोदय परदेश से कम नहीं था। जैसे-जैसे वापस अपने नवोदय जाने का समय नजदीक आता जा रहा था, वैसे-वैसे ही अपनों की याद ज्यादा आ रही थी।

दिन-रात कैसे निकल रहे थे, पता भी नहीं चल रहा था, सभी दोस्त विंग में ही रहते और मन करता तो कभी-कभी किताब उठा कर पढ़ लिया करते थे। गुजरात नवोदय में अब राजू और उसके दोस्तों को किसी प्रकार का और किसी से भी कोई भय नहीं था। वे सभी अपनी मर्जी के मालिक बन चुके थे।

युवावस्था की ओर अग्रसित बच्चों के लिए यह स्थिति भविष्य के हिसाब से बहुत खतरनाक होती है। राजू अपने दोस्तों के साथ उसी राह पर निकल चुका था जो उसे अपनी मंजिल से दूर करने के लिए काफी थी। उसे पता तो था कि जिस राह वह बढ़ रहा है, वहां से उसे कुछ भी नहीं मिलना, बस खोना ही खोना है परन्तु उसके पास कोई चारा भी तो नहीं था। बीच राह में अपने दोस्तों का साथ भी तो नहीं छोड़ सकता! घर की याद में सभी दोस्त इधर-उधर भटकते रहते थे।

हेमराज को राजस्थानी संगीत से विशेष लगाव था। विंग में प्रतिदिन शाम को हेमराज के संग बैठकर सभी दोस्त राजस्थानी भजनों और मारवाड़ी गानों का आनंद लिया करते थे। हेमराज थाली को बड़े ही अच्छे तरीके से (तबले की तरह)बजाता था, ऐसा लगता था कि ढोलक की थाप पर भजन गाये जा रहे हैं।

"म्हारा घर का धणी ने समझाले दारुडी हल ग्यो रे,
दारुडी हल ग्यो रे ओ तो बोतल के लपट ग्यो रे।"

राजस्थानी भजनों का आनंद सब बच्चे ले रहे थे परन्तु उनसे मिलने वाली सीख से वे कोसों दूर थे। टीचर और गुजराती बच्चों को हीन दृष्टि से देखना और उनसे लड़ना-झगड़ना, ये सब उनकी दिनचर्या बनती जा रही थी।

इन बच्चों के साथ आई लड़कियां समझ नहीं पा रही थीं कि किनके साथ रहें। राजस्थान से आये इन बदमाशों के साथ या गुजरात के सुलझे हुए नवोदयन के साथ।

माइग्रेशन का एक वर्ष अपने-आप में बहुत महत्त्वपूर्ण था, एक दूसरे राज्य की संस्कृति को समझने का सुनहरा अवसर था। **"पंखिड़ा सॉन्ना"** पर गरबा करने को बेहतरीन मौक़ा था तो घूमर पर कालबेलिया डांस सीखने का भी अवसर।

माइग्रेशन की इस पॉलिसी के माध्यम से एक-दूसरे की भाषा, संस्कृति आदि को सीखने और सिखानेका अवसर उपलब्ध करवाना था ताकि भारत की अनेकता में एकता के गुण को अक्षुण्ण रख सकें और सभी नवोदयन हिस्सा बन सकें मिनी इण्डिया का, जो है नवोदय परिवार।

इन्तजार

राजू और उसके सभी साथी उनके हिसाब से गुजरात नवोदय में अपना समय निकाल रहे थे और सही मायने में तो समय काट ही रहे थे। कभी गेम्स तो कभी स्वयं में व्यस्त रहकर ये लोग दिनों को नजदीक ला रहे थे। हर वर्ष होने वाले गेम्स टूर्नामेंट का समय भी नजदीक आ गया था तो गुजरात नवोदय में राजू और उनके दोस्तों की इज्जत थोड़ी बढ़ गई थी और गेम्स टीचर के साथ-साथ सभी टीचर एवं स्टूडेंट भी उनका साथ देने लगे थे।

नवोदय में इंटरस्कूल और इंट्रा स्कूल होने वाले गेम्स के टूर्नामेंट तीन से चार स्तर पर होते थे, सबसे पहले स्कूल लेवल, फिर क्लस्टर लेवल, उसके बाद रीजनल लेवल, नेशनल लेवल और फिर आगे।

हर वर्ष की भांति इस बार भी माइग्रेशन पर आये राजू और उसके दोस्तों का गुजरात नवोदय में अपना अलग ही दबदबा था। इस बार हनुमान, हेमराज, कानाराम और पन्नालाल के साथ राधाकिशन गुजरात नवोदय की कबड्डी टीम का हिस्सा थे तो राजू खो-खो टीम का।

रमेश एथलेटिक्स में भाग ले रहा था तो मुकेश फूटबॉल, यशपाल और सुरेश टेबल टेनिस में नवोदय का क्लस्टर पर प्रतिनिधित्त्व कर रहे थे।

क्लस्टर से लगभग सभी दोस्तों का अपने-अपने गेम में रीजनल के लिए भी सलेक्शन हुआ तो कुछ बच्चों का नेशनल में भी।

गेम्स में अपना वर्चस्व दिखा देने के बाद तो इनकी दादागिरी अपने उच्चतम स्तर पर पहुँच चुकी थी। युवावस्था में किसी को कुछ मिल जाता है तो जैसे वह स्वयं को सबसे अलग मान बैठता है। वही "काम्प्लेक्स" राजू और उसके दोस्तों के अंदर प्रवेश कर चुका था। उन्हें लगने लगा था कि उनके बिना गुजरात नवोदय के बालक

इन्तजार

कुछ नहीं कर सकते जो कि सरासर गलत धारणा थी और इन्हें गलत राह पर ले जाने वाली थी।

न किसी की कोई बात सुनना और टीचर की भी बातों को अनसुना कर देना, कभी-कभी तो ग्राउंड में बैठे-बैठे गेम्स खेल रहे लड़कों और लड़कियों को भी छेड़ दिया करते थे। लड़कियां तो अब इनसे सीधे मुंह बात भी नहीं करती थी।

एक दिन हेमराज का किसी बात पर कंप्यूटर टीचर से झगड़ा हो गया, उस झगड़े में ग्यारहवीं और बारहवीं क्लास के बच्चे भी शामिल हो गए।

राजू और उसके साथियों को समझते देर नहीं लगी कि अब बात हाथ से निकल चुकी है। अब हमें चुपके से गुजरात नवोदय छोड़ कर भाग जाना चाहिए ताकि यहां के प्रिंसिपल सर को जवाब देना पड़ेगा कि माइग्रेशन पर आये बच्चे क्यों और कैसे नवोदय से भाग गए?

राजू और उसके साथियों को डर सताने लगा, "अगर हम लोग अभी नहीं भागे तो ये सब मिलकर कभी भी लड़ाई कर सकते हैं और हममें से किसी को भी अकेला देखकर मार-पीट कर सकते हैं।"

राजू और उसके सभी दोस्तों ने मिलकर प्लान बनाया "हेमराज के ताऊजी ट्रक लेकर गुजरात आते रहते हैं, उनके साथ ही बैठकर हम सब भाग जाते हैं जिससे गुजरात नवोदय का नाम भी खराब होगा और हम लोग अपनी बात ऊपर तक रख पाएंगे।"

बड़ी मुश्किल से उन्होंने स्कूल की बाउंड्री फांदी और निकल पड़े पैदल ही “हाईवे” के साथ-साथ, न मंजिल का पता था और न ही रास्तों का। सभी साथी भटक रहे थे “हाईवे” के किनारे-किनारे।

जैसे ही नवोदय की बाउंड्री से बाहर निकले, इन्हें एक और डर सताने लगा कि कहीं गुजरात नवोदय से टीचर आ गए और इन्हें पकड़ लिया तो अलग ही झमेला हो जायेगा।

हाईवे पर कोई भी राजस्थान नंबर का ट्रक उन्हें दिखता तो उसे हाथ दिखाकर रोकने की कोशिश करते परन्तु इतने सारे बच्चों को देखकर कोई भी ड्राइवर तैयार नहीं हो रहा था अपना ट्रक रोककर इन्हें बैठाने के लिए।

सुबह से शाम हो चुकी थी चलते-चलते, अब तक केवल लगभग दस किलोमीटर ही चल पाए थे।

नवोदय में जब एक भी माइग्रेशन वाला स्टूडेंट नहीं दिखा तो पूरा स्टाफ चिंता में डूब गया, प्रिंसिपल सर ने चारों तरफ गाड़ियां दौड़ा दी।

सभी दोस्त थक हार कर पास के रेलवे स्टेशन पहुंचे कि वहां से ट्रेन के द्वारा अपने नवोदय जाकर सारी बात बता देंगे परन्तु अब वापस गुजरात नवोदय जाने का तो सवाल ही नहीं।

जैसे ही सभी रेलवे स्टेशन पहुंचे, वहां पहले से ही जीप लेकर गुजरात नवोदय के टीचर खड़े थे। उन्होंने राजू और उसके दोस्तों को समझाया कि इस तरह से भागने से कोई फायदा नहीं होने वाला, तुम लोगों की इज्जत मिट्टी में मिल जायेगी और नवोदय से टी. सी. भी मिल सकती है।

राजू ने अपने सभी दोस्तों को टीचर के साथ वापस नवोदय चलने के लिए मनाया और उनसे आश्वासन लिया कि हमारे साथ कुछ भी बुरा नहीं होगा।

दिन भर का इन्तजार ख़त्म हो चुका था, सुबह के भूले वापस घर आ चुके थे। हेमराज के ताऊजी का ट्रक तो नहीं आया परन्तु नवोदय की जीप जरूर आ गई थी और उसमें सभी दोस्त लौटकर आ रहे थे वापस नवोदय की ओर।

नवोदयन के पास किस्सों की कोई कमी नहीं है और सभी किस्से एक से बढ़कर एक। किस्से दोस्ती के हैं तो दुश्मनी के, किस्से नवोदय परिवार की अच्छाई के हैं तो कुछ किस्से यहाँ की बुराइयों के भी। किस्से पहले प्यार के हैं तो किस्से प्यार में मिले धोखे के भी हैं पर सभी किस्से आज भी जिन्दा है सभी नवोदयन के जहन में।

नवमीं फ़ेल

प्रत्येक व्यक्ति को जीवन के विभिन्न पड़ावों से गुजरना होता है। समय के साथ उसका जुड़ाव परिवार, समाज, शिक्षा, परीक्षा, सफलता-असफलता आदि विभिन्न स्तरों (विषयों) से होता है। मानव, विद्यार्थी जीवन में भविष्य की नींव तैयार करता है तो युवावस्था में अपने सपनों को साकार करने का प्रयत्न, "वृद्धावस्था" में इंसान अपने जीवन की यादों के साथ जीने का प्रयास करता है।

विद्यार्थी जीवन में किया गया परिश्रम ही व्यक्ति के समाज में विशिष्ट या साधारण बनने का कारण बनता है। बालपन से लड़कपन की और बढ़ता बालक विभिन्न प्रकार के "आकर्षणों" से भी सामना करता है। बालक की अपरिपक्व बुद्धि व आस-पास के वातावरण के कारण अक्सर वह निर्णय लेने की स्थिति में नहीं होता। वर्तमान के "एकल परिवार" के युग में और "संस्कारों" के अभाव में बालक का सर्वांगीण विकास एक बहुत बड़ी समस्या बनता जा रहा है।

"सफलता की प्राप्ति" हर किसी के जीवन का लक्ष्य है। जीवन चुनौतियों और अवसरों से भरा है लेकिन केवल उन्हीं लोगों के लिए जो वास्तव में अवसरों को प्राप्त करने और चुनौतियों का सामना करने के लिए संघर्ष करते हैं। कड़ी मेहनत और समर्पण सफलता की यात्रा का एकमात्र मंत्र है। उत्साह और कड़ी मेहनत के बिना कोई भी सफलता हासिल नहीं कर सकता।

गुजरात नवोदय में फाइनल एग्जाम के दिन आने वाले थे। हाफ इयरली एग्जाम के बाद तो राजू को याद भी नहीं था कि कब स्कूल गया? एग्जाम में क्या सलेबस आने वाला था, उसकी जानकारी किसी के पास नहीं थी सिवाय क्लास के गुजराती स्टूडेंट्स के अलावा।

उनके पास जाकर सलेबस जानना तो राजू और उसके दोस्तों को कतई बर्दाश्त नहीं था परन्तु उसके सिवाय चारा भी क्या था?

राजू ने मुकेश से कहा कि यार ऐसा लगता है अगर अब नहीं पढ़े तो हम सब फ़ेल हो जाएंगे इसलिए तू जाकर कम से कम लड़कियों से "सलेबस" तो मांग कर ले आ, बाकी मैं देखता हूँ कि क्या पढ़ना है और क्या छोड़ना है।

राजू की बात सुनकर मुकेश लड़कियों के पास गया और उनसे फाइनल एग्जाम में आने वाले सलेबस के बारे में पूछा।

लड़कियों ने मुकेश से कहा अब सलेबस जानकर क्या करोगे, साल भर तो कुछ पढ़ा नहीं, अब तुम्हारा कुछ नहीं हो सकता, फ़ेल होने के लिए तैयार रहो।

मुकेश ने कहा, "उसकी तुम चिंता मत करो... बस सलेबस तो बता दो।"

बहुत मिन्नतों के बाद मुकेश को फाइनल एग्जाम का सलेबस मिला, सलेबस देखकर मुकेश को तो लगा कि इतना सलेबस हम इतने कम समय में कैसे पढ़ पाएंगे?

मुकेश ने विंग में राजू को सारा सलेबस बता दिया, राजू ने सभी को आश्वस्त किया कि किसी को घबराने की कोई बात नहीं है। हम सब मिलकर कुछ न कुछ तो कर ही लेंगे जिससे फ़ेल होने से तो बच ही जायेंगे।

कुछ ही दिनों में फाइनल एग्जाम भी आ गए, पिछले कुछ दिनों से राजू ने अपने दोस्तों को भी एग्जाम की थोड़ी बहुत तैयारी तो करवा ही दी थी जिससे वे लोग एग्जाम में कुछ न कुछ तो लिख ही सकते थे यानी तीन घंटे खाली बैठने की जरुरत शायद किसी को न पड़े।

पहले एग्जाम में राजू ने जो पढ़ाया था, लगभग सभी प्रश्न उन्हीं में से आ गए तो सभी दोस्त बहुत खुश हुए, जो कमी रह गई थी, वह राजू ने एग्जाम में ही उन सबको अपनी उत्तरपुस्तिका देकर पूरी कर दी। किसी को भनक भी नहीं लगी कि राजू और उसके सभी दोस्तों ने एग्जाम में लगभग सारे प्रश्नों के जवाब लिख दिए हैं।

पहले एग्जाम में जो कॉन्फिडेंस इनको मिला, उसके बाद तो सारे सब्जेक्ट में राजू ने सभी को बहुत अच्छे से तैयारी करवाई और सभी ने अच्छे से एग्जाम दिया।

इतना कुछ हो जाने के बाद भी फाइनल एग्जाम में सबने अच्छा किया था। उसके लिए सभी दोस्तों ने राजू को अपने कंधों पर उठा लिया। उनकी ख़ुशी छुपाते नहीं छुप रही थी।

रिजल्ट वाले दिन सभी खुश होकर नवोदय गए, जैसे ही उन्हें रिजल्ट मिला, सबके पैरों के नीचे से मानो जमीन खिसक गई हो। राजू सहित सभी दोस्त नवमीं में फ़ेल हो गए थे।

किसी को कुछ समझ नहीं आ रहा था, राजू अपने होश में बिल्कुल नहीं था, हाँ उसे पता था कि हाफ इयरली की तरह टॉप तो नहीं कर सकता परन्तु फ़ेल हो जाने पर उसको बिल्कुल विश्वास नहीं हुआ।

किसी प्रकार स्वयं को संयमित कर वह क्लास टीचर के पास जाकर बोला, "मुझे अपनी एग्जाम कॉपी देखनी है, मुझे विश्वास है कि मैं किसी भी सब्जेक्ट में फ़ेल नहीं हो सकता।"

क्लास टीचर ने राजू को फाइनल एग्जाम की कॉपियां दिखाने से साफ़ मना कर दिया। राजू को देखकर उसके सभी दोस्तों ने भी क्लास टीचर को घेर लिया और उन पर दबाव बनाने लगे कि हमें फाइनल एग्जाम की कॉपियां दिखाई जाए।

क्लास टीचर को भी पता था कि अब ये लोग केवल एक-दो दिन के ही तो मेहमान हैं इसलिए इनसे अब डरने की कोई बात नहीं है इसलिए उन्होंने किसी को भी फाइनल एग्जाम की कॉपियां दिखाने से साफ़ मना कर दिया।

राजू और उसके दोस्त कहाँ मानने वाले थे, सभी पहुँच गए प्रिंसिपल सर के ऑफिस के सामने। पहले तो प्रिंसिपल सर ने भी उन पर ज्यादा ध्यान नहीं दिया परन्तु जब देखा कि पिछले दो-तीन घंटों से राजू और उसके साथी ऑफिस के सामने ही खड़े हैं तो उन्होंने राजू को अंदर बुलाया।

प्रिंसिपल सर, "ये क्या बद्तमीजी है जी, क्यों सुबह से खड़े हो यहाँ?"

राजू, "सर मुझे और मेरे सभी साथियों को फाइनल एग्जाम में फ़ेल कर दिया गया है।"

प्रिंसिपल सर, " पढ़ोगे नहीं तो फ़ेल तो होना ही है, इसमें मैं क्या कर सकता हूँ?"

राजू, "सर मुझे विश्वास है कि हम लोग फ़ेल नहीं हो सकते, आप क्लास टीचर को बोलकर हमें फाइनल एग्जाम की कॉपियां दिखा दीजिये।"

प्रिंसिपल सर, "फाइनल एग्जाम की कॉपियां तो किसी को भी नहीं दिखाई जाती।"

राजू, "सर ये हामरे कैरियर का सवाल है, हम लोग फ़ेल तो कतई नहीं हो सकते, आप चाहो तो हम अब भी वापस एग्जाम लिखने के लिए तैयार हैं।"

राजू की बातें सुनकर प्रिंसिपल सर का रुख कुछ बदला, उन्होंने राजू की क्लास टीचर को अपने ऑफिस बुलाया।

प्रिंसिपल सर ने क्लास टीचर से बात की और सभी बच्चो को फाइनल एग्जाम की कॉपियां दिखाने को कहा ताकि बच्चों को "सेल्फ सैटिस्फेक्शन" हो सके।

जैसे ही क्लास टीचर ने प्रिंसिपल सर की बात सुनी उनके चेहरे पर चिंता की रेखाएं उभरने लगी, उनका पूरा शरीर पसीने-पसीने हो गया।

राजू और उसके दोस्तों को जब फाइनल एग्जाम की कॉपियां दिखाई गई तो पता चला था कि उन्हें बिना कॉपी को चेक करे ही मार्क्स दे दिए गए थे और सभी को फ़ेल कर दिया गया था।

राजू और उसके दोस्तों को गुस्सा तो बहुत आ रहा था परन्तु उन्होंने स्वयं को संभाला और क्लास टीचर से बात करके सभी को पास का सर्टिफिकेट देने को राजी कर लिया।

नवमीं फ़ेल राजू के सामने क्या कैरियर होगा, उसे खुद नहीं समझ आ रहा था। परन्तु राजू को ये भी पता था कि जैसे आप जीवन की अनेक सफलताओं को याद रखते हैं, वैसे ही आपको असफलताओं को भी याद रखना चाहिए।

जीवन में असफलता, हमें सफलता से ज़्यादा मिलती है। कौन ऐसा 'सफल' व्यक्ति है जिसने असफलता और तिरस्कार नहीं झेला होगा! जिनको हम दुनिया के सफल व्यक्ति मानते हैं, उनकी कहानी भी रिजेक्शन और असफल प्रयास की बुनियाद पर खड़ी होती है। फिल्म इंडस्ट्रीज से लेकर प्रशासनिक सेवा में सफल रहे लोगों ने असफलता का सामना किया है।

राजू तो केवल कागजों में नवमीं फ़ेल हुआ है। उसके लिए यह असफलता तो बहुत छोटी सी है परन्तु यही असफलता उसकी सफलता की कहानी लिखने वाली है।

नवोदयन का जीवन अनेक असफलताओं से गुजरता है, अनेक रिजेक्शन का हिस्सा बनते हैं परन्तु वे तैयार होते हैं इन असफलताओं को सफलताओं में बदलने के लिए।

"A Navodaya student might fail at studies... but he/she never fails in life."

"Semen" क्या है

राजू के जीवन का एक महत्त्वपूर्ण अध्याय पूरा हो चुका था। नवमीं में फ़ेल हुए या पास, ये तो सही से नहीं कह सकता था परन्तु जीवन के इस अध्याय ने बहुत कुछ सिखाया था।

माइग्रेशन से वापस आने के बाद भी राजू लगभग एक महीने तक तो अपने दोस्तों के साथ मानसिक तौर पर अभी गुजरात ही था। दसवीं बोर्ड की पढ़ाई शुरू हो चुकी थी। यहां नवमीं में सुरेंद्र ने टॉप किया था, साथ ही नवीन, बना, पवन, अनीता आदि ने भी बहुत अच्छा किया था। वे सभी अंग्रेजी माध्यम के लिए स्वयं को तैयार कर चुके थे परन्तु राजू तो अभी उनसे कोसों दूर खड़ा था। क्लास में हर सब्जेक्ट में सबसे पीछे छूटते जा रहा था और उसकी सबसे बड़ी ताकत **"उसका मनोबल"** भी इन परिस्थितयों में जवाब देने लगा था।

नवमीं में साइंस और मैथ्स को इंग्लिश मीडियम में सही से नहीं पढ़ना आज उसके लिए दुखदायी बनता जा रहा था। राजू को साइंस की छोटी-छोटी "टर्म" भी समझ नहीं आ रहे थे, जिससे क्लास में उसका मजाक बनना भी शुरू हो चुका था।

एक दिन साइंस की क्लास चल रही थी। मैडम क्लास ले रही थी और रिप्रोडक्शन के बारे में बता रही थी। राजू को **"Semen"** का मतलब समझ नहीं आया।

राजू ने क्लास में खड़े होकर मैडम से पूछ लिया "मैम Semen का क्या मतलब होता है?"

राजू का प्रश्न सुनकर मैडम ने क्लास वहीं ख़त्म कर दी। गुस्से में क्लास से बाहर जाती मैडम को देखकर राजू थोड़ा घबरा गया।

सारी क्लास के लड़के राजू पर हंस रहे थे, और लड़कियां मुंह छुपाकर कुछ बातें कर रही थी। कुछ-कुछ बातें राजू तक पहुँच रही थीं, जैसे किसी ने कहा, "कितना बेशर्म हो गया है ये लड़का!" तो किसी ने कहा "बिगड़ गया है पूरी तरह।"

पवन, राजू के पास आया और बोला, "भाई ये क्या पूछ लिया, अब तेरी खैर नहीं।"

"Semen" क्या है

राधाकिशन और राजेंद्र सिंह ने राजू को "Semen" का मतलब समझाया तब जाकर राजू को पता चला कि इसका क्या मतलब होता है और उसे क्यों ये सवाल क्लास में मैडम से नहीं करना चाहिए था?

राजू ने कहा, "यार सही में मुझे नहीं पता था, अब मैं क्या करूँ?"

राजू किसी से भी नजर नहीं मिला पा रहा था। आज उससे ये कैसे गलती हो गई? वह बार-बार खुद को कोसे जा रहा था।

उन्हीं दिनों दसवीं के "फर्स्ट टर्म" टेस्ट हुए थे, राजपूत सर आज मैथ्स की टेस्ट कॉपियां दिखाने वाले थे। राजू को डर लग रहा था कि मैडम ने जरूर सर से उसकी शिकायत की होगी। आज मुश्किल होने वाली थी उसके लिए।

राजू का अंदेशा बिल्कुल सही निकला। जैसे ही राजपूत सर क्लास में आये, उनके तेवर पूरी तरह बदले हुए थे।

नाम से बुलाकर राजपूत सर सभी बच्चों को टेस्ट की कॉपियां दे रहे हैं।

जैसे ही राजू का नाम आया, राजपूत सर, राजू की टेस्ट कॉपी को फेंकते हुए बोले, "क्या यह वही "राजेंद्र" है जो आठवीं तक क्लास का टॉपर हुआ करता था या माइग्रेशन से वापस आया हुआ बद्तमीज लड़का?"

राजू शर्मिंदगी से नजर उठा कर भी नहीं देख पा रहा था। आज उसने अपने मन में ठान लिया कि मैं राजपूत सर की अपने प्रति इस भावना को बदलकर रहूँगा। मैं स्वयं में फिर से आठवीं के टॉपर वाले राजू को जिन्दा करूँगा और सबको दिखा दूंगा कि मैं गलत नहीं हूँ।

राजू ने सभी को बताया कि जो भी मेरे से क्लास में हुआ, वह मैं सही में नहीं जानता था... केवल जिज्ञासा के लिए मैने वह प्रश्न किया था, परन्तु कोई भी उसकी बात नहीं मान रहा था।

स्वयं को फिर से साबित करने के लिए राजू ने दसवीं में दिन-रात एक कर दिए और प्री बोर्ड तक एक बार पुनः वह राजपूत सर का फेवरेट स्टूडेंट बन गया।

राजू एक वर्ष माइग्रेशन पर जरूर गया था परन्तु उसका पढ़ाई के प्रति रुझान कम नहीं हुआ। उसे पता था कि बस एक बार स्टार्ट मिल गया तो वह सबकुछ बदलकर रख देगा।

ठिठुरती सर्दियाँ

राजस्थान में गर्मी तो अपने तेवर दिखाती ही हैं, सर्दी में ठण्ड भी अपना रंग जमाने में पीछे नहीं रहती। जहाँ गर्मियों में तापमान 50 डिग्री को छूता है, वहीं सर्दियों में पानी भी बर्फ बन जाता है।

इन सर्दियों में हॉस्टल के बच्चों की हालत का अंदाजा केवल नवोदयन ही लगा सकता है। सर्दियों से बचने के लिए राजू और सभी नवोदयन ने क्या-क्या जतन नहीं किये होंगे हर वर्ष सर्दी के दिनों में...। राजू अब सीनियर क्लासेज में जरूर आ गया था पर सर्दी तो वैसे ही पड़ती थी जैसी कि जूनियर क्लासेज के समय।

दसवीं की प्री बोर्ड परीक्षा नजदीक आ रही थी और सर्दी भी पूरे जोश में थी। राजू ने भी मन ही मन ठान लिया था कि इस बार सर्दी को मात देकर ही रहना है... इस सर्दी का पढ़ाई पर कोई असर नहीं होने देना है...।

बेड के चारों और कम्बल का घेरा बनाकर अंदर बल्ब का इंतजाम किया है। अरे मैं बताना भूल ही गया ये बल्ब "रणवां जी की दूकान" से नहीं लाया गया है.... तो फिर कहाँ से?

टीचर क्वार्टर की गैलरी में बल्ब लगे होते थे... राजू और उसके दोस्त रात में इन्हीं बल्बों को उतारकर ले आते और अपने बेड के यहाँ लगाकर स्वयं को ठण्ड से बचाते भी और सेल्फ स्टडी भी करते। जैसे ही बल्ब खराब होता, उसी रात खराब बल्ब टीचर क्वार्टर की गैलरी में लगा आते और वहां के सही बल्ब को बेड में.....।

किशन ने तो सफ़ेद शर्ट को धोना न पड़े, इसलिए सप्ताह के आखिरी दो दिन स्वेटर के नीचे उल्टी करके पहनना शुरू कर दिया....। राजू ने तो हद ही पार कर दी और स्वयं को महीने भर के लिए पानी से दूर ही कर लिया मतलब... महीने भर तक

नहाया भी नहीं, केवल ड्राइक्लीन से काम चला रहा था और दूसरों को देख-देख कर सफेद पी. टी. जूतों पर चॉक रगड़ कर सफेद कर ले रहा था।

राजू के साथ-साथ अब तो क्लास के लगभग सभी बच्चे इसी प्रकार से सर्दी से बचने का जुगाड़ करने लगे। इसे ही कहते हैं "भेड़ चाल" चाहे कोई गलत काम ही क्यों न कर रहा हो, सबको वही काम करना है, और भेड़ चाल का अंजाम भी यही होता है कि "एक भेड़ कुएं में गिरती है तो फिर सभी की सभी भेड़ें भी उसी कुएं में गिरती हैं।" वही हाल तो अब राजू की क्लास के बच्चों का भी होने वाला है।

एक दिन PET सर को ये बात मालूम पड़ गई कि बच्चे न तो सुबह स्नान कर रहे हैं और न ही जूतों को धो रहे हैं। उन्होंने सुबह प्रार्थना के समय लड़कियों के सामने ही सबके जूते निकलवा दिए और किशन, राजू के साथ-साथ दसवीं के लगभग सभी बच्चों को अलग लाइन में खड़ा कर दिया गया।

उस दिन अपनी हरकतों पर राजू और उसके सभी दोस्त शर्मिंदा हो रहे थे। उन्हें अहसास भी नहीं था कि क्लास की लड़कियां उनके बारे में क्या सोच रही होंगी?

लड़कियां क्या सोचेंगी... इसी एकमात्र बात का ही तो डर रहता था परन्तु कुछ समय के लिए ये सब तो इन बातों से भी ऊपर उठ चुके थे। आज के इस एपिसोड ने सबको धरातल पर ला कर खड़ा कर दिया।

पूरी प्रार्थना के समय उनकी आँखें ज़मीन में गड़ी रहीं और उन्हें लगता रहा कि एम्. पी. हॉल की सारी नजरें बस उनको ही घूर रही हैं... खास तौर पर लड़कियों की।

स्टडीज अंडर स्ट्रीट लाइट

ऐसा नहीं है कि नवोदय में सलेक्शन हो जाने पर राजू का अभावों से नाता छूट गया या राजू ने परिश्रम करना छोड़ दिया था।

उतार-चढ़ाव बहुत आ रहे थे जीवन में.... कुछ का कारण वह स्वयं था तो कुछ नेचुरल भी। माइग्रेशन पर गुजरात जाने के उसके डिसीजन ने उसके जीवन में भूचाल ला दिया था। पढ़ाई के साथ-साथ स्वयं पर से भी कंट्रोल खोने लगा था।

गजरात नवोदय की करतूतें उसका पीछा नहीं छोड़ रही थीं। रह-रह कर कोई न कोई उसकी दुखती रग पर हाथ रख देता जिससे उसका मन बहुत विचलित हो जाता था। कभी-कभी तो राजू को लगता कि उससे ये कैसा अनर्थ हो गया। परन्तु फिर वह अपनी मोटिवेशनल थ्योरी से स्वयं को संयमित करता।

दसवीं की शुरुआत में विंग का माहौल, जो उसे काटने को दौड़ रहा था, अब कुछ सही होने लगा था... पर उसे अकेलेपन में रहने की कुछ आदत सी होने लगी...। अब वह अपने लिए एकांत खोजने लगा ताकि अपना पूरा ध्यान पढ़ाई पर केंद्रित कर पाए।

विंग में उसका पढ़ाई में मन लगता पर कोई न कोई आकर उसे डिस्टर्ब कर देता जिससे वह चिढ़ सा जाता था।

उसने मन ही मन निर्णय किया कि पढ़ने के लिए कोई और जगह ढूंढनी पड़ेगी जहाँ वह पूरी एकाग्रता के साथ पढ़ सके।

एक दिन शाम में घूमते-घूमते उसे ख़याल आया कि नवोदय की इन स्ट्रीट लाइट के नीचे रात में उजाला भी बहुत रहता है और कोई डिस्टर्ब करने वाला भी नहीं, क्यों न आज से इसे ही अपना नया स्टडी रूम बना लिया जाए!

उसी दिन के बाद राजू रोज शाम को 9 बजते ही विंग से निकल जाता और बैठ जाता स्ट्रीट लाइट के नीचे सेल्फ स्टडी के लिए।

स्ट्रीट लाइट के नीचे हो या एम्. पी. हाल के पीछे या फिर नवोदय की बाउंड्री के बाहर पेड़ के नीचे.... न जाने कहाँ-कहाँ छिपकर एकांत में राजू ने दसवीं की किताबों के साथ समय गुजारा....। राजू को देखकर दसवीं के तो क्या, बारहवीं के सीनियर भैया भी कभी बाहर तो कभी स्ट्रीट लाइट के नीचे पढ़ने लगे। एक समय तो ऐसा लगने लगा कि जैसे नवोदय हॉस्टल में कोई नहीं पढ़ रहा, सब के सब बैठे होते थे "स्ट्रीट लाइट" के नीचे।

राजू ने कभी अपना पढ़ाई का रुटीन नहीं तोड़ा, वह अकेले ही "स्ट्रीट लाइट" के नीचे रात चार-चार बजे तक पढ़ता रहता....। यहाँ उसे एकाग्रता और एकांत दोनों मिलते.... न कोई देखने वाला... न कोई सुनने और सुनाने वाला...। यहीं राजू की मित्रता हो गई थी अपनी किताबों से... जो उसे बहुत आगे लेकर जाने वाली थी...।

हर नवोदयन ने कभी न कभी किताबों से दोस्ती जरूर करी है और वही किताबों की दोस्ती आज उन्हें ऊँचे-ऊँचे आयामों पर पहुंचाए हुए हैं। ऐसे ही अनेक किस्से हैं जो राजू के अपने हिस्से के हैं। उसे पता है कि अभी नवोदयन के अनेक किस्से तो बस उन्हीं के पास दफ़न हैं।

एक वर्ष राजू ने न खाना देखा, न खेलना, न मूवी और न ही कोई ऐसी बात जो उसे उसकी मंजिल से दूर ले जाए।

देखते ही देखते एक वर्ष भी बीत गया और बोर्ड के फाइनल एग्जाम का समय आ गया। पूरे वर्ष राजू और उसके सभी दोस्तों ने जी तोड़ मेहनत की। अब तो राजपूत सर भी दूसरी सीनियर क्लासेज में राजू का उदाहरण देना शुरू कर चुके थे कि "देखो कैसे उस बच्चे ने स्वयं को दसवीं की बोर्ड के लिए तैयार किया है।" राजू की मेहनत का परिणाम था कि "प्री बोर्ड" में उसने बहुत अच्छा किया जिससे सभी को उससे उम्मीदें बढ़ गई। उम्मीदें तो सुरेंद्र, राजेंद्र, पवन, नवीन, हनुमान, अनिता आदि सभी से थीं कि इस बार ये बच्चे बहुत कुछ नया करेंगे और इतिहास में अपना नाम लिखवाएंगे।

राजू के बोर्ड एग्जाम लगभग अच्छे हुए केवल मैथ्स का पेपर बिगड़ गया था। दो मार्क्स के एक सवाल में उसने टाइम व्यर्थ कर दिया जिससे कुछ प्रश्न छूट गए और कुछ गलत हो गए।

दसवीं बोर्ड का रिजल्ट आया, सुरेंद्र ने टॉप किया, दूसरे पर नवीन और तीसरे स्थान पर राजू! राजू के 84 प्रतिशत अंक आये हैं। जहां मैथ्स में 100% की उम्मीद थी, वहीं केवल 80% के साथ ही उसे संतोष करना पड़ा। किशन और सभी दोस्त भी दसवीं का बोर्ड एग्जाम पास कर चुके हैं।

राजू को अच्छा तो लगा क्योकिं गाँव में पहली बार दसवीं के बोर्ड में इतने नंबर किसी बच्चे के आये थे परन्तु थोड़ा अपसेट भी है कि वह क्लास में टॉप नहीं कर पाया। अपसेट इसलिए भी है कि अपने फेवरेट सब्जेक्ट "मैथ्स" में उम्मीद से बहुत कम मार्क्स आये।

जीवन में ये उतार-चढ़ाव तो ऐसे ही चलते रहते हैं परन्तु इन उतार-चढ़ाव में जो स्वयं पर कंट्रोल करना सीख ले, वही तो नवोदयन कहलाते हैं।

कन्फ्यूजन: सब्जेक्ट सलेक्शन

राष्ट्र के विकास के आधार हैं युवा। वे राष्ट्र के सबसे ऊर्जावान भाग हैं और इसलिए उनसे बहुत उम्मीदें हैं। सही मानसिकता और क्षमता के साथ युवा राष्ट्र के विकास में योगदान कर सकते हैं और इसे आगे बढ़ा सकते हैं। युवा ऊर्जा से भरी नदी की तरह है, जिसके प्रवाह को एक सही दिशा की आवश्यकता है।

बच्चे का ग्यारहवीं में आना मतलब युवावस्था में प्रवेश और युवावस्था मतलब "कन्फ्यूजन स्टेज।" बहुत कन्फ्यूजन है जीवन में परन्तु उम्र के इस पड़ाव में किसी को पता नहीं होता कि क्या अच्छा है और क्या बुरा? युवावस्था जीवन की वसंत के समान है। वसंत जब भी आता है मौज-मस्ती के साथ किलकारियां मारते आता है और काया के साथ मन के कण-कण में उत्साह और परिवर्तन का प्रतीक होता है। जिस प्रकार वसंत के आ जाने से प्रकृति में नया उत्साह छा जाता है, उसी प्रकार बाल्यावस्था से किशोरावस्था में प्रवेश भी परिवर्तन और उत्साह का प्रतीक है और युवा उल्लास, उमंग और उत्साह से भरे रहते हैं।

आज के इस उपभोगतावादी युग में जहां सब कुछ खुला-खुला है, वहां यौवन कभी अटकता है तो कभी भटकता है और कभी-कभी तो मिट ही जाता है। अगर सही समय पर सही रास्ता न चुना जाए तो जिंदगी "झंड" हो जाती है।

नवोदय परिवार की यही अच्छी बात थी कि यहां रास्ता दिखाने और हाथ पकड़ कर उस रस्ते पर चलना सिखाने वालों की कमी नहीं थी। सीनियर भैया जूनियर को सही सलाह देना अपना कर्तव्य और जिम्मेदारी मानते थे और इस जिम्मेदारी का निर्वहन करके उन्हें अलग ही सुकून मिलता था।

राजू और उसके साथी जैसे-जैसे बड़े होकर सीनियर के नए किरदार का हिस्सा बनते जा रहे थे, स्वयं को भी उसी माहौल में ढाल रहे थे ताकि नयी पीढ़ी में इसी भावना को डाल सकें, उन्हें भी नवोदयन बना सकें।

राजू और उसके दोस्तों ने नवोदय में जूनियर से सीनियर होने का सफर तय कर लिया था। उन्हें अब सीनियर की जिम्मेदारियों का अहसास भी था और निभाने का हौंसला भी, जो उन्हें विरासत में मिला था अपने भाइयों से... नवोदय के भाइयों से...।

दसवीं पास क्या हुए, कुछ दिन तो ऐसा लगा कोई नई परेशानी गले बाँध ली। अब तक तो सभी विषय पढ़ते आ रहे थे परन्तु अब ग्यारहवीं में सब्जेक्ट चुनने थे और उन्हें समझ नहीं आ रहा था कि सब्जेक्ट क्या लें और क्यों लें?

आर्ट्स लें या कॉमर्स, साइंस में बायोलॉजी लें या फिर मैथ्स या दोनों ही ले लें (बायोलॉजी और मैथ्स)! सबके अपने फायदे और नुकसान!

प्रश्न बड़ा कठिन था और राजू एवं उसके दोस्तों के पास इतनी समझ भी नहीं थी कि भविष्य के लिए कौनसा सब्जेक्ट लेना चाहिए, किस सब्जेक्ट को लेने से क्या फायदा होने वाला है? कुछ दिनों तक तो भविष्य को लेकर भी परेशान रहे। कुछ समझ नहीं आ रहा था तो सीनियर भाइयों ने समझाया कि क्या करना चाहिए और कौनसा सब्जेक्ट लेना चाहिए?

सीनियर भैया ने बताया कि जिसको जो सब्जेक्ट अच्छा लगे ले लो, बस ध्यान रखना कि पढ़ाई अच्छे से करें। किसी बच्चे को देखकर विशेषकर लड़कियों को देखकर सब्जेक्ट नहीं लेना है। नहीं तो बोर्ड के समय बहुत मुश्किल हो जाएगी।

राजू को तो घर से भी हिदायद मिली कि "बायोलॉजी और मैथ्स" दोनों ही सब्जेक्ट लेने हैं। फिर भी बहुत कन्फ्यूज था कि कहीं लेने के देने न पड़ जाएँ।

युवावस्था की शुरुआत में इसी प्रकार के अनेक कन्फ्यूजन ही तो होते हैं। पता होता है कि क्या करना है परन्तु फिर भी कन्फ्यूजन डालकर खिचड़ी बना देना, यही तो किस्से बन जाते हैं नवोदयन के लिए और यही किस्से पहुंचा देते हैं उन्हें ऊंचाइयों पर।

इन छोटी-छोटी परेशानियों से लड़ते, नवोदयन बन जाते हैं सेल्फ और सही डिसीजन लेने के तैयार, जो विपरीत परिस्थितियों में भी सही निर्णय लेने के काबिल हो जाते हैं।

राजू के लिए यह वरदान था या अभिशाप बनने वाला था कि "उसने यारहवीं में बायोलॉजी और मैथ्स का कॉम्बिनेशन ले लिया था।"

दसवीं हिंदी का टॉपर आज से ही "हिंदी" से दूर जाने वाला था। राजू के जीवन से हिंदी को निकाल पाना बहुत मुश्किल ही नहीं, नामुमकिन था। हिंदी से लगाव उसका बचपन से ही था परन्तु गाँव में तो हिंदी बोल नहीं सकते थे और नवोदय ने जब मौक़ा दिया तो क्यों ना बोलें हिंदी। इसलिए राजू ने नवोदय प्रवेश के साथ ही स्वयं को हिंदी के माहौल में ढालना शुरू कर दिया था।

सब्जेक्ट सलेक्शन के कंफ्यूकन से तो निजात मिल गई पर नवोदय में किस्सों से निजात नहीं मिल सकती। हर पल नया किस्सा जन्म लेता है यहाँ। कुछ दोस्तों ने तो वर्ष के बीच में ही अपना सब्जेक्ट बदल लिया क्योंकि साइंस उन्हें समझ नहीं आ रहा था तो उन्होंने आर्ट्स या कॉमर्स को चुन लिया था।

राजू और उसकी विंग के साथियों हवलदार, फकीरा आदि ने ठान लिया था कि कुछ भी हो जाए, अब हम सब्जेक्ट चेंज नहीं कर सकते। बायोलॉजी और मैथ्स को साथ पढ़ने में बड़ी मेहनत होती थी। कभी इस क्लास में तो कभी उस क्लास में घूम-घूम कर क्लासेज लेनी पड़ती थी। घुमंतू सा जीवन हो गया था उनका, परन्तु फिर भी खुश थे सभी दोस्त क्योंकि सभी साथ थे।

जब तक ये जीवन का सफर चलता रहेगा, नवोदय और नवोदयन का साथ बना रहेगा और बने रहेंगे नवोदयन के अपने किस्से जिन्हें राजू जैसे अनेक नवोदयन अपनी यादों के गुल्लक में सजा लेंगे और तोड़कर गुल्लक एकांत में.... स्वयं को पहुंचा देंगे जीवन के सबसे हसीं सफर पर। जहाँ होंगे दोस्त और होगी दोस्ती.... जहाँ मिलेगा पहला प्यार.... जहाँ होंगे अनेक किस्से जो अब तक बंद थे यादों के गुल्लक में...

याद करके उन किस्सों को... फिर से चले जायेंगे नवोदय और कहलायेंगे "नवोदयन"....।

साथ और सहयोग

भारतीय संस्कृति "वासुदेव कुटुंबकम" से शुरू होती है और यही मन्त्र भारतीयता का प्रतीक भी है।

साथ और सहयोग के बिना संयुक्त परिवार की कल्पना बेमानी है और संयुक्त परिवार वाली संस्कृति के बिना भारतीय संस्कृति के बारे में बात करने का कोई औचित्य नहीं।

संयुक्त परिवार में भाइयों के प्रेम का विशेष महत्त्व रहा है और इनका आपसी समर्पण ही संयुक्त परिवार की आधारशिला हुआ करता है। ऐसा ही प्रेम तो नवोदय परिवार के लाखों भाई-बहन इक दूजे से करते हैं, तभी तो नवोदय को तुलना 'मिनी इण्डिया' से की जा सकती है।

जिस प्रकार हमारे बुजुर्गों ने अपने भाई, बहन, माँ-बाप आदि को भार नहीं माना और विपरीत परिस्थितियों में भी डटकर खड़े रहे, उसी प्रकार आज नवोदयन भी खड़े हैं एक-दूसरे के लिए उसी समर्पण और सहयोग की भावना के साथ। तभी तो वर्षों से चली आ रही भारतीय संस्कृति आज भी उसी रफ़्तार से आगे बढ़ रही है।

सहयोग और साथ में नवोदयन को कोई पीछे नहीं छोड़ सकता। अगर समाज में कोई गिर जाए तो उसे उठा लेना, थक जाने पर उसकी मदद करना और अगर वह कमजोर है तो उसे सहारा देना, अगर वह गलती करता है तो उसे माफ कर देना और अगर दुनिया उसे छोड़ देती है, तो उसे अपने कंधों पर ले लेना, यही तो परम्परा है नवोदयन की, जो उन्होंने सीखी है नवोदय परिवार से।

राजू और उसके सभी नवोदयन दोस्तों ने मस्ती के साथ इन गुणों को अपने जीवन का एक हिस्सा बना लिया था। एक-दूसरे का सहारा बनकर खड़े हो जाना उन्हें अब अच्छा लगने लगा था।

आज रविवार का दिन था, सबको पता क्या... पूरा विश्वास भी था कि कुंदन की दादी जी आज भी कुंदन से मिलने आएँगी। कुंदन ने अपने बेड को साफ़ कर लिया

था, नई बेडशीट बिछा दी और बुक्स को सलीके से रख दिया। एक बुक खोल कर बेड पर भी रख ली ताकि दादी को लगे कि वह पढ़ रहा था। हर रविवार की तरह इस बार भी विंग में उसने सभी को हिदायद दे दी थी कि जब तक दादी हॉस्टल रहेंगी कोई भी उसके बेड के आसपास भी नहीं आएगा, स्पेशली "फकीरा" की तरफ देखकर उसने कहा, "भाई तेरे पेरेंट्स भी आने वाले हैं तो मेरे बेड को खराब करने की सोचना भी मत, नहीं तो मैं तेरे बेड को पूरी तरह से खराब कर दूंगा।"

आदित्य ने उसे आश्वस्त किया कि वह बेड खराब नहीं करेगा परन्तु उसके दिमाग में तो कुछ और ही चल रहा था।

जैसे ही कुंदन दादी को देखने विंग से बाहर निकला, आदित्य ने कुछ बुक्स उसके बेड पर बिखेर दी और बेडशीट भी गद्दे से हटा दी।

जैसे ही कुंदन वापस विंग में आया, अपने बेड की हालत देखकर अपना सर पकड़कर बैठ गया। वह समझ चुका था कि यहाँ जितना मना करेंगे, उतना ही ये लोग बदमाशी करेंगे इसलिए इन्हें कुछ कहने की जरुरत नहीं है।

बेड को पुनः व्यवस्थित करके कुछ समय के लिए कुंदन विंग से बाहर निकल गया। तभी कोई लड़का भागता हुआ विंग में आया, "कुंदन भैया कहाँ हैं?"

राजू ने पूछा, "क्या हुआ? इतना परेशान क्यों दिख रहा है? सबकुछ ठीक है ना! वार्डन तो नहीं आ रहे?"

वह बोला, "भैया! वार्डन नहीं, कुंदन भैया की दादी का एक्सीडेंट हो गया है!"

राजू ने उस लड़के से जगह पूछी कि कहाँ हुआ है एक्सीडेंट और दौड़ पड़ा उस ओर, आदित्य और किशन भी राजू के पीछे दौड़ पड़े।

भागते-भागते उसने लड़के से कहा कि कुंदन को खोजकर तू भेज देना, हम वहीं मिलेंगे।

जब राजू अपने दोस्तों के साथ दादीजी के पास पहुंचा तो कुछ नवोदयन ने उन्हें सहारा देकर बैठा दिया था, कोई उन्हें पानी पिला रहा था तो कोई उनके हवा कर रहा था।

साथ और सहयोग

दादी के एक पैर की हड्डी टूट गई थी और वे बार-बार कुंदन को बुलाने की बोल रही थीं।

राजू, आदित्य और किशन के पीछे-पीछे ही कुंदन भी भागते हुए पहुँच गया था दादी के पास। दादी की हालत देखकर कुंदन की आँखों में आंसू आ गए, सभी ने कुंदन को समझाया और तुरंत दादीजी को ऑटो में बिठाकर ले चले हॉस्पिटल। जब तक दादीजी के पैर में प्लास्टर नहीं बंध गया, सभी दोस्त वहीं कुंदन के साथ ही खड़े रहे हॉस्पिटल में।

इस इंसिडेंट के बाद कुछ महीनों तक दादीजी का नवोदय में आना नहीं हुआ तो सभी दोस्तों को उनकी कमी बहुत खल रही थी क्योंकि जब भी कुंदन की दादी नवोदय आती तो वो अपने साथ सभी के लिए कुछ न कुछ लेकर आती थीं, जैसे ही रविवार आता सभी की निगाहें इन्तजार करती दादीजी का।

दो-तीन महीने बाद दादी ठीक होकर जैसे ही कुंदन से मिलने नवोदय आई, विंग में सभी बच्चों ने उन्हें घेर लिया। इतना प्यार पाकर बच्चे और दादी दोनों ही अभिभूत थे।

यही तो नवोदय परिवार का आपसी साथ और सहयोग होता है। जो हर परिस्थिति में भी दोस्तों के साथ खड़े रहते हैं, वही तो नवोदयन कहलाते हैं।

नवोदय वाला प्यार

प्यार की कोई उम्र नहीं होती और प्यार करने वालों के लिए कोई सीमाएं भी नहीं। प्यार कहीं भी, किसी को भी और किसी से भी हो सकता है।

आज मानव जाति केवल प्रेमियों के कारण ही बची हुई है। प्रेम की अनेक परिभाषाएं हो सकती हैं जो कि समय-समय पर बुद्धिजीवी प्रेमियों ने संसार के सामने रखी हैं। "प्यार" इंसान को ज्यादा समझदार, सहनशील, विनम्र और दयालु बना देता है। "प्यार" ज़िन्दगी को एक नयापन और ताज़गी प्रदान करता है। "प्यार" से जीवन में रस और रोमांस भर जाता है। जब आप प्यार में होते हैं तो आपको हर चीज़ अच्छी और सकारात्मक लगने लगती है।

यह किस्सा है स्कूल के दिनों में होनी वाले प्रेम का, जो कि शायद सभी नवोदयन के जीवन का **"पहला प्यार"** होगा। वैसे तो बच्चों का पहला प्यार तो **"माँ"** होती है परन्तु युवावस्था के पहले प्यार की बात करें जो होता है किसी सहपाठी के साथ या किसी सीनियर का जूनियर के साथ।

स्कूल में अधिकतर प्यार "एक तरफ़ा" ही होता है और प्यार की शुरुआत लड़कों की तरफ से ही होती है और सबसे महत्त्वपूर्ण कि अधिकतर सीनियर को प्यार अपने से जूनियर कक्षा में पढ़ने वाली लड़की से ही होता है मतलब "सीनियर और जूनियर का प्यार।"

अब ये पहला प्यार सही में प्यार होता है या शारीरिक आकर्षण, कहना थोड़ा मुश्किल है क्योंकि नवोदयन का पहला प्यार कभी-कभी आखिरी प्यार बनकर शादी के बन्धनों तक भी पहुँच जाता है तो कभी दिन-प्रतिदिन बदलता रहता है।

लाइब्रेरी में छुप-छुपकर कनखियों से देखना, हैंडपंप पर देर तक थाली साफ़ करना या सुबह देर तक हेंडपम्प पर नहाना, यही सब तो करते थे नवोदय में सीनियर भैया

ताकि "अपनी वाली" महबूबा का दीदार हो जाये। कभी-कभी तो मैस को भी प्यार के मैदान के रूप में इस्तेमाल कर लिया जाता था और कभी सही में खेल का मैदान प्यार की पींगे हांकने का स्थान बन जाता था।

नवोदय में पढ़ने वाले सभी बच्चे मिडिल क्लास के तो होते ही हैं, ये अपना प्यार ज़ाहिर करने के लिए अपनी गर्लफ्रेंड को ताजमहल या नैनीताल घुमाने तो नहीं ले जा सकते, बस दे पाते हैं तो "कागज़ का एक छोटा सा टुकड़ा जिसे "लव लेटर" का नाम दे सकते हैं और उसमें लिखी होती हैं तारे तोड़ कर लाने वाली शायरियां!"

उनके लव लेटर्स केवल शायरियों से भरे होते हैं, जिनमें महबूबा के लिए चाँद-तारों को तोड़ लाने की हिम्मत होती थी। सच्चे आशिक कभी-कभी इमोशनल हो जाने पर नादानियाँ भी कर बैठते थे और खून से लव लेटर लिखने की जुर्रत कर जाते थे जैसे किशन कर बैठा। परन्तु प्यार अगर एक तरफ़ा हो तो प्रेमी को तैयार रहना होता था वार्डन के सामने उपस्थित होने के लिए क्योंकि बात वहां तक तो पहुंचनी होती थी और उनका भी निश्चित था कि इस प्रकार के मसलों को किस प्रकार की पिटाई से हल करना है।

यह किस्सा शुरू होता है नवोदय की उसी "रेमेडियल क्लास" से जो शाम को चार से पांच बजे तक होती थी। किशनया को एक तरफा प्यार हो गया था अपने से जूनियर क्लास में पढ़ने वाली "संजू" से। किशन के अनुसार यह पहली नजर वाला प्यार था।

राजू देख रहा था कि किशनया का हाल भी उनकी विंग के सीनियर भइया जैसा होने लगा था, तीन साल पहले जब ग्यारहवीं में पढ़ने वाले भैया को आठवीं में पढ़ने वाली किसी लड़की से प्यार हो गया था।

राजू को किशन के लक्षण कुछ ठीक नहीं लगे तो उसने उसे समझाने की कोशिश की परन्तु नए-नए प्यार में पागल हुए प्रेमी को अपने ही दोस्त उस समय दुश्मन लगने लगते हैं, वो सोचने लगते हैं कि कोई लड़की इससे नहीं "पटी" तभी तो यह आज यहाँ बैठकर प्रवचन दे रहा है!

जब किशन ने उसकी एक ना सुनी तो राजू भी अपना सा मुंह लेकर वापस आ गया। उसे पता था कि बहुत जल्दी जब प्यार का बुखार उतरेगा तो अपने आप "ऊंट पहाड़ के नीचे" आ ही जायेगा। तब इससे बात करेंगे, अभी बात करने का कोई फायदा नहीं।

तीन साल पहले जब सीनियर भैया को प्यार हुआ तो वे बैठ जाते थे बेड पर और सब जूनियर्स को बिठा लेते थे सामने। फिर शुरू होता था जिक्र उनके वाली प्रेमिका का, अरे आज उसने मुझे देखा.... आज मैंने उससे बात की.... आज उसकी दोस्त ने इशारा किया..... बला-बला... पता नहीं क्या-क्या!!!!

राजू, किशन के प्यार को भैया के प्यार से तुलना कर पा रहा था और समझ रहा था कि किशनया का प्यार नया-नया है। अभी कुछ दिन तो ये ऐसे ही परेशान करेगा। लेकिन वक्त आने पर संभल जाएगा, अभी तो जीने दो इसे अपनी जिंदगी।

आज फिर किशन राजू के पास अपनी मदद के लिए आया है।

किशन, "यार राजू कुछ करो न यार!"

राजू किशन के मजे लेते हुए, "क्या करूँ?"

किशन, "भाई यार, क्यों मजे ले रहा है... कुछ तो इंतजाम करो, जिससे तेरी होने वाली भाभी को मेरे प्यार का अहसास हो जाये।"

राजू, "भाई मेरी कोई भाभी नहीं है और मुझे कोई अनुभव भी नहीं है प्यार-व्यार का।"

किशन, "अरे तू नहीं हेल्प करेगा तो फिर कौन करेगा?"

राजू, "भाई फकीरा है, सुरेश है, मुकेश है और रामधन भी तो है ... ये एक्सपीरियंस वाले लोग हैं.... जा न इनसे हेल्प ले ले... और मुझे माफ़ कर।"

किशन, "बस यही दोस्ती!"

राजू, "क्यों हाथ धोकर पीछे पड़ा है, बता क्या करना है।"

किशन, "यार उसकी क्लास में अपने गाँव की लड़कियां हैं, उनसे कुछ हेल्प मांग ना... और तू होगा तो किसी को शक भी नहीं होगा।"

राजू, "भाई मुझे तो तू माफ़ ही कर दे.... अपने गाँव की लड़कियां... मुझे मत फंसा यार, ये मेरे से नहीं हो पायेगा।"

किशन, "भाई प्लीज! तुझे हमारी दोस्ती की कसम!"

राजू कुछ देर सोचकर बोला, "देखता हूँ.... करता हूँ कुछ।"

किशन, "थैंक्स भाई... मुझे पता था तू जरूर मेरी हेल्प करेगा।"

दूसरे दिन स्कूल में राजू और किशन आठवीं कक्षा के सामने चक्कर काट रहे थे। आठवीं में शायद कोई टीचर नहीं था तो बच्चे अंदर-बाहर भाग रहे थे.... लड़कियां भी अपने में खेलने में मस्त थीं....।

राजू ने जैसे ही कक्षा में अंदर झांक कर देखा, पूरी कक्षा में एकदम सन्नाटा पसर गया.... सबको लगा होगा कि ग्यारहवीं के भैया क्यों क्लास आये हैं?

राजू ने पीछे मुड़कर देखा तो किशन वहां से भाग चुका था।

राजू आज पहली बार किसी कक्षा में ऐसे आया था, उसको समझ नहीं आया कि क्या कहूं.... किससे क्या बात करूँ... मन में आज एक चोर जो था, मुंह से शब्द भी बाहर नहीं आ रहे थे।

जिसके काम से आया था, वह तो भाग गया अब क्या होगा... हाथ में "ग्रीटिंग कार्ड-लव लेटर" था जो किशन ने पकड़ाया था...।

तभी भागचंद भागता हुआ आया, "भैया क्या हुआ?"

भागचंद को देखते ही राजू को होश आया, "कुछ नहीं!" राजू ने कहा.... "मैं तो ऐसे ही तुमसे मिलने आ गया... और पढाई कैसी चल रही है....?"

भागचंद, "बढ़िया भैया, आपके हाथ में क्या है?"

राजू, "अरे कुछ नहीं, आज किशन का जन्मदिन है तो उसके लिए कार्ड है.... चल.. मैं चलता हूँ।"

भागचंद, "ठीक भैया।"

राजू गोली की रफ़्तार से आठवीं कक्षा से बाहर निकला... उसे आज समझ आ गया कि दूसरे की प्रॉब्लम में अपनी टांग नहीं लगानी चाहिए नहीं तो खुद प्रॉब्लम में फंस जाओगे और विशेषकर इन प्यार-व्यार के लफड़ों से तो खुद को दूर ही रखना चाहिए जब तक कि खुद प्यार में न फंसो।

कुछ दिनों तक किशन का एकतरफा प्यार ऐसे ही चलता रहा.... हॉस्टल की विंग हो.... मैस हो... मैदान हो या स्कूल.... वह आशिक बन घूमता रहा... कभी 'देवदास' के शाहरुख़ खान तो कभी 'तेरे नाम' वाले सलमान खान के जैसे।

एक दिन किशन ने अपनी प्रेमिका को उसी की क्लास के लड़के के साथ हाथ में हाथ डाले घूमते देख लिया... उसके बाद दो-तीन दिन तक तो किशन ने खाना-पीना भी छोड़ दिया। परन्तु ये नवोदय का पहला प्यार था, कुछ ही दिनों में किशन को फिर से पहला प्यार होने वाला था, जैसे सभी को हो जाता है।

"भाभी होगी तेरी"

सोमवार से शनिवार तक जो लड़कियां स्कूल ड्रेस पहन कर आती थीं तो लगता था जैसे इनसे सीधी तो कोई लड़की नहीं हो सकती परन्तु जब रविवार के दिन उनकी कायापलट होती और जींस टीशर्ट में मॉडर्न लुक में आती तो लड़के देखते रह जाते थे। लड़कों के दिल से आहें निकलती और सोचते कि "एक दिन में ये कैसा परिवर्तन?"

राजू की क्लास में भी कुछ दस से पंद्रह लड़कियां थीं और सभी एक से बढ़कर एक... "मैं" सुंदरता की बात नहीं कर रहा (वो तो वे थी हीं, तभी तो सीनियर भैया भी आ जाया करते थे ताड़ने उन्हें और राजू की क्लास के आशिक रह जाते थे मन मसोसकर)। "मैं" यहाँ बात कर रहा हूँ उनके attitude की... किसी को घास तक नहीं डालती थी यार!!

तभी तो क्लास में लड़कों ने उनके अनेकों निकनेम निकाल दिए थे, परन्तु कभी कभी ऐसा भी प्रतीत होता था कि गर्ल्स को अपनी उम्र से अधिक उम्र के लड़के या टीचर शायद ज्यादा पसंद आते थे।

जूनियर लड़कियां तो अपनी क्लास की लड़कियों से हमेशा ही सुन्दर होती हैं, सभी नवोदयन को ऐसा ही लगता है तभी तो मौका मिलते ही चक्कर लगा आते थे जूनियर क्लास के।

सांस्कृतिक कार्यक्रम में तो गर्ल्स इतनी सुन्दर दिखाई पड़ती थीं कि "हिरोइंस" भी फ़ेल हो जाएँ उनके सामने और सबसे महत्त्वपूर्ण प्यार में पगलाए आशिक को तो "अपने वाली" सभी से सुन्दर और सुशील तो लगनी ही है। तभी तो प्यार में हारा हुआ किशन अब तक नहीं भूल पा रहा था "अपने वाली" को।

नवोदय में बॉयज को इन्तजार होता था "क्लस्टर गेम्स" का और उसमें भी सबसे ज्यादा इन्तजार होता था गेम्स के लिए आने वाली लड़कियों का। उनको खेलते

हुए देखकर एक-दो दिन तो वह बन्दा भी ग्राउंड में दिखाई दे जाता था जिसने कभी मॉर्निंग पी. टी. तो क्या, गेम्स के समय भी ग्राउंड को अपना मुंह नहीं दिखाया। इतना प्रोत्साहन मिलता था क्लस्टर गेम्स में कि मुर्दे भी चल उठते थे।

खैर किशन की उम्मीदें क्या टूटी, वह तो प्यार में पागल हुए सांड की तरह घूमने लगा।

एक दिन ऐसे ही हवलदार ने किशन को छेड़ दिया।

हवलदार, "और किशन आजकल क्रीम और पाउडर लगाकर नहीं जा रहा स्कूल।"

पास में बैठा राजू और सामने के बेड पर बैठा फकीरा, हवलदार की बात सुनते ही मंद-मंद मुस्कुराने लगे।

किशन ने तीनों को मुस्कुराते देखा और हवलदार की तरफ गुस्से से देखते हुए बोला, "हवलदार साब आप अपने काम से काम रखो।"

हवलदार, "अरे किश्नया नाराज मत हो, तू तो भाई है हमारा।"

किशन, "वह तो मैंने देख लिया इन दिनों!"

तभी राजू बीच में बोल पड़ा, "अरे किशन सुना है, आजकल निशाना कहीं ओर है तुम्हारा!"

किशन, "राज्या! तुझे बीच में पड़ने की जरुरत नहीं है।"

राजू, "अरे तो भाई! आजकल वो पहले वाली तो भाभी बन गई होगी न तुम्हारी!"

किशन राजू की बात सुनकर जल भून गया, उसे बिल्कुल नहीं समझ आ रहा था कि आज इन तीनों को क्या जवाब दिया जाए।

किशन तमतमाता हुआ विंग से बाहर निकलते हुए बोला, "भाभी होगी तुम्हारी!"

विंग में तीनों एक-दूसरे का चेहरा देखकर हंस रहे थे, उन्हें समझ आ गया था कि किशन के दिल से प्यार का भूत अभी पूरी तरह से उतरा नहीं है।

नवोदय का पहला प्यार था, इतना जल्दी इसका रंग नहीं उतरने वाला। प्यार आज भी ज़िंदा है किशन के दिल में किस्से बनकर.... नवोदय के किस्से।

आवश्यकता ही आविष्कार की जननी

अनेक कलाओं की तरह ही खाना बनाना भी एक कला है और कोरोना महामारी के बाद तो ये बात हर युवा को, हर परिवार को समझ आ गई कि बच्चों को खाना बनाना सीखना चाहिए क्योंकि कोई भी कला बेकार नहीं होती है। समय कब किसको कैसा दिन दिखलाता है, यह कोई नहीं जानता है।

मैस में खाने के बजाय स्वयं बनाकर खाने पर जो संतुष्टि मिलती थी, उसे आज की पीढ़ी शायद न समझ पाये। कारण, उन दिनों खाने की होम डिलीवरी जैसी सुविधाएं नहीं थी और न ही आज की तरह गली-गली में फूड शॉप्स और हॉस्टल में तो मैस के खाने के अलावा कोई ऑप्शन भी तो नहीं था।

हॉस्टल में वार्डन की परमिशन के बिना, चोरी-चोरी, इलेक्ट्रिक हीटर पर, सरसों के तेल से खाना बनाना तो केवल नवोदयन ही कर सकते थे।

जैसे ही राजू ने ग्यारहवीं में कदम रखा, एक बार पुनः वह अपने माइग्रेशन के दिनों में लौट आया परन्तु अब स्थिति कुछ बदली हुई थी। बारहवीं के सीनियर हॉस्टल की जिम्मेदारी या दादागिरी छोड़ने को तैयार नहीं थे और राजू एवं उसके मित्र हॉस्टल की जिम्मेदारी लेने को तैयार खड़े थे।

हॉस्टल की जिम्मेदारी एक प्रकार से हॉस्टल में दादागिरी लेकर आती है। हर नवोदय में ऐसा ही माहौल होता है परन्तु कुछ दिनों की लड़ाई के पश्चात बारहवीं के सीनियर को समझ आ जाता है कि अब हॉस्टल की जिम्मेदारी छोड़ने का वक्त आ गया है और उसी के साथ जिम्मेदारी आ जाती है ग्यारहवीं के बच्चों के पास। जैसे सूर्योदय होता है नई शक्ति का, उसी प्रकार नए जोश से लबरेज ये बच्चे कुछ नया करने की सोच के साथ आगे बढ़ते हैं।

हॉस्टल की जिम्मेदारी का मतलब है, पूरे महीने का राशन (साबुन, सरसों का तेल आदि) स्टोर से इशू करवाकर हॉस्टल में बांटना, हॉस्टल में साफ-सफाई का ध्यान रखना। टाइम पर मॉर्निंग P.T. और स्कूल पहुँचना आदि।

सबसे महत्त्वपूर्ण होता है राशन लाकर उसे बांटना।

ग्यारहवीं में मित्र भी थोड़े बदल से जाते हैं। सब्जेक्ट के हिसाब से भी नए दोस्त बन जाते हैं और दूसरे नवोदय से भी बच्चे किसी विशेष सब्जेक्ट में एडमिशन लेकर आते हैं, जैसे राजू के नवोदय में कॉमर्स में एडमिशन के लिए नागौर नवोदय से बच्चे आये हैं।

कुंदन (हवलदार), आदित्य (फकीरा), किशन, बना, पवन, प्रभु, आरपी आदि ने मिलकर अब भगत सिंह हॉस्टल की जिम्मेदारी संभाल ली थी।

हॉस्टल के प्रत्येक बच्चे के लिए 100 ml सरसों का तेल (हेयर आयल) प्रति माह मिलता था परन्तु सीनियर केवल 50 ml ही बच्चों को इशू करते थे, बाकि बचा हुआ तेल रह जाता था ग्यारहवीं के सीनियर के पास।

फिर वही सरसों का तेल "हलुआ" बनाने के उपयोग में आता था। हलुए के लिए शक्कर और आटा मैस से ले आते थे। अब राजू और उसके दोस्तों को मैस में भी बेरोकटोक आने-जाने की परिमशन मिल ही गई थी।

शाम होते ही राजू शुरू हो जाता हीटर पर बनाने "सरसों के तेल का हलुआ।" हर बच्चे के बचपन का एक नाटक होता है "कुकिंग-कुकिंग" खेलना, ग्रामीण बच्चे अपनी "मां" को चूल्हे पर खाना पकाते देख सीखते हैं इस खेल को। बच्चे छोटे बर्तन में खाना बनाने का नाटक करते हैं। यहीं से मन ही मन बचपन स्वयं को खाना बनाने के लिए तैयार करता है।

हॉस्टल के कम संसाधनों में भी जब राजू खाना बनाता तो उसे अपने बचपन के यही दिन याद आ जाते थे और वह पूरे मन से हीटर पर हलुआ बनाता।

हलुए का स्वाद ऐसा कि गरम-गरम हलुआ पांच मिनट से ज्यादा देर नहीं बचता था। सभी दोस्त मिलकर चट कर जाते थे।

आवश्यकता ही आविष्कार की जननी

आवश्यकता ही आविष्कार की जननी होती है। जब सर पर पड़ती है तो व्यक्ति प्रयास करता है और धीरे-धीरे भोजन बनाने में भी प्रवीणता प्राप्त हो जाती है। अपने गुजारे के लिए प्रत्येक व्यक्ति भोजन बनाना बड़ी सरलता से सीख सकता है। नवोदयन ने भी अपने गुजारे के लिए हॉस्टल में खाना बनाना सीखा जो आज तक उनके काम आता है और नवोदय परिवार के इस अहसान को वे जीवन भर नहीं भूल सकते।

नवोदय के युवा बच्चे जब छुप-छुपकर खाना पकाने के कौशल हासिल करते हैं, तो वे अधिक स्वतंत्र और जिम्मेदार वयस्क बन जाते हैं।

सब्जी में "तरी"

जिंदगी में एक बार सभी को हॉस्टल लाइफ जरूर जीनी चाहिए। ये "स्टेटमेंट" किसी महापुरुष का नहीं बल्कि नवोदय हॉस्टल से निकलने वाले "नवोदयन" का होता है।

नवोदय में एडमिशन के बाद शुरुआत में मैस के खाने को लेकर स्टूडेंट के अपने नखरे होते हैं। शुरुआत में तो राजू को भी मैस का खाना अच्छा नहीं लग रहा था पर अब तो वह सीनियर क्लासेज में आ गया था तो मैस के खाने को लेकर होने वाले नखरे भी कब हवा हो गए, पता भी नहीं चला।

500 बच्चों का खाना बनाना अपने आप में एक कला से बढ़कर है और इस काम को सही से करने के लिए नवोदय के मैस में बहुत से लोग कार्यरत हैं जोकि पूरी तरह से पारंगत होते हैं अपने काम में। बच्चों के लिए समय पर खाना बनाना और खाने की मात्रा के साथ-साथ क्वालिटी बनाये रखना बहुत जरुरी था, तभी बच्चे खेल या पढ़ाई में अपना ध्यान केंद्रित कर पाते थे।

नवोदय में मैस के दो पार्ट होते थे, एक पारी में एक तरफ लड़कियां और दूसरी तरफ लड़के भोजन करते थे तो दूसरी पारी में दोनों तरफ बॉयज हॉस्टल के लड़के ही भोजन किया करते थे। जिस तरफ भी लड़कियां भोजन करती, वहां बॉयज पहले से लाइन बनाकर तैयार हो जाते थे मैस के बाहर।

नवोदय की सब्जी में सबसे महत्त्वपूर्ण बात होती थी, "आलू" जो कि हर सब्जी में डाल ही दिए जाते थे। उसके बाद कोई बहुत जरुरी चीज थी तो वह थी "सब्जी में तरी"!

सब्ज़ी में "तरी"

सब्जी में तेल की हल्की सी जो परत होती है, वही तो होती है "तरी", आजकल तो खाने के तेल को लेकर अनेक जटिलताएं जीवन में आ गई हैं पर उस समय ऐसा कुछ भी नहीं था।

नवोदय में यह "तरी" हर किसी को नसीब नहीं होती। यह नसीब होती है केवल दबंगई करने वाले लड़कों को। जो लड़-भिड़ जाते थे किसी से भी इस "तरी" के लिए।

अब आप सब सोच रहे होंगे कि इस "तरी" में ऐसा क्या था जो सभी बच्चे इसके लिए मरे जा रहे थे?

क्या होता था न कि "तरी" में जब नवोदय की चपातियों को थाली में चूर कर खाते थे तो नवोदयन को अलग ही अहसास होता था और पेट भी उसी से भरता था।

इस "तरी" के लिए न जाने कितने ही नवोदयन आपस में लड़-भिड़ गए और न जाने कितने ही गूढ़ दोस्त बन गए। "तरी" एक प्रकार का नशा था।

राजू को सब्जी की इस "तरी" से ज्यादा लगाव तो नहीं था पर जब से नवोदय में मैस की जिम्मेदारी संभाली थी तब से उसे भी "तरी" की आदत सी लग गई।

ग्यारहवीं में राजू ने नियम सा बना लिया कि लंच सब बच्चों के आने के आधा घंटा पहले मैस में पीछे जाकर ही कर लेना है ताकि "तरी" आराम से मिल जाए।

थाली में चपातियों को चूरकर "तरी" में मिलाकर निकल पड़ते थे मैस के पास वाली पानी की टंकी के नीचे। एक ही थाली में सभी दोस्त मिलकर खा लेते थे ताकि थाली धोने की चिंता भी न रहे।

"तरी" के साथ भोजन करने बस से राजू और उसके दोस्तों में दबंगई जैसी फीलिंग आने लगी थी।

नादानी

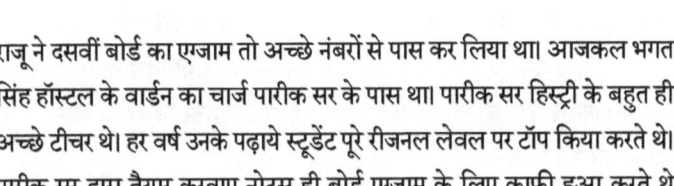

राजू ने दसवीं बोर्ड का एग्जाम तो अच्छे नंबरों से पास कर लिया था। आजकल भगत सिंह हॉस्टल के वार्डन का चार्ज पारीक सर के पास था। पारीक सर हिस्ट्री के बहुत ही अच्छे टीचर थे। हर वर्ष उनके पढ़ाये स्टूडेंट पूरे रीजनल लेवल पर टॉप किया करते थे। पारीक सर द्वारा तैयार करवाए नोट्स ही बोर्ड एग्जाम के लिए काफी हुआ करते थे और हिस्ट्री की किताब पढ़ने की जरूरत ही नहीं हुआ करती थी।

पारीक सर जितने खुशमिजाज इंसान थे, उतने ही दिलफेंक भी। आजकल उनका चक्कर हिंदी की मैडम के साथ चल रहा था, जैसा स्टूडेंट बातें किया करते थे। दोनों को स्कूल के समय भी प्यार की पींगे भिड़ाते देखा जा सकता था तो स्कूल के बाद भी पारीक सर का ध्यान हॉस्टल के बच्चों की तरफ कम और मैडम की तरफ ज्यादा होता था।

हॉस्टल के बच्चों को अधिकतर समय पारीक सर अपने क्वार्टर में नहीं मिलकर मैडम के घर ही मिला करते थे इसलिए राजू और उसके ग्यारहवीं के दोस्तों ने तो आजकल मैडम के घर जाकर ही हॉस्टल से बाहर जाने की परमिशन लेना शुरू कर दिया था।

एक दिन शाम को पारीक सर हॉस्टल आये और राजू से कहा, "कुछ देर बाद मैडम के घर आ जाना, कुछ काम है।"

राजू ने भी सर की बात मान ली और कुछ समय बाद मैडम के घर पहुँच गया।

पारीक सर और मैडम हॉल में ही बैठे थे और कुछ कॉपियों (एग्जाम) के बण्डल वहीं सेंटर टेबल पर पड़े थे।

पारीक सर ने राजू को बोला कि ये राजस्थान बोर्ड दसवीं की उत्तरपुस्तिकाएं हैं, मैडम ने सारी जांच ली हैं, बस प्राप्तांकों को जोड़ना है, तो इन्हें हॉस्टल में ले जाओ और एक-दो दिन में प्राप्तांकों को जोड़कर उत्तरपुस्तिकाएं वापस मैडम को दे जाना।

नादानी

राजू ने सर की बार को स्वीकारते हुए सारे बण्डल अपने हाथों में उठा लिए और आ गया हॉस्टल!

एक-दो उत्तर पुस्तिकाओं में नंबरों की टोटलिंग करने के बाद राजू को कुछ मजा नहीं आया तो उसने भी हरे रंग का एक पेन लेकर उत्तरपुस्तिकाओं को वापस चेक करना (जांचना) और फिर से नंबर देना शुरू कर दिया। इसी प्रकार सभी उत्तर पुस्तिकाओं में उसने एडिशनल मार्क्स दे दिए जिससे कोई भी विद्यार्थी फ़ेल नहीं हो रहा था। फिर सारे नंबरों की टोटलिंग करके तीसरे दिन उत्तरपुस्तिकाएं मैडम के घर पहुंचा कर आ गया।

मैडम ने उत्तरपुस्तिकाओं को बोर्ड के पास वापस भेजने से पहले एक नजर "मार्क्स" पर मार ली। उन्होंने राजू की कारस्तानी पकड़ ली, मार्क्स देखकर उन्हें समझ आ गया कि "लड़कों ने सभी उत्तरपुस्तिकाओं में मार्क्स बढ़ा दिए हैं। अब तो कुछ हो भी नहीं सकता था परन्तु मैडम ने पारीक सर से शिकायत कर दी जिससे पारीक सर कुछ दिनों के लिए राजू से नाराज रहे परन्तु जिस प्रकार का उनका व्यवहार था, वे ज्यादा दिनों तक स्टूडेंट्स से नाराज नहीं रह सकते थे।

खुद के लिए लड़ते-लड़ते कब दूसरों के बारे में सोचने लगे, पता ही नहीं चलता। राजू ने बचपने में उत्तरपुस्तिकाओं में मार्क्स बदलकर गलत तो किया था परन्तु उसकी उस समय की सोच थी कि मैं कैसे भी करके किसी का भला अगर कर पाऊं, कुछ नंबर देकर किसी को पास कर पाऊं तो शायद किसी अनजाने का भला हो जायेगा। सोच तो अच्छी थी, फिर किसे पता मैडम ने उन उत्तरपुस्तिकाओं को सही से चेक किया भी या नहीं, हो सकता है राजू ने मैडम की भूल को ही सुधारा हो!

हर नवोदयन के जीवन का सबसे सुनहरा और यादगार समय होता है नवोदय लाइफ। राजू के लिए भी यह एक यादगार सफर था जिस पर अब वह पूरी ऊर्जा से दौड़ रहा था। पूरे स्कूल के टीचर्स और बच्चों की जुबान पर उसका नाम होता, चाहे खेल हो या हो पढ़ाई।

जोश में भी होश न खोने वाले होते हैं नवोदयन। जमीं से जिनका जुड़ाव कभी ख़त्म नहीं होता, वही कहलाते हैं नवोदयन।

तेल से स्नान

आज तक तो हैंडपम्प पर या बाथरूम में पानी से स्नान की बात ही सुनी थी और स्वयं ने वही तो अब तक किया था "पानी से स्नान।" अब तेल से कोई क्यों स्नान करने लगा? ये नवोदयन भी पता नहीं कहाँ से क्या सोच कर ले आते हैं और अपनी सोच को धरातल पर उतारने से बिल्कुल नहीं घबराते।

हर किस्से की अपनी एक शुरआत है पर अंत का कोई पता नहीं क्योंकि कब कौन सा किस्सा कहाँ खुल जाए, कोई पता नहीं?

इस किस्से की शुरुआत होती है सुभाष हॉस्टल से। प्रभु दयाल और मुकेश आज ही महीने का राशन, जिसमें पूरे हॉस्टल के बच्चों के लिए हेयर ऑयल (सरसों का तेल) भी "इशू" करवाकर लाये हैं। नवोदय में एक हॉस्टल में 80 बच्चों के लिए कोई 8 लीटर के आस-पास महीने में हेयर ऑयल मिलता था तो उसे बाल्टी में इशू करवाकर लाया जाता था। बाल्टी! वही जो सुबह-सुबह बाथरूम की लाइन में लगी रहती थी।

आज सुभाष हॉस्टल की विंग में जहाँ प्रभु और मुकेश रहते थे, पूरी बाल्टी तेल से भरी हुई है।

राजू और किशन किसी काम से वहीं बैठे हैं और महीने के राशन पर ही चर्चा चल रही है। तभी बारहवीं के एक सीनियर भैया आते हैं और हेयर ऑयल इशू करने को बोलते हैं।

प्रभु, "भैया अभी टाइम नहीं है, आप शाम को आइयेगा, तभी हम इशू करेंगे।"

प्रभु की बात सुनकर भैया नाराज हो गए और कहने लगे "तुम्हारे पास ही तेल देखा है क्या? अभी इशू करना हो तो करो, नहीं तो मैं देख लूंगा।"

मुकेश ने प्रभु को रोकते हुए कहा, "अरे भैया राजू और किशन यहीं किसी काम से बैठे हैं, आज शाम तक की ही तो बात है, शाम में प्रभु हेयर ऑयल इशू कर देगा।"

सीनियर भैया ने शायद बात अपनी "ईगो" पर ले ली और बाल्टी से तेल निकालकर अपनी बोतल में डालने लगे।

प्रभु ने उन्हें टोकते हुए कहा, "भैया मैं आपसे प्यार से बात कर रहा हूँ कि शाम को सारे हॉस्टल को ईशु करूंगा तभी आपको भी कर दूंगा, फिर भी आप मान नहीं रहे, प्लीज आप यहाँ से अभी जाइये नहीं तो बात आगे बढ़ जायेगी।"

प्रभु को क्या पता था कि बात तो आगे बढ़ चुकी थी। सीनियर भैया तो कुछ सोचकर ही यहां आये थे।

तभी किशन बीच में कूदते हुए बोला, "भैया हेयर ऑयल की बोतल यहीं छोड़ दो, आप लोग भी जब ऑयल इशू करते थे तब हम लोगों को तो क्या, अपने सीनियर को भी नहीं छूने देते थे, फिर आपने ये हिम्मत कैसे कर ली?"

सीनियर भैया भी तैस में आकर उलूल-जुलूल बकने लगे तो राजू को गुस्सा आ गया।

राजू "अरे यार कब से तेल-तेल लगा रखा है, आपको इतनी ही जल्दी है तो हम आपको तेल से ही नहला देते हैं।"

सीनियर भैया ने राजू की तरफ देखा और कहा, "तेरी तो औकात नहीं है मुझे तेल से नहलाने की!"

राजू ने आव देखा न ताव पास ही पड़ी तेल की भरी हुई बाल्टी सीनियर के सर पर उड़ेल दी। पूरे विंग में तेल ही तेल और उन सीनियर भैया को काटो तो खून नहीं। उन्होंने सपने में भी नहीं सोचा होगा कि कोई उन्हें तेल से भी नहला सकता है? तेल से नहाते ही सीनियर भैया इतनी तेजी से विंग से गायब हो गए जैसे कोई हवा का झोंका।

प्रभु और मुकेश भी राजू की इस हरकत का अंदाजा नहीं लगा पाए कि यह ऐसा कर देगा। उन्हें अब डर सताने लगा कि हॉस्टल के सारे स्टूडेंट अब तो वार्डन से शिकायत करेंगे कि उन्हें इस महीने हेयर ऑयल नहीं मिला।

राजू ने किशन से कहा, "यार किशन अपने हॉस्टल में जो हेयर ऑयल आया है, उसमें से आधा प्रभु को दे दो ताकि ये लोग भी हॉस्टल में कुछ तो हेयर ऑयल बाँट सकेंगे।"

नवोदय हॉस्टल के किस्से जितने मजेदार हैं, उतने ही मजेदार किरदार भी हैं जिन्होंने इन किस्सों को आज भी जीवंत कर रखा है। छोटे-छोटे यही किस्से राजू के जीवन का अहम हिस्सा बन चुके हैं, तभी तो आज भी सहेजकर रखा हैं अपने यादों की गुल्लक में।

बस दस मिनट और

अब नवोदय हॉस्टल में रहने का यह मतलब भी नहीं है कि नवोदयन अनिंद्रा के रोग के शिकार बन जायेंगे बल्कि होगा ये कि अब उनके सोने और जागने का समय बदल जायेगा। रात को जब सब छात्र अपनी क्लासेज और "एक्स्ट्रा करीकुलर एक्टिविटी" से छुट्टी पाकर अपने-अपने कमरों में होते थे तो आपस में खूब बातें करते, एग्जाम के दिनों में रातों को काफी देर तक जागकर और मिल-जुलकर पढ़ते। रात कब बीत जाती थी, उन्हें पता भी नहीं चलता था अब, मुश्किल तो तब आती जब नींद पूरी नहीं हो पाती।

अक्सर रात को कम सोने से अगले दिन राजू और उसके मित्र अपनी क्लासेज और लेक्चर्स के दौरान नींद में ही रहते थे या फिर सुबह उठना उनके लिए पहाड़ चढ़ने जैसा होता था। किसी तरह सुबह उठ भी गए तो क्लास में स्वयं को जगाये रखना अपने आप में बहुत मुश्किल काम होता था और वे सभी स्वयं को क्लास में जगाये रखने के लिए अलग-अलग उपाय खोजते थे परन्तु फिर भी नींद तो लग ही जाती थी।

जैसे ही किसी को क्लास में नींद आती, दूसरे बच्चे उसके बहुत मजे लिया करते थे, टीचर भी क्लास से बाहर भगा देते, "जाओ और मुंह धोकर आओ।"

लेकिन, इन सबके बावजूद उनकी रातें बातों में ही कटती थीं।

आज भी सुबह 9 बजे से क्लास है, 8 बज चुके हैं। फकीरा और हवलदार अभी भी सो रहे हैं। मॉर्निंग पी. टी. "बंक" करना तो इनकी जैसी आदत सी हो गई थी। इनको पता है कि पहले पीरियड में कभी-कभी राजपूत सर भी आ जाते हैं परन्तु फिर भी उठने का मन नहीं होता था इनका।

अगर नवोदय में कोई मैथ्स टीचर से भी ना डरे तो समझ लो कितने नालायक या यूँ कहूं बेशर्म से हो गए हैं दोनों।

राजू सुबह से कम से कम पांच बार कोशिश कर चुका है और हर बार बस यही जवाब होता है, "भाई बस दस मिनट और।"

"शायद आज इनको ब्रेकफास्ट नहीं करना", यही सोचकर राजू ब्रेकफास्ट करने निकल गया। राजू ब्रेकफास्ट करके जैसे ही वापस विंग में आया तो देखा अभी भी दोनों घोड़े बेच कर सो रहे हैं।

राजू को समझ नहीं आया कि अब क्या करूँ, राजू ने एक बार फिर कोशिश की परन्तु उन्होंने तो जैसे आज ठान रखा था, "कुछ भी हो जाये नहीं उठना!"

राजू के हाथ में पानी से भरा ग्लास था, उसने बिना सोचे-समझे पूरा का पूरा ग्लास हवलदार पर खाली कर दिया। जैसे ही पानी हवलदार के शरीर से "टच" हुआ, हवलदार ऐसे उछलकर उठा जैसे बिजली का करंट आ गया हो। उसकी आवाज सुनकर और स्थिति भांपकर ही फकीरा चुपचाप उठकर बैठ गया।

दोनों को उठाने में आज राजू के भी पसीने आ गए, उन दोनों को नहाने की जरुरत नहीं थी और उतना समय भी नहीं था तो "ड्राईक्लीन" का ही ऑप्शन बचा था उनके पास। दस मिनट में तैयार होकर सभी दोस्त क्लास पहुँच गए।

यही "दस मिनट और" का हिस्सा ही तो नवोदय में समय के सदुपयोग का सबसे अच्छा उदहारण बना और इसी टाइम मैनेजमेंट ने ही तो नवोदयन को नवोदयन बना दिया।

"लड्डू"

कभी-कभी तो लगता था कि ग्यारहवीं कक्षा में राजू ने शैतानियों में नवमीं (माइग्रेशन) कक्षा को भी पीछे छोड़ दिया था। दसवीं में अच्छे नंबर आने के बाद तो टीचर्स का भी फेवरेट बन चुका था। उसके मासूम से चेहरे को देखकर किसी को विश्वास तक नहीं होता था कि यही बच्चा है जो इतनी शैतानियां करता है और जिसके साथ इतने बच्चों का ग्रुप है। दुबला-पतला राजू अब तो "हाइट" में भी सबसे छोटा रह गया था। उसकी "हाइट" के सभी बच्चे अब उससे बहुत लम्बे हो चुके थे परन्तु राजू पर इस बात का कोई विशेष प्रभाव नहीं पड़ता था क्योंकि अभी भी दोस्तों की टोली में उसका अपना वजूद ज़िंदा था, अभी भी वह दोस्तों में सबसे प्रिय था।

आजकल राजू और किशन को नई शैतानी या यूँ कहूं कि मस्ती सूझ रखी थी, "दूसरे बच्चों के संदूक से लड्डू या नमकीन निकालकर खाना" वैसे तो यह बात नवोदयन के लिए आम बात ही थी क्योंकि हर नवोदयन किसी न किसी प्रकार से इस में "इन्वॉल्व" (सम्मिलित) जरूर होता है, चाहे शिकार बनकर या शिकारी की तरह।

ऐसा नहीं है की बच्चे एक-दूसरे के साथ घर से आये लड्डुओं को बांटकर नहीं खाते थे, मिल बांटकर खाना तो नवोदय परिवार की सबसे अच्छी सीख थी जो सभी नवोदयन को मिली थी। परन्तु कभी-कभी जब कोई बच्चा बांटकर खाने में नखरे दिखाता था तो फिर नवोदयन भी आ जाते अपनी पर और समय देखकर निकाल लेते थे खाने की सामग्री उसके संदूक से, फिर होती थी "विंग में पार्टी!"

राजू और किशन के इस शौक की महत्त्वपूर्ण बात यह थी कि वे जूनियर बच्चों के संदूक से खाने के सामान नहीं निकालते थे। उनके लिए तो शिकार केवल ग्यारहवीं (खुद की क्लास) के स्टूडेंट ही हुआ करते थे।

"लड्डू"

इसमें सबसे जरुरी बात यह थी कि यह पता होना कि "कौन घर से आया है या किससे मिलने घर से कोई रविवार को आया है?" फिर उसकी विंग में दिन में तीन चार बार किसी न किसी बहाने से राउंड लगाना ताकि यह पता चल पाए कि वास्तव में वह कुछ खाने को लाया है या नहीं।

एक दिन राजू को कहीं से भनक लगी कि कॉमर्स वाले समदर सिंह के घर से लड्डू आये हैं और वह विंग में किसी से भी शेयर नहीं कर रहा।

राजू और किशन स्कूल पूरी होते ही पहुँच गए सुभाष हॉउस में समदर की विंग में।

अब तक यह किसी को भी अंदेशा नहीं था कि राजू और किशन संदूक खोलकर लड्डू खाने में इतने माहिर हैं।

दोनों ने वहां जाकर थोड़ी इधर-उधर की बातें की।

राजू ने समदर से कहा, "समदर भाई घर से कुछ लाये हो तो खिलाओ न यार।"

जैसे कि उसको पता था समदर ने राजू से कहा, "यार मैं तो घर से कुछ नहीं लाया।"

राजू ने कहा, "भाई मैंने तो सुना है कि समदर आजकल लड्डू बहुत खा रहा है और तुम कह रहे हो कि तुम कुछ नहीं लाये।"

समदर ने कहा, "अरे लाया तो था पर सब ख़त्म हो गया।"

राजू और किशन ने फिर समदर से कुछ नहीं कहा और प्रभु के पास बेड पर बैठकर मस्ती करने लगे ताकि किसी को उनके बारे में कोई अहसास न हो सके।

शाम को जैसे ही समदर और उसकी विंग के बच्चे "इवनिंग प्रेयर" के लिए बाहर गए, राजू और किशन ने समदर की अलमीरा में से लड्डू का पूरा पीपा (बॉक्स) ही उठा लिया।

प्रेयर के बाद जैसे ही समदर विंग में आकर अलमीरा खोलकर कुछ सामान निकालने गया तो उसे पता लगा कि "लड्डू का पूरा पीपा (बॉक्स) ही गायब है", उसे कुछ समझ नहीं आया।

"लड्डू"

इधर राजू और किशन ने अपनी पूरी विंग को आज "लड्डू की पार्टी" दी, सभी ने बड़े ही चाव से लड्डू खाये। कुछ दिनों बाद जब समदर को पता चला कि उसके लड्डू और किसी ने नहीं बल्कि राजू और किशन ने उठाये थे और अपनी विंग को लड्डू पार्टी दी थी तो वह बड़ा नाराज हुआ।

राजू ने कहा, "भाई हम तो भूखे-प्यासे तेरे पास एक लड्डू माँगने आये थे और तूने तो मना कर दिया कि तेरे पास कुछ नहीं हैं, फिर क्या था हमने सोचा तेरी अलमीरा में जो भी लड्डू हैं, वो अब हम सबके हैं और हमने अकेले तो खाये नहीं, सभी ने मिलकर खाये हैं।"

समदर को काटो तो खून नहीं जैसा हाल हो गया। उसे समझ आ गया कि मिल-बांटकर खाने में ही फायदा है।

नवोदय का मतलब ही साथ और सहयोग है। यही छोटे-छोटे किस्से कभी मेरे तो कभी तेरे हिस्से बनकर गुदगुदाते रहते हैं और जीवन जीने के लिए प्रेरित करते रहते हैं।

हॉस्टल की लड़ाई

ऐसा नहीं है कि नवोदय परिवार में सब कुछ अच्छा ही चल रहा था। परिवार में जैसे खटपट लगी रहती है, उसी प्रकार से यहाँ पर भी कुछ न कुछ चलता रहता है। कभी प्यार का मौसम अपने परवान पर होता है तो कभी दोस्ती की नई दास्ताँ लिखी जाती रही है। इन सबके बावजूद कभी-कभी सीनियर आपस में छोटी-छोटी बातों पर भिड़ जाते हैं और बात लड़ाई तक पहुँच जाती है।

ग्यारहवीं में दोस्ती और दुश्मनी अपने शबाब पर होती है। एक तरफ जहां दोस्ती के अनेक किस्सों को स्थान मिलता है तो वहीं दूसरी ओर दुश्मनी की चर्चा भी नवोदय परिवार के माहौल को अलग रंग प्रदान करती है।

राजू का जीवन भी इन सभी रंगों से रंगा हुआ है। एक तरफ दोस्ती तो दूसरी तरफ दुश्मनी!

नवोदय में किस्से कभी ख़त्म नहीं होते, कभी स्वयं की हरकतों से जन्म ले लेते हैं तो कभी मैनेजमेंट भी किस्सों को जन्म देकर नवोदयन के जीवन का हिस्सा बना देती है। कभी ये किस्से अच्छे लगते हैं तो कभी इनसे दूर भागने का मन करता है... पर नवोदयन कभी इनसे दूर नहीं भाग सकते... इन किस्सों के बिना तो जीवन अधूरा सा है।

ग्यारहवीं की शुरुआत में क्या परेशानियां कम थीं जो एक और नई शुरुआत हो गई या यूँ कहें आफत आ गई।

कॉमर्स की पढ़ाई को नवोदय में पहली बार शुरू किया गया और राजू के क्लस्टर में उसके नवोदय को चुना गया कॉमर्स की पढ़ाई के लिए।

अब कॉमर्स के लिए क्लस्टर के सभी नवोदय से भी ग्यारहवीं में नए नवोदयन आये जो कि पास के ही नवोदय से थे। वे सभी ग्यारहवीं में जरूर आये परन्तु थे तो नए... इसलिए हॉस्टल की जिम्मेदारी में उनको शामिल करने की तो बात ही नहीं बनती,

बस यहीं से शुरू हो जाता है यह किस्सा जो दुश्मनी में तब्दील हो गया परन्तु सीनियर और वार्डन की समझाइश ने फिर से स्थिति नार्मल कर दी।

दुश्मनी भी किसी और से नहीं, बस अपनों से ही और दुश्मनी का कोई बड़ा कारण नहीं बस छोटी सी बात! 'छोटी सी बात का कैसे बतंगड़ बन जाता है', इस किस्से से इस कहावत को आराम से समझा जा सकता है।

किस्से की शुरुआत होती है कॉमर्स विषय पढ़ने के लिए दूसरे नवोदय से आये बच्चों के आगमन के साथ ही। हॉस्टल में महीने के राशन बंटवारे में उनको भी अपना हक़ चाहिए था परन्तु राजू और उसके दोस्त इस बात के लिए तैयार नहीं थे।

बात बढ़ती गई और नौबत मार-पीट की आ गई। लड़ाई में सभी अपने-अपने ग्रुप के साथ खड़े थे। राजू के साथ हवलदार, प्रभु, किशन आदि खड़े थे तो कुछ कॉमर्स के विद्यार्थियों के साथ भी खड़े थे।

एक-दूसरे पर हाथ-पैर मारने की कोई हिम्मत नहीं जुटा पा रहा परन्तु माहौल पूरी तरह से गरम हो चुका था। आग में बस घी डालने भर की जरुरत थी। हॉस्टल से आ रही तेज आवाजों ने हॉस्टल वार्डन का ध्यान आकर्षित किया और वे दौड़े चले आये हॉस्टल की ओर। तब तक सीनियर भैया भी राजू की विंग में आ गए और दोनों ही पक्षों को समझाने लगे। उनकी बात कोई भी समझने को तैयार नहीं था। सभी अपनी-अपनी बात पर अड़े थे।

जैसे ही वार्डन सर विंग में आये, विंग में सन्नाटा पसर गया। सर ने माहौल को देखते हुए सभी को प्यार से समझाया और शांति बनाये रखने की अपील की।

वार्डन सर राजू के पास आते हुए बोले, "अरे राजू, ये लोग भी तो तुम्हारे ही दोस्त हैं और तुम्हें तो माइग्रेशन का भी अनुभव है, इन्हें अपने दोस्त नहीं तो मेहमान मानकर माफ़ करो और गले लगाओ।"

राजू ने बिना देर किये दोस्ती का हाथ आगे बढ़ा दिया। सबने एक-दूसरे को गले लगाया और आगे बढ़ने का प्रण लिया।

उतार-चढ़ाव हमेशा नवोदयन के जीवन का हिस्सा रहे हैं और वही उतार-चढ़ाव ही तो किस्से बन गए हैं जो यादों की गुल्लक में आज भी बंद हैं।

शिक्षक दिवस

ना जाने हम कब बड़े हो गए और स्कूल के दिन जाने कहाँ खो गए?

हमारे जीवन में भी बहुत से लोग ऐसे मिलते हैं जो हमें बहुत कुछ सिखा देते हैं और हम उन्हें कभी गुरू का दर्जा नही देते हैं। परिवार के हर सदस्य से हम बहुत कुछ सीखते हैं लेकिन उन्हें हम गुरु नहीं मानते। प्रकृति से इन्सान सबसे ज्यादा सीखता है परन्तु वह प्रकृति को गुरू नहीं मानता।

लाखों नवोदयन, नवोदय से बाहर निकल जरूर गए हैं जीवन के नए सफर पर परन्तु नवोदयन के मन से इस परिवार को बाहर निकाल पाना असंभव है। लाखों विद्यार्थियों को उनकी मंजिल तक पहुंचाने का जो बीड़ा नवोदय ने उठाया है, वह विश्व के किसी भी विद्यालय के लिए संभव नहीं है।

नवोदय और नवोदयन ने हर असंभव काम को सम्भव करके दिखाया है। तभी तो आज भी इन दोनों को एक-दूसरे से अलग कर पाना मुश्किल ही नहीं, नामुमकिन है।

राजू के मन में जिस तरह नवोदय अब बस गया था, उसे नवोदय से जुदा शायद ही कोई शक्ति कर पाए। अपने दोस्तों के साथ मस्ती में जो उसने नवोदय में सीखा, शायद ही कहीं से उसे ये सब सीखने को मिलता। जीवन की अनेक सच्चाइयों से नवोदय में रूबरू होने का मौका मिला जो शायद उसे गाँव में कभी नहीं मिलता।

प्रतिवर्ष की भांति इस वर्ष भी शिक्षक दिवस बड़े ही धूम धाम से मनाया जाने वाला था। बारहवीं के बच्चे आज अपने पसंदीदा टीचर की भूमिका में आने वाले थे और पूरे दिन स्कूल का संचालन उनके हाथ में ही रहने वाला था। छः वर्ष पूर्व जो राजू, राजपूत सर के नाम से ही घबरा जाता था, आज स्वयं राजपूत सर के रूप में बच्चों की क्लास लेने वाला था।

शिक्षक दिवस

गुरू ज्ञान बिन जग अधूरा, अर्थात गुरू का यदि ज्ञान नहीं मिला तो पूरा संसार अधूरा दिखाई देता है। भारत में सदियों से गुरु-शिष्य परंपरा का निर्वहन किया जाता है। नवोदय भी इस परम्परा को आगे बढ़ाने के लिए हर वर्ष तत्पर रहता था।

बच्चों को भविष्य के लिये तैयार करना नवोदय परिवार को बहुत अच्छे से आता है। आज तक हर शिक्षक दिवस पर सीनियर भाइयों और दीदियों से पढ़ने वाले राजू और उनके दोस्तों के पास स्वयं शिक्षक बनने का अवसर आ जाने का मतलब है कि अब नवोदय में उनका वक्त कम ही रह गया है, समय आने वाला है इस परिवार से विदा लेने का।

शिक्षक दिवस के बाद से बारहवीं के बच्चों को लगभग पूरी तरह से स्वतंत्रता मिल जाती है कि वे अपने हिसाब से सेल्फ स्टडी करें और भविष्य के लिए स्वयं को तैयार रहें।

राजू आज मैथ्स का टीचर बना है, उसी प्रकार सभी बारहवीं के बच्चे किसी न किसी टीचर के रोल में हैं। राजू बड़ी ही तन्मयता और लगन के साथ जूनियर क्लासेज में जाकर क्लास ले रहा है और सभी टीचर्स की मॉनिटरिंग के लिए भी टीम बनाई हुई है ताकि आज के प्रोग्राम के अंत में बेस्ट टीचर को अवार्ड दे सकें।

राजू की क्लास में सभी बच्चे राजू के साथ ध्यान से पढ़ते, फिर कुछ देर उसके साथ मस्ती करते। जब मॉनिटरिंग के लिए टीम आती तो ऐसा दिखाया जाता जैसे सारे टीचर बहुत ही मन लगाकर पढ़ाई करवा रहे हैं और जैसे ही वे लोग क्लास से बाहर निकलते, क्लास में शुरू हो जाता धमाल और मस्ती, बच्चे टीचर्स की नक़ल उतारकर क्लास का मनोरंजन करते तो कोई सीनियर भैया की फरमाइश पर गाना सुनाते।

आज सभी को पूरी छूट मिली हुई थी अपने टीचर्स की नक़ल निकालने की भी।

अपने टीचर्स के सामने, उन्हीं की नक़ल निकालकर पढ़ाने में जो मजा आता है, वैसा कभी नहीं आ सकता था और जूनियर बच्चों के साथ-साथ टीचर्स भी हंसने को मजबूर हो जाते कि "अच्छा मैं ऐसे पढ़ाता हूँ!"

राजू जब राजपूत सर की नक़ल में क्लास लेता तो बच्चे तो क्या राजपूत सर भी मुस्कुराने को बाध्य हो जा रहे थे।

शिक्षक दिवस

आज सभी लव बर्ड्स को मौक़ा मिला था कि "अपने वाली" की क्लास में उसी के आस-पास पूरे दिन भर गुजारने का। आज मौक़ा मिला था दिल भर कर "अपने वाली" को निहारने का और आज मौक़ा मिला था प्यार के इजहार का। प्रेमियों के लिए इससे बेहतरीन दिन नहीं था परन्तु प्यार करने वालों के पास अब दिन ही कितने बचे थे, ऐसा लगने लगा था कि उन दिनों घड़ी दोगुनी रफ़्तार से भाग रही है। घंटे तो दूर की बात हैं कब दिन निकल गया, पता भी नहीं चला।

आज का दिन कब निकल गया, पता भी नहीं चला। आज राजू को भी समझ आया कि क्यों वर्ष भर "शिक्षक दिवस" का इंतजार रहता है? परन्तु शाम होते-होते वह पूरी तरह से मायूस हो गया, आज उसे बेस्ट टीचर का अवार्ड भी मिला परन्तु उसकी आँखों से जैसे पानी बरस रहा था। उसे अब कुछ भी अच्छा नहीं लग रहा था। आज ही लगने लगा कि जैसे उसके शरीर का कोई हिस्सा अब उससे अलग होने वाला है और वही उसके जीवन का एक किस्सा बनने वाला है। आज उसे फिर लगने लगा कि सात साल में जितने करीब हम सब आये, पल भर में फिर दूर जाने वाले हैं, ये कैसा कटु सत्य है जीवन का?

बारहवीं के सभी बच्चों को जब टीचर्स ने धन्यवाद दिया और कहा कि आज उन्होंने भी बहुत कुछ सीखा है तो राजू और उसके दोस्तों के चेहरे पर एक बार फिर मुस्कान आ गई।

नवोदयन पूरे सात वर्ष हर दिन अनेक इमोशंस के साथ जीता है, दूसरे के इमोशंस को हथियार बनाना, उसने कभी नहीं सीखा। उसे तो लगता है कि दूसरे का गम अपना स्वयं का गम है और अपनी ख़ुशी दूसरे की ख़ुशी। जीवन हर पल कुछ नया सिखाता है... जरुरत है तो बस सीखते रहने की लालसा की।

अपनों के लिए तो सभी जीते हैं परन्तु दूसरों के लिए जीने वाले को नवोदयन कहते हैं।

पता ही नहीं चला कब "सात साल" बीत गए,
कब हम अपने यार-दोस्तों से "रीत" गए,
अब तो इस भाग दौड़ भरी जिन्दगी में "व्यस्त" हैं,
परन्तु लगता है व्यस्त नहीं, त्रस्त हैं।

"नवोदय में नियम तोड़ने के लिए ही बनते हैं"

मॉर्निंग पी टी बंक करना हो, हॉस्टल में हीटर पर खाना बनाना हो या फिर बहाना मारकर स्कूल नहीं जाना! अनेक ऐसे काम थे जो अनुशासन से परे थे पर फिर भी अनुशासित नवोदयन की दिनचर्या का हिस्सा थे।

प्यार के यहाँ अनेक दुश्मन थे, अपने ही दोस्त कब प्यार के दुश्मन बन जाएंगे, किसी को खबर नहीं होती थी। हॉस्टल के तो क्या स्कूल के नियमों को भी ताक में रखकर आगे बढ़ने की परम्परा का हिस्सा हैं नवोदयन।

अनुशासन में रहकर नियमों को तोड़ना हर नवोदयन ने अपनी इस छोटी सी यात्रा के दौरान सीख लिया था।

सीनियर क्लासेज में आ जाने के बाद राजू और उसके दोस्तों ने तो जैसे नवोदय में बने नियमों को तोड़ना एक परम्परा ही समझ लिया था। ये उनकी भी तो गलती नहीं थी "सबकुछ तो अपने सीनियर भाइयों से ही सीखा था।" सभी नवोदयन की यही कहानी है, सभी ने नियमों को तोड़कर आगे बढ़ना सीखा है परन्तु संस्कारों और संस्कृति से खिलवाड़ उन्होंने कभी नहीं किया।

नवोदय में पैकेट वाला मिल्क सुबह 3 बजे के आसपास मैस के बाहर डिलीवर हो जाता था। उस समय मैस में कोई भी नहीं जाग रहा होता था। राजू और उसके सभी दोस्त रात में देर तक पढ़कर सोते थे तो रात में भूख भी बहुत लगती थी और सुबह के समय तो भूख को कंट्रोल करना बहुत भारी काम था। पूरी रात जागने के बाद, सुबह के समय लगभग सभी लोग एक-दूसरे के गद्दे के नीचे चपाती ढूंढते थे, नहीं मिलने पर जूनियर विंग में जाकर भी ढूंढते, अगर वहां चपातियां मिल जाती तो

सभी मित्र बांटकर खा लेते। नहीं मिलने पर सो जाते भूखे प्यासे, इन्तजार में सुबह के नाश्ते के!

रोज की तरह आज भी देर रात तक पढ़ाई का विचार था। सभी दोस्त अपने-अपने बेड पर पढ़ाई में व्यस्त थे। पता भी नहीं चला कि कब रात के बारह बज गए?

किशन अपने बेड से निकला और कुंदन से बोला, "हवलदार साहब कुछ खाने को है! बड़ी भूख लगी है!"

कुंदन, "कुछ नहीं है यार, राज्या से पूछ।"

किशन और कुंदन की बातें सुनकर राजू, फकीरा, आर.पी. आदि सभी दोस्त इकट्ठा हो गए और इधर-उधर की बातें करने लगे। भूख तो सभी को लगी थी और आज इनके पास मैस से चुराई चपातियां भी नहीं थी तो समझ नहीं आ रहा था कि क्या करें? जूनियर बच्चों की विंग में भी आज तो अंदर से ताला लगा था तो वहां से चपातियां चुराने का स्कोप भी ख़त्म हो चुका था। यूँ ही बातें करते-करते सुबह के चार बज चुके थे।

तभी आर.पी. ने बताया कि यार क्यों न मैस के यहाँ से मिल्क बैग ले आएं उनसे मावा बनाते हैं!

सबको आर.पी. का विचार अच्छा लगा पर फिर ख्याल आयी कि "मॉर्निंग ब्रेकफास्ट में कहीं मिल्क कम ना पड़ जाए।"

आर.पी. बोला, "अरे वैसे भी ब्रेकफास्ट में दूध में पानी नहीं पानी में दूध ही तो होता है, किसी को क्या पता चलेगा और वैसे भी नवोदय में नियम तो तोड़ने के लिए ही बने हैं।"

सभी को आर.पी. का सुझाव पसंद आया और निकल पड़े हॉस्टल से मैस की ओर रात के अँधेरे में। मैस के गेट पर ही मिल्क के बैग रखे हुए थे। सभी ने एक-एक लीटर के मिल्क बैग उठाये और आ गए अपनी विंग में।

"नवोदय में नियम तोड़ने के लिए ही बनते हैं"

फिर शुरू हुई मिल्क से मावा बनाने की प्रक्रिया, वो भी हीटर पर। एक घंटे के अथक प्रयास के बाद मिल्क कुछ गाढ़ा हुआ तो सभी दोस्तों ने मिलकर उसका आनंद लिया।

जब एक बार कोई गलत आदत लग जाए तो फिर उसे बार-बार करने का मन करता है, राजू और उसके दोस्त हर रात मैस से मिल्क बैग उठाकर ले आते और नित नई मिठाइयां बनाते। परन्तु एक न एक दिन तो पता लगना ही था और वह दिन भी आ गया।

एक दिन हुआ यूं कि रात में सभी सीनियरों ने मैस से मिल्क चुरा लिया। सुबह ब्रेकफास्ट के लिए तो मिल्क बचा ही नहीं। उसी दिन मैस इंचार्ज ने प्रिंसिपल सर से शिकायत कर दी कि बच्चे रात में ही मिल्क चुरा ले जा रहे हैं जिससे ब्रेकफास्ट के समय मिल्क ही नहीं रहता।

प्रिंसिपल सर ने मॉर्निंग प्रेयर के समय सभी को डांटा और मैस इंचार्ज को भी शख्त हिदायद दी कि रात में ही मिल्क को मैस के अंदर रख देना है ताकि ये दूध की चोरी को बंद किया जा सके।

उस दिन के बाद से राजू और उसके दोस्तों को रात में दूध मिलना बंद हो गया। परन्तु नियमों को तोड़ना अनवरत जारी रहा क्योंकि नवोदय में नियम बनते ही तोड़ने के लिए हैं।

गधा

सीधा सादा इंसान, जो केवल अपने काम से काम रखता है और जब तक कार्य पूरा नहीं हो जाता, लगा रहता है.... उसे इस दुनिया ने "गधा" कहना शुरू कर दिया।

जानवरों में गधे को सबसे ज्यादा बुद्धिमान भी समझा जाता है परन्तु बुद्धिजीवियों ने गधा कहना शुरू किया उस इंसान को, जिसे वे बेवकूफ समझते हैं।

अब यह तो जानना मुश्किल है कि गधा सही में बेवकूफ है या उसके सीधेपन ने उसे यह नाम दे दिया है परन्तु हम सब तो सीधे इंसान और बेवकूफ इंसान दोनों को ही गधा कहते नहीं थकते।

हमारे घर के पालतू जानवरों को तक गुस्सा आ जाता है, इंसान तो पता नहीं किस बात को ईगो पर लेकर गुस्से में आग-बबूला हो जाता है परन्तु गधे को कभी गुस्सा आया हो, यह नहीं सुना। उसी प्रकार इंसान, जिसे गधा कहा गया हो, उसकी एक क्वालिटी यह भी होती है कि उसे बहुत मुश्किल से ही किसी बात पर गुस्सा आता है, नहीं तो वह सबकुछ सह लेता है बिना किसी शिकायत के।

वैसे तो नवोदय में हर कोई गधे की तरह काम करता है और स्टूडेंट दिन भर पढ़ाई करते हैं तो कहा जा सकता है कि सभी नवोदयन "गधे" के समान ही हैं परन्तु ग्यारहवीं में आने के बाद भी जो मस्ती न करे, दोस्तों के साथ खेले नहीं, कुछ शरारतें न करे तो उसे "गधा" ही तो कहा जायेगा और आपके पास कोई दूसरा नाम हो तो वह आप सजेस्ट कर सकते हैं।

किसी भी परिस्थिति का उस पर कोई प्रभाव नहीं, न किसी बात की ख़ुशी तो न ही गम। न उसे खेलने से मतलब और न ही दोस्तों के साथ बतियाने से... हर पल बस लगा रहता है अपने में, अपनी किताबों में। आसपास के वातावरण में क्या चल रहा है, उसे कोई खबर नहीं।

परन्तु क्या गधे से सीधेपन के साथ कोई नवोदय में रह सकता है?

राजू अपनी क्लास में पढ़ने में व्यस्त था, ग्यारहवीं में एक बार फिर से उसने अपना समय व्यर्थ गंवा दिया था। बारहवीं का पाठ्यक्रम देखकर ही उसके पसीने छूट रहे थे।

जैसा कि कहावत है "दूध का जला छाछ को भी फूंक-फूंक कर पीता है" परन्तु राजू ने इससे कोई सीख नहीं ली और नवमीं वाली गलती ही ग्यारहवीं में फिर से दोहरा दी। राजू ने पूरे साल को मस्ती की भेंट चढ़ा दिया।

क्लास की भोली-भाली लड़कियों को ग्यारहवीं में तंग करना और उनके भी निकनेम निकालकर चिढ़ाना, यही तो काम रह गया था उसके पास।

खैर क्लास के बच्चे बारहवीं में आते ही सीरियस भी हो गए थे पढ़ाई को लेकर। हर कोई किताबों के साथ लगा था "गधे" की तरह। सही में कुछ स्टूडेंट बेवकूफ थे तो कुछ सीधे पर मेहनत कर रहे थे गधे की तरह। राजू भी कोई कम नहीं था। उसने दिन-रात एक कर दिए थे। आज उसे भी समझ आ गया था कि "गधे की तरह मेहनत करना किसे कहते हैं।"

रद्दी

बारहवीं के बोर्ड एग्जाम चल रहे थे। कुछ एग्जाम हो गए थे और कुछ अभी बाकि थे। राजू के अब तक के सारे एग्जाम ठीक-ठाक ही हुए थे। बोर्ड एग्जाम में अपने दोस्तों की मदद का सिलसिला जारी था। नेक्स्ट एग्जाम में अभी दस दिन का अंतराल था।

नवोदय में एक परंपरा सी चली आ रही है कि बारहवीं के विद्यार्थी अंत में अपनी सारी रफ नोटबुक्स और दूसरे सामान किसी कबाड़ी को बेचकर कुछ पैसों का इंतजाम करते थे ताकि एग्जाम के बाद वाली आखिरी रात को "पार्टी" कर सकें।

फकीरा, राजू और हवलदार के पास बहुत सारी रद्दी इकट्ठा हो चुकी थी। अब उनकी तैयारी थी कि अगले एग्जाम से पहले इस रद्दी को बेच दिया जाये।

नवोदय में कभी भी किसी को भी रद्दी बेचने की परमिशन नहीं थी परन्तु फिर भी हर वर्ष ये रद्दी बिकती थी। इस वर्ष भी रद्दी बेचने के लिए बिना परमिशन चुपके से रद्दी हॉस्टल से बाहर निकालकर रेलवे लाइन के सहारे रद्दी सिर पर रखकर नसीराबाद बेच कर आनी हैं। रद्दी बेचने जाते समय कोई देख न ले, यह समस्या तो है ही, साथ ही उससे भी गंभीर समस्या ये है कि रद्दी को नसीराबाद तक अपने सिर पर लादकर ले जाना पड़ता था जो कि बहुत ही दुखदायी अनुभव होता था।

पहले तो रद्दी हॉस्टल से बाहर निकालो, फिर नवोदय की बॉउंड्री क्रॉस करवाओ और फिर लादो अपने काँधे पर या सिर पर। इतनी परेशानियों के बावजूद रद्दी बेचने की लालसा कभी ख़त्म नहीं होती थी।

तीनों ने मिलकर आज रात ही रद्दी हॉस्टल से निकालकर नसीराबाद पहुंचाने की ठान ली। जैसे-तैसे करके रद्दी से भरे कट्टों को हॉस्टल से निकालकर नवोदय की बाउंड्री, जहां से चोर रास्ता बना था, वहां पहुंचाया गया।

तीनों की हालत देखने लायक थी क्योंकि सभी के पास कम से कम पच्चीस से तीस किलो रद्दी थी और इतना वजन उठाने का अनुभव उनके पास नहीं था परन्तु रद्दी बेचने के अपने लक्ष्य को पाने की दृढ इच्छाशक्ति तो थी उनके पास।

रात के लगभग बारह बज चुके थे, नवोदय के गार्ड भी अब तो सो चुके थे। तीनों ने बड़ी चतुराई से रद्दी बॉउंड्री के बाहर पहुंचाई और "सेफ" जगह रखकर वापस आ गए हॉस्टल, सोने के लिए।

परन्तु आज तो नींद कोसों दूर थी उनके, बातों ही बातों में कब पांच बज गए पता ही नहीं चला। तीनों मुंह-हाथ धोकर निकल पड़े अपनी आगे की मंजिल की ओर।

रेलवे लाइन के किनारे सर पर रद्दी के कट्टे रखे हुए कोई अभी इन्हें देख ले तो कतई नहीं कहे कि ये नवोदय के सबसे होनहार छात्रों में से हैं जो कि बायोलॉजी और मैथ्स के स्टूडेंट हैं। तीनों दोस्त बढ़े चले जा रहे थे बिना रुके, बिना थके! प्यास से गला सूख चुका था परन्तु तीनों ने ठान लिया था कि रद्दी को दूकान पर पहुंचाकर ही दम लेंगे।

आज रद्दी उठाकर चलते समय राजू को अपनी माँ, पिताजी की स्थिति याद आ रही थी कि उनको तो रोज ही यही काम करना पड़ता है, तब जाकर वह और उसके भाई आज इतनी अच्छी शिक्षा ले पा रहे हैं। उसे मन ही मन लगने लगा कहीं वह गलत तो नहीं कर रहा? कहीं उसने गलत ट्रेन तो नहीं पकड़ ली जिससे वह अपनी मंजिल से दूर हो रहा हो! मन के इन ख्यालों को फकीरा और हवलदार की आवाज ने राजू की नज़रों के सामने से हटा दिया।

सुबह दस बजे के आस-पास तीनों दोस्त पहुँच चुके थे कबाड़ी के पास रद्दी को तुलवाने। तीन से चार किलोमीटर का ये सफर अपने आप में यादगार था, बहुत परिश्रम के बाद सात रुपये किलो में रद्दी को बेचने के बाद तीनों के पास लगभग पांच सौ रुपये की आमदनी हुई।

जैसे ही पैसे हाथ में आये, उनकी सारी थकान हवा हो गई और चेहरे की मायूसी मुस्कराहट में बदल गई। यही पैसों से अब होने वाली है पार्टी!!!

रद्दी से भी पैसे कमाए जा सकते हैं, यह बात नवोदयन से बेहतर कौन जान सकता है? इनके लिए तो हर चीज का अपना एक महत्त्व होता है और इन्हें हर चीज की उपयोगिता को निकालना भी आता है तभी तो आज समाज में नवोदयन अपना एक विशिष्ठ स्थान रखते हैं। रद्दी बेचने का ये किस्सा भी राजू के जीवन का एक अभिन्न हिस्सा बनकर रह गया। जब भी उसे लगता है कि वह बड़ा आदमी बन गया है और हवा में उड़ने की स्थिति में पहुँचने वाला है, याद कर लेता है अपने इस किस्से को, जो उसे फिर से उसके पाँव जमीन पर रखने को मजबूर कर देता है, उसे समझाने के लिए काफी है कि "बिना जमीं किसी का आसमां नहीं होता।"

आज भी नवोदय की यादें ताजा कर लेता हूँ,
बड़ा सा गेट है मेरे घर में पर मैं दीवारें फांद लेता हूँ।

"बोर्ड एग्जाम"

समय कभी किसी का इन्तजार नहीं करता, यह अनवरत अपनी गति से चलता है और हमेशा आगे बढ़ता है। इसे कोई फर्क नहीं पड़ता कि कोई पीछे छूट रहा है या कोई इससे रूठ रहा है। मेहनत करने वाले समय को अपने वश में कर लेते हैं और समय के अनुरूप स्वयं को ढाल लेते हैं। उसके विपरीत किस्मत पर विश्वास करने वाले कभी समय का सदुपयोग नहीं करते और बाद में पछताते हैं।

राजू और उसके दोस्तों के पास अब नवोदय में कम ही समय बचा था।

बारहवीं के बोर्ड एग्जाम सर पर आ गए थे। राजू ने दिन-रात एक कर दिए थे इस बार भी। उसे उम्मीद भी थी कि दसवीं बोर्ड की तरह ही इस बार भी उसका रिजल्ट अच्छा रहेगा।

बोर्ड के एग्जाम देने के लिए पास के ही केंद्रीय विद्यालय जाना होता था और केंद्रीय विद्यालय के बच्चे नवोदय में एग्जाम के लिए आते थे। सुबह जल्दी से नहा-धोकर नवोदय बस में बैठकर सभी दोस्त एग्जाम के लिए जाते थे।

आज केमिस्ट्री का एग्जाम था। जैसे ही परीक्षक ने पेपर दिया, राजू ने पेपर को देखा और प्रश्नों पर सरसरी नजर मार ली। राजू के पास वाली रॉ (पंक्ति) में सुरेंद्र था तो पीछे ईश्वर और बगल में राजेंद्र सिंह।

राजू पूरी कंसंट्रेशन के साथ पेपर सॉल्व कर रहा था। शुरू के एक घंटे तो उसने नजर उठाकर भी नहीं देखा कि रूम में दूसरे बच्चे क्या कर रहे हैं।

बारहवीं का बोर्ड एग्जाम चल रहा था तो परीक्षक भी पूरी तैयारी के साथ आये थे, कोई भी बच्चा इधर-उधर देखता तो परीक्षक की तेज आवाज आ जाती "अपनी कॉपी में ध्यान दें नहीं तो कॉपी छीन लूंगा।"

एक घंटे बाद राजू ने गर्दन उठाकर इधर-उधर नजर मारी तो देखा कि "ईश्वर" एग्जाम में सो रहा है।

राजू को समझ नहीं आया कि ईश्वर को क्या हुआ? पेपर सॉल्व करने की बजाय यह सो रहा है!

राजू ने अपना हाथ पीछे करके उसे जगाने का प्रयास किया।

ईश्वर ने राजू को देखा, उसकी आँखों में आंसू थे।

राजू को समझते देर नहीं लगी कि आज ईश्वर को पेपर करने में दिक्कत हो रही है, शायद वह डर भी गया है तो अब उसे जवाब भी याद नहीं आ रहे।

राजू थोड़ी देर तक सोचता रहा कि ईश्वर की मदद कैसे की जाए जिससे वह आज के एग्जाम में पास हो सके।

राजू ने ईश्वर की मदद करने का मन बना लिया, परीक्षक की नजरों से बचते हुए उसने अपनी एक्स्ट्रा कॉपी, जिसमें लगभग बीस से पच्चीस मार्क्स के प्रश्न सॉल्व कर रखे थे, ईश्वर की टेबल पर पहुंचा दी।

ईश्वर ने बिना हड़बड़ी दिखाए आराम से राजू की उत्तर पुस्तिका से सारे जवाबों को अपनी उत्तरपुस्तिका में उतार लिया और उसने चुपके से राजू की कॉपी को राजू के पैरों में फेंक दिया।

परीक्षक ने राजू की तरफ देखा पर राजू ने इस प्रकार से एक्शन किया कि जैसे गलती से उत्तरपुस्तिका उसकी टेबल से गिर गई हो।

राजू को अपना पेपर पूरा करने में दिक्कत तो आई पर आज बोर्ड एग्जाम में ईश्वर की मदद करके उसे अच्छा लग रहा था। बारहवीं के सारे बोर्ड एग्जाम में राजू ने ईश्वर आदि दोस्तों की खूब मदद की। बोर्ड एग्जाम तो प्रति वर्ष आते रहते हैं परन्तु अपने दोस्तों की मदद करने का मौक़ा कम ही मिल पाता है।

चिटिंग करना और कराना बहुत गलत है परन्तु उस समय राजू को जो उचित लगा, उसने किया और उसे अपनी करनी का कोई अफ़सोस भी नहीं क्योंकि चिटिंग उसने स्वयं के लिए नहीं करी, उसे पाता था कि ईश्वर ने बहुत मेहनत की है परन्तु आज उसका दिन खराब था तो शायद उसे कुछ याद नहीं रहा।

स्वयं को जोखिम में डालकर भी दोस्तों के लिए खड़े हो जाने वाले ही तो नवोदयन होते हैं। एग्जाम में चिटिंग करना कभी उचित नहीं होता परन्तु हर स्थिति को परखना और उसके अनुसार आचरण करना हर नवोदयन के जीवन का एक हिस्सा है जो उन्होंने नवोदय परिवार से सीखा है... साथ ही सीखा है साथ और सहयोग की भावना।

बिछुड़ने का दर्द

बारहवीं में आने के साथ ही एक डर दिल में बैठ चुका था कि "बस! अब हो गया यहाँ वक्त पूरा", अब नवोदय को नमस्ते कहने का समय आने वाला है। जो मित्र दिल की गहराई में उतर चुके हैं, अब उनसे बिछुड़ने का समय आ गया है।

एक अलग ही दर्द अब दिल में उठने लगा है। कभी-कभी तो यह दर्द वैसा ही प्रतीत होता था जैसे छठवीं क्लास में घर छोड़ते समय हुआ था। तब बचपना था परन्तु अब युवावस्था में कदम रख चुके थे। बहुत से रिश्तों ने जन्म ले लिया था। अब उन सभी रिश्तों को दरकिनार कर आगे बढ़ने का समय आने वाला था।

राजू और सभी दोस्तों के बोर्ड के एग्जाम चल रहे थे। राजू अपने स्तर पर अपने दोस्तों की एग्जाम में मदद कर रहा था जिसके कारण एग्जाम में उसकी कंसंट्रेशन थोड़ी बिगड़ रही थी और कुछ एग्जाम भी ज्यादा अच्छे नहीं हो रहे थे पर वह खुश था, दोस्तों की मदद करके!

रेस्ट वाले दिनों को कभी-कभी तो काटना बड़ा मुश्किल हो जाता था जब सभी दोस्त मिलकर आगे की प्लानिंग करते तो किसी न किसी की आँखे भीग ही जाती थी।

अपनों से बिछुड़ने का दर्द समय के साथ बढ़ता जा रहा था और हालत ये हो चुकी थी कि एक-दूसरे से नजरें मिलाना भी बंद होने लगा था। विंग में जैसे मातम का माहौल हो चुका था। अब न क्रिकेट होती थी विंग में और न ही मस्ती। सभी को भविष्य का डर सताने लगा था, साथ ही नवोदय को छोड़ने की कल्पना मात्र से ही पूरा शरीर हिल जाता था।

जूनियर बच्चे अब राजू और उनके दोस्तों के साथ कुछ ज्यादा ही घुलने-मिलने का प्रयास करते तो ये उनसे उतने ही दूर रहने का।

बिछुड़ने का दर्द

नवोदय के पहले प्यार से बिछुड़ने का समय आ गया था, पता नहीं क्यों अब कुछ ज्यादा ही याद सता रही थी इन दिनों। मिलने का मन तो करता था परन्तु गम से भरी नजरों को सहने की हिम्मत अब नहीं जुटा पाते थे।

सभी मित्रों ने एग्जाम के बाद की रात में मूवी का प्लान बनाया ताकि एक यादगार शाम को पुनः जिया जा सके। कम से कम एक रात तो साथ में बितायी जा सके। नवोदय के सात वर्षों के खट्टे-मीठे किस्सों को पुनः याद कर सकें और एक-दूसरे के कॉन्टेक्ट में रहने का वादा कर सकें।

हाउस वार्डन ने भी किसी प्रकार की कोई जिद नहीं दिखाई और राजू और उसके दोस्तों को मूवी देखने की परमिशन दे दी।

सभी दोस्त रात भर मूवी देखते रहे, आज किसी की आँखों में नींद का कोई निशान नहीं था परन्तु आज की मूवी में उतना आनंद भी नहीं था, जो शनिवार की रात को मूवी देखने में आता था जब सीनियर भैया वीसीआर के बिल्कुल पास में बैठते थे और सभी जूनियर किसी न किसी खोपचे में बैठकर मूवी का आनंद लिया करते थे।

आज कोई रोकने-टोकने वाला नहीं था तो उस बात की भी बड़ी कमी सी लग रही थी। मूवी के बीच-बीच एक-दूसरे का चेहरा देखते ही पता लग जा रहा था कि हँसते-मुस्कुराते चेहरे के पीछे कितना गम छुपा है अपनों से बिछुड़ने का। किसी को नहीं पता फिर कब होगी मुलाक़ात और कब होगी नवोदय के किस्सों पर बात?

पता नहीं क्यों आज राजू को अपनी खुद की नवोदय की यह यात्रा किसी मूवी से कम नहीं लग रही थी। रह-रहकर उसकी आँखों के सामने वही सात साल पुरानी यादें ताजा हो जा रही थी जब वह अपने दोस्तों के संग यहाँ एडमिशन के लिए आया था। कैसे हॉस्टल बदलवाने के लिए उसने पापड़ बेले थे, मॉर्निंग पी टी तो उसके जहन में रच-बस सी गई थी। बनवारी का वापस गाँव चले जाना और फिर समय के साथ तुलसी और टिम-टिम का भी नवोदय छोड़ कर जाना, फिर राजपूत सर के साथ उसके सम्बन्ध कैसे अच्छे और अच्छे होते गए और माइग्रेशन के दिन जहां उसने न जाने कितनी शरारतें की और दसवीं की तैयारी के लिए दोस्तों के झुण्ड में पढ़ाई तो कभी एकांत में स्ट्रीट लाइट के नीचे! दसवीं के बाद रामराज का

बिछुड़ने का दर्द

नवोदय छोड़ना और कुछ समय के लिए बना का भी नवोदय से चले जाना, समदर और नए दोस्तों की ग्यारहवीं में एंट्री, मैस से चपाती चुराना, दोस्तों के लड्डू चुराकर खाना, एक ही थाली में दस-दस दोस्त कैसे खा लेते थे!

क्या ऐसे दोस्त फिर कभी जीवन में मिल पाएंगे, सोच-सोचकर राजू का बुरा हाल हुआ जा रहा था।

उसने स्वयं को संयमित करने की बहुत कोशिश की परन्तु खुद को रोक न सका और उसकी आँखों से अश्रुधारा बह निकली, जो अब रुकने का नाम नहीं ले रही थी।

बिछुड़ने का क्या दर्द होता है, उसे भली-भांति समझ आ रहा था परन्तु ठहराव की गुंजाइश नहीं है जीवन में, इसलिए संघर्ष करते हुए आगे बढ़ना ही जीवन का सच है और इस सच का सामना करने के लिए वह स्वयं को तैयार कर रहा था।

राजू स्वयं को तैयार कर रहा था नवोदय छोड़ने के लिए!

"हम नवोदयन कहलाते"

छठवीं में दूर-दूर खड़े होते,
आँखों में ले आंसू मां-बाप को याद कर लेते।
इन्तजार होता रविवार का,
पेरेंट्स से मिल गुफ्तगू हम कर लेते।
मिलते जब सीनियर भैया से तो आँखें चुराते,
टीचर से "जय हिन्द" कर नमस्कार करना सीख जाते।
तभी तो हम नवोदयन कहलाते।
सातवीं तक आते-आते इक-दूजे में घुल-मिल जाते,
नामों की जगह निकनेमों से बुलाते।
चोटी, बकरी, फकीरा, हवलदार,
बना, राज्या, किशनया नाम हो गए अब मजेदार।
मैस में चम्मच कुछ-कुछ काम आने लगा,
पर एक थाली से अब हमारा काम बनने लगा।
जाति-धर्म, अमीरी-गरीबी से आगे बढ़ जाते,
तभी तो हम नवोदयन कहलाते।
कॉमिक्स पढ़ने का था वो जमाना,
शुरू हुआ शरारतों से हमारा अफसाना।
मैस से रोटी चुरा हॉस्टल में लाते,
रात में हीटर पर अंडे, हलवा पकाते।
वार्डन जो पकड़ लेता हमारी चोरी,
सुबह स्टेज पर होती पेशी हमारी।
फिर भी न बाज आते अपनी हरकतों से,
तभी तो हम नवोदयन कहलाते।
आठवीं में हम जूनियरों में सीनियर कहलाते,

"हम नवोदयन कहलाते"

बॉस की फीलिंग ले हम इतराते।
खुद की बाल्टी 'सार्वजनिक' से 'विलुप्त' हो जाती,
थाली-चम्मच और कम्बल भी अब हमारी न होती।
जूनियरों से हाउस को साफ़ कराते,
अनुशासनहीन होकर भी नियम व अनुशासन का पाठ पढ़ाते।
तभी तो हम नवोदयन कहलाते।
नववीं में फिर से दुबक जाते, जब माइग्रेशन को हम अपनाते,
विज्ञान, गणित भी बाउंस मार जाते, जब अंग्रेजी में इनको पढ़ते।
प्यार की उम्र हो जाती हमारी,
कोई इजहार कर देता तो किसी की मन में रह जाती बातें सारी।
कुछ अच्छे सीनियर भैया मिलते तो कुछ हम पर रौब जमाते,
"अपनी वाली' को ही "भाभी" हमसे कहलवाते,
हालातों के हवाले छोड़ स्वयं को, हम तो दोस्ती पर इतराते।
तभी तो हम नवोदयन कहलाते।

दसवीं में आने पर थोड़ा घबराते,
माइग्रेशन पूरा कर अपने नवोदय जब वापस आते।
छुट्टियां अब छुट्टियों सी न रह जाती,
सीनियर और टीचर प्री-बोर्ड एग्जाम का डर बैठाते।
सन्डे भी जब एक्स्ट्रा क्लास में खो जाता,
प्यार का भूत भी दिमाग से उतर जाता।
बोर्ड एग्जाम में कुछ के मन में टॉप करने की इच्छा होती,
कुछ की "बस पास हो जाएँ", यही दुआ रहती।
एग्जाम का रिजल्ट आने से पहले ग्यारहवीं में सब्जेक्ट क्या लें, इसी में उलझे रहते,
तभी तो हम नवोदयन कहलाते।
ग्यारहवीं में आते-आते कुछ साथी बिछुड़ते तो कुछ नए साथी मिलते,
हम अब बड़े हो जाते और हॉस्टल का चार्ज हम ही संभालते।
मंथली मिलने वाले तेल-साबुन के साथ टी०वी० का रिमोट
भी हमारे हाथ में आ जाता।

मैस भी अब तो हॉस्टल हमारे लिए हो जाता।
खाना बिना किसी रोक-टोक के हॉस्टल में ले आते,
चपाती चुराने से छुटकारा हम तो पाते।
टीचर की डाँट-फटकार से रह न जाता नाता कोई हमारा,
खुलने जो लगा अब हमारी किस्मत का पिटारा।
जूनियर को देख प्यार का ख्याल फिर से जन्म लेने लगता,
शाहरुख़-सलमान से मोह बढ़ने लगता।
शरारतें हमारी जोर पकड़ लेती,
विद्यालय स्तर की हर एक्टिविटी में हमारी भागीदारी बढ़ जाती।
एक जिम्मेदार होने का एहसास आता,
पर बाउंड्री फाँद मूवी देखने का मजा हम लूटते।
तभी तो हम नवोदयन कहलाते।
बारहवीं में पहुँचते ही बोर्ड एग्जाम में अच्छे प्रदर्शन का दबाव हम सहते,
पढ़ाई पर ध्यान धरने को मजबूर हम हो जाते।
छूट हमें मिल जाती स्कूल के अन्य सभी कामों से,
रिश्ता पुनः बन जो जाता किताबों से।
मैस में देरी से पहुँचने पर भी अब कोई नाराज नहीं होता,
मैस इंचार्ज और टीचर्स का बस मुस्कुराता चेहरा केवल दिख जाता।
उनकी मुस्कराहट अहसास दिलाती हमें,
अब समय कम ही बचा है नवोदय में।
फिर वक़्त आता है नवोदय से विदाई लेने का,
खुद को अंदर से मजबूत होने का दिखावा करने का।
चेहरे पर नकली मुस्कान लाते हैं,
छोड़ते समय इस परिवार को चाहकर भी खुद को स्थिर नहीं रख पाते हैं।
अपने आँसुओं की कलम से लिख देते हैं गाथा सात सालों की,
गठरी उठा रखी है हमने, नवोदय की अपनी यादों की।
हर रोज यादों की इस गठरी को खोल अकेले में मुस्कुराते,
तभी तो हम नवोदयन कहलाते।

www.ingramcontent.com/pod-product-compliance
Lightning Source LLC
La Vergne TN
LVHW041704060526
838201LV00043B/565
* 9 7 8 9 3 9 3 3 8 4 7 8 2 *